W9-BAV-193

NOVELA AKAL
9

Maqueta: R.A.G.

«No está permitida la reproducción total o
parcial de este libro, ni su tratamiento infor-
mático, ni la transmisión de ninguna forma
o por cualquier medio, ya sea electrónico, mecánico, por fotocopia, por registros u otros
métodos, sin el permiso previo y por escrito
de los titulares del Copyright.»

© Lourdes Ortiz
Primera edición © Akal Editor, 1976
Ramón Akal González
Segunda edición, 1986
Los Berrocales del Jarama
Apdo. 400 - Torrejón de Ardoz
Telfs.: 656 56 11 - 656 49 11
Madrid - España
ISBN: 84-7600-106-1
Depósito legal: M. 38.531-1986
Impreso en GREFOL, S. A., Pol. II - La Fuensanta
Móstoles (Madrid)
Printed in Spain

LOURDES ORTIZ

LUZ DE LA
MEMORIA

PQ
6665
·R734
L8

AKAL

ST. JOSEPH'S UNIVERSITY

Tu rosa del silencio, tú, luz de la memoria.

L. Cernuda

Es un hombre, o una piedra o un árbol el que va a dar comienzo al cuarto canto.

C. DE LAUTRÉAMONT,
Los cantos de Maldoror.

I

Un estallido, esa masa sanguinolenta, quizá las tripas debajo, apenas ocultas; así de fácil. Apretar el gatillo y ahí está evidente la muerte en esa cosa roja que yace ahora en el suelo —«¡Mi perro! ¡Estás loco, mi perro!»—, el guau, guau que ni siquiera pudo balbucir, callado ahora, petrificado en esa sangre que se pone oscura, que mancha las baldosas, que se extiende, que sube por las paredes, que va a tragarte; la muerte tan simple en esas dos patitas hacia arriba, ese saltar como saltaba la lata a la que a veces disparabas de niño; la lata por el aire, el perro destripado, sanguinolento y ella a tu lado ahora y tú todavía con la pistola en la mano, callado allí, esperando, y los gritos: «Esto no puede ser. Estás loco. Has querido matarme. Eres un sádico, un puerco, sucio sádico. ¡Pobrecillo!», decía, y se tapaba la cara y quería irse, y allí la muerte y tú en silencio, y ella asustada: «Has querido matarme. He visto que has querido matarme.»

El de la derecha te tiende un cigarrillo; luego, como si se diera cuenta de la incongruencia de su gesto, se lo lleva a la boca junto al suyo y enciende los dos a la vez, colocando uno entre tus labios. Aspiras y ves a los dos, a tu lado, con las batas blancas.

—Si libro el domingo, quizá pueda llegar al partido. Tiene uno necesidad de relajarse después de tratar con estos durante toda la semana.

Y te señala y ves el asentimiento del otro, y sus batas blancas bailan ante tus ojos y encima la tripa despanzurrada del perro.

—Se ha quedado como si le hubiera dado un aire.

—Menudos son estos. He visto a muchos que se

hacían los (el gesto atornillado en la frente, la mano que baila sobre la frente) durante meses enteros para birlar a la poli, y luego resultaban perfectamente cuerdos.

—¿Te han entrado ya ganas de hablar? —te dice—. Por matar a un perro no le pasa nada a nadie.

—¡A saber a quién quería cargarse!

La mancha roja, las lanas aplastadas, pegadas por la sangre, pegajosas, los gritos, la policía, la ambulancia, tú dejando caer la pistola al suelo, allí junto a la mancha.

(*Eres un gallina. A ti lo que te pasa es que eres un gallina. La lagartija verde, sujeta con tres alfileres sobre la arena. El sol le daba un aspecto de objeto ya inerte, sacaba brillos y colores a su piel todavía con vida.*

—Hay que disecarla.

Avanza con la navajita —«Mi papá me deja llevar navaja. Todos los hombres llevan navaja»— y tú esperas esa sangre que ha de saltar, esas tripas —¿tendrán tripas las largatijas?—, el chasquido de la navaja sobre la piel.

—Ahora te toca a ti. Si no, no juego.

Te acercas ahora. La lagartija, más gris, menos brillante, mucho más triste que la anterior, allí clavada.

—Si se les corta la cola, les crece otra vez. A mí me gusta más cortarles la cola y ver cómo se mueve. ¿Tú nunca has visto cómo se mueve?

—¡Estás chalao! ¡No voy a haberlo visto! Pero eso no es jugar a operaciones. Hay que abrirlas —dice.

Te acercas con la navaja y te parece que los dos ojitos se mueven; ojos como de gallina, con párpados transparentes. «Soy un gallina», piensas, y dejas resbalar despacio la punta afilada sobre el vientre blanco.

—Tiene tripa de sapo —dices.

—Ahora vamos a asustar a las chicas —dice.

—Ya está muerta.

Y él planea y coge la varita (el palo) y luego la cinta (el trapo viejo) y la cuelga.

—Son como las patas de un dragón —dice—,

*a ellas les da mucho miedo. Ya verás qué miedo les
da a ellas. Ata la tuya.*

*Cierras los ojos y coges aquella cosa fría —«Pa-
rece que tienes una lagartija dentro del cuerpo»,
había dicho tu madre—, y ni siquiera es escamosa;
no tiene arrugas, es lisa y mancha.*

—*No tengo ganas de jugar —dices—, esto es
muy aburrido.*

—*¡Ya verás cómo corren! Se las metemos por el
cuello y corren —insiste—. El otro día le metí una
a Concha y se retorcía y daba gritos.*

—Eeehh. Hemos llegado. ¿No piensas desper-
tarte?

Te levantas. Bajas de la ambulancia siguiendo a
los dos hombres. Cada uno se coloca a uno de los
lados. Te escoltan ahora. Son bastante altos y al
fondo puedes ver las luces de Charenton y tú como Marat, engrandecido, avanzas entre los dos hombres corpulentos hacia la portería.

(Te entregan la gran lata con la comida.

—*Ahora quince días de descanso no te vendrán
mal. ¿Tienes para mucho?*

Encoges los hombros.

—*Todavía no lo sé —dices.*

—*¿Estudiante?*

Vuelves a alzar los hombros.

—*No —dices.*

—*Entonces, mal te veo —dice el funcionario—.
Parece que estás muy metido. Estos días no tendrás visitas. Pero quince días, solo, vienen bien para la meditación.*

—*No espero visitas —dices.*

*El funcionario te mira y hace un gesto de
«allá-tú».*

—*Siempre hay alguien que se acuerda de uno.
Cuando uno está dentro, los de fuera se ponen sen-
timentales.)*

El de la bata blanca de la derecha se pone delante y ahora marcháis los tres en fila a lo largo de
un interminable pasillo blanco, con baldosines también blancos a ambos lados; avanzáis, avanzas, si-

gues tras ellos. «Yo avanzo —te dices— por este pasillo interminable.» Se abre la puerta e intentas ver el número, el cartel, la reja. El que iba delante se coloca de nuevo a tu derecha y el otro se sitúa a tu izquierda como dos cariátides que dan solemnidad a la entrada del templo.

—Ya puedes entrar. Tendrás que esperar aquí hasta que venga el médico.

La cama blanca, las paredes blancas, la cabecera de hierro.

—¿No se te ocurre nada que decir? —dice aún el más alto antes de salir, y ves cómo se cierra la puerta, también blanca, a sus espaldas.

(*En esta celda estarás incomunicado durante el período. Ahora son bastante cómodas y no creo que puedas quejarte. ¿Tienes amigos dentro?*

—*Creo que no —dices.*

—*Son sólo quince días, y si eres razonable no tendrás por qué tener problemas. Aquí el tiempo no existe. Debes olvidarte del tiempo, y se pasa sin darte cuenta.*)

Alguna vez tenía que llegar, te dices, y ves la mancha roja sobre las baldosas y el histerismo de Pilar, sus gritos: tú allí en el suelo chapoteando, nadando, intentando sacar la cabeza entre la sangre; Pilar que nada a través de lo rojo, roja también, pringándose, hacia donde tú estás. «Sádico-Asesino», y tu cuerpo resbala y se hace húmedo, y ahora es pelo: tu carne peluda restregándose contra la baldosa, sintiendo el frío del baldosín, el frío de la muerte que te sube desde el agujero, despanzurrado, boca abajo.

(*Es de noche. Se escucha el canto de los grillos. A la derecha, tras el campo en barbecho que aparece en primer plano, puede distinguirse un pueblecito. Dos soldados aparecen por la izquierda: se agachan y se arrastran sobre la hierba seca en dirección al pueblo. Fundido y cambio de plano. Ahora, primer plano de los dos soldados junto a las primeras casas de la ciudad.*

—Hemos llegado. Hay que ser prudentes. Yo avanzo delante y tú me cubres. Si me dan el alto e intentan detenerme, disparas.

Cambio de plano: El soldado que ha hablado se asoma cauteloso por la esquina de una calle estrecha. En el pueblo todo parece dormido. Dos soldados con distinto uniforme hacen guardia en una de las callejas; la cámara les sigue: pasean por el pueblo y fuman.

El soldado, tras ellos, se pega a la pared, se comprime contra ella. Los otros avanzan hacia él sin verle. Se mete en un portal y espera. Cuando ellos pasan a su lado, se hunde contra el muro. Cuando se marchan, cruza agachado al otro lado de la calle.

El que viene detrás espera oculto en una esquina. Asoma la cabeza y contempla los movimientos de su compañero, que corre ahora por la calle hacia el fondo. Ladra un perro; los dos soldados que hacen la guardia se vuelven al mismo tiempo y disparan hacia el hombre que corre. El soldado cae al suelo y vuelve a levantarse. Desde la esquina, el soldado B contempla la escena. Duda un momento y saca una granada. La lanza contra los otros dos: gran explosión y ellos dos por el aire: los cuerpos destrozados en medio de la calzada. El soldado B corre ahora hacia el amigo, que se sostiene contra la pared.

—Lárgate tú —dice.

—¿Te han dado?

Asiente.

—Duele.

—No voy a dejarte aquí. Esto es una ratonera.

El soldado A no dice nada, se encoge y entonces la arcada de sangre, la sangre sobre la guerrera ahora pintada, el gesto de incomprensión, de «¿y-ahora-qué?», de desconcierto.)

La muerte enorme, la muerte tuya avanzando vestida de fiesta, medieval de pronto con la guadaña y la risa desdentada, la muerte de perro de los tebeos infantiles: «Y el Guerrero del Antifaz, en un gesto desesperado, dio una patada a la cuba que se interponía entre él y el jeque, y el petróleo cubrió la cubierta. Cuando el moro se dio cuenta de lo que sucedía se abalanzó sobre el prisionero, pero éste, liberado ya de sus ataduras, cogió el arpón que estaba apoyado contra las maromas y lo lanzó contra él como si fuera una jabalina: Muere, perro traidor».

(—*Hay muertes y muertes. No todo es lo mismo, las cosas no pueden simplificarse. Si uno mata por una causa justa, si la muerte de uno va a servir para liberar a miles de personas, esa muerte, te digo, es una muerte válida. No es lo mismo un asesinato que la muerte en la guerra, la muerte en la revolución.*

—A mí me va a ser difícil —decía Carlos—, creo que me va a ser difícil. Vosotros habláis mucho ahora, pero yo sé que, lo mismo que a mí, os va a resultar difícil, llegado el momento.

Te pones de pie y avanzas hacia Carlos agitando las manos, convincente:

—¿Y ellos? ¿Acaso no matan ellos? Somos siempre cobardes, unos puñeteros cobardes, y en el fondo nos da miedo matar porque nos acojona que puedan matarnos. No se trata de otra cosa. No me vengas ahora con moralismos pequeño-burgueses. ¡Si por mí fuera, todos ellos acabarían en el paredón! Aunque, si quieres que te diga la verdad, habría más de uno al que me gustaría verle arrastrado, pisoteado, escupido, y te aseguro que si eso llega a ocurrir, ese día no voy a sentir ningún remordimiento de conciencia.

—Dices eso, pero es mentira. Tampoco tú podrás. Te conozco bien, te conozco tanto como a mí mismo, y estoy seguro de que ambos seremos incapaces.

—Dame un arma en la mano y una oportunidad, y ya verás cómo se me dan a mí estas cosas. Te hace falta un buen lavado de cerebro.)

Se abre la puerta y entran de nuevo los dos enfermeros; te parece que uno de ellos ha cambiado.

—Ven con nosotros —dice, y tú te levantas y les sigues.

—El doctor es muy buena persona. Hará todo lo posible por ayudarte, siempre que tú facilites las cosas.

Avanzáis otra vez por el pasillo y miras los números de las puertas.

(—*En la sexta se está bastante mejor que en las demás. Aquello es otra cosa.*

Miras las puertas con los barrotes a ambos lados del pasillo. Nunca pensaste que la realidad imitara a las películas, pero era así, tal y como lo habías imaginado: el largo pasillo sobre el patio de entrada, los corredores, las puertas a los lados.)

Os detenéis frente a la puerta donde puedes leer «Doctor Garriga» escrito en negro sobre el cristal. Uno de los dos enfermeros se adelanta y llama, y tú te lo imaginas ahora con el traje napoleónico a lo Peter Broock, y esperas ver a las damas escoltadas revoloteando sobre las mesas. Siempre Marat y nunca Sade, te dices.

—Adelante.

Estáis entrando, entras ahora y allí está él, sentado tras la mesa; puedes ver su bigote, cuidadosamente recortado, ligeramente gris, sus ojos mansos, cariñosos, sus manos y el bolígrafo entre los dedos.

(*Avanzas hasta la puerta en donde pone «Director». Ellos, los dos grises, te acompañan y cada uno se coloca a un lado de la puerta. Entráis, entras primero, y allí está con su cara angulosa, su bigotito negro cuidadosamente recortado, los ojos duros que quieren ser amables.*

—*Muchacho, esto se acaba. Dentro de dos horas estarás en la calle. Te hemos tenido dos años enteros con nosotros y, aunque uno no lo quiera, la convivencia siempre crea lazos. En fin, por tu bien, espero no verte por aquí de nuevo. Uno se acostumbra a lo bueno, y yo no sé por qué, pero vosotros os acostumbráis en seguida a nuestras cómodas habitaciones.*)

—Siéntate.

Sigues de pie junto a los dos enfermeros. Uno de ellos te empuja con la mano en el hombro y, dócil ya, te dejas caer sobre la silla. La nuca de él, ahora a tu misma altura, te parece pequeña, bordeada por una ligera pelusa gris sobre las orejas.

—Vamos a ver..., a ver si conseguimos entendernos. Para empezar, necesito saber si tú puedes oírme, si te das cuenta de lo que te digo, si eres capaz de contestarme... Intenta hacer un esfuerzo. Todavía no sé si es que te niegas a hablar o si es que realmente no puedes. De todas formas, eso no es problema; el examen y los análisis no tardarán en decirnos la verdad, pero, para empezar, quiero saber si puedes entenderme. Si me oyes y realmente no te sientes capaz de decir nada, di sí o no con la cabeza. Luego todo será más sencillo.

Agachar la cabeza, asentir, decir: «Sí, señor; le entiendo, puedo oírle». Hablar ahora. Te quedas quieto.

—¿No quieres cooperar? Mira, muchacho: casos como el tuyo son aquí muy corrientes. Tú ahora tienes la ventaja de estar aquí en vez de estar en el Juzgado... Habría muchas cosas que deberías explicar allí: tenencia ilícita de armas, intento frustrado de asesinato... La chica aquella, ¿tu mujer, creo?, se empeña en que quisiste matarla, dice que si le diste al perro en vez de a ella, fue por error. El hecho es que tú no has abierto la boca desde entonces y estás aquí entre nosotros. ¿Locura momentánea?, ¿esquizofrenia?, ¿fingimiento? Eso somos nosotros los que tenemos que descubrirlo. De todas formas, en los casos que no parecen muy graves, como el tuyo, que se reducen a simples descargas emocionales, lo mejor que puede hacer el enfermo —cuando realmente existe tal enfermo— es cooperar. Supongo que puedes oír lo que digo.

(—*Mira, vamos a empezar por ser claros, por poner los puntos sobre las íes. Lo más importante es saber si estás dispuesto a cooperar con nosotros. Lo vuestro ha sido muy grave: ha sido labor fraccional, y esas cosas dentro de la organización son cosas que no pueden olvidarse fácilmente. Todo ha*

14

*llegado a un punto en el que nos vemos obligados
a tomar medidas serias. Tenéis que comprometeros
en lo sucesivo a respetar el centralismo democrático y a no discutir las consignas de la dirección;
si no estáis dispuestos a hacerlo en todo el sentido
de la palabra, lo mejor es o bien que os deis de baja
durante una temporada o que presentéis la dimi-
sión. En caso contrario, nos veríamos obligados a
tomar medidas más radicales y tendríamos que llegar a la expulsión, aunque ya sabéis que somos muy
poco partidarios de las expulsiones.)*

Mueves la cabeza y asientes. El otro sonríe y enciende un cigarro que tiene sobre la mesa. Te ofrece un cigarrillo; uno de los enfermeros lo recoge, lo
enciende y te lo pone entre los labios.

—Eso está mejor —dice—. Así que puedes comprender lo que digo.

Asientes de nuevo. Aspiras el humo y te hace
bien la primera chupada. Luego te entran ganas de
escupir y lo dejas caer.

—Ya sé que así no se está demasiado cómodo.
También esto cambiará en seguida, supongo, tras
los primeros exámenes y entrevistas. Ahora es una
simple medida preventiva. Ten en cuenta que en este
momento, y mientras no se demuestre lo contrario,
eres un elemento peligroso en observación, un elemento con instintos homicidas, capaz de coger un
arma y disparar... contra un perro, contra una persona quizá. Si todo sigue en orden, pronto podrás
disponer de tus manos. Esto te lo prometo yo personalmente.

Llama al enfermero de la derecha y le dice que
le traiga tu ficha.

*(Se atusa el bigotillo negro y abre la carpetilla
gris. Pasa las hojas, una tras otra, y mueve la cabeza hacia los lados.*

*—Mira tu expediente. Es un expediente bastan-
te cargadito. Realmente, no entiendo cómo te han
caído tan pocos años, aunque, a fin de cuentas, eso
no es asunto mío. Yo me limito a recibiros, a vigi-
laros y a procurar que lo paséis lo mejor posible
durante vuestra estancia en esta casa. La verdad es
que tu comportamiento aquí no nos ha dado demasiados quebraderos de cabeza —pasa las hojas, se*

detiene, asiente como si hablara consigo mismo—;
con unos antecedentes como los tuyos y un histo-
rial como el que llevas detrás, me gustaría equivo-
carme, pero pienso que más tarde o más temprano
voy a tener la oportunidad de saludarte de nuevo.)

—Enrique García Alonso, de veintinueve años
de edad, casado. ¿Tuvisteis hijos?

(—*Eso es lo que quieres, dejarme embarazada.*
Atarme para toda la vida. Pero yo te digo que no
estoy dispuesta, que no quiero, que pretendo con-
servar mi independencia.

—*Un hijo nos haría bien a los dos —dices—.*
Has tenido ya un aborto. Vamos a quedarnos con
éste.

—*¡Vaya! ¿De dónde te ha salido ese sentimien-*
to paternal desconocido? Pero sé que si lo que quie-
res es atarme a mí a través del hijo, estás listo.
Estás completamente listo.)

Asientes otra vez.
—¿Niño?
Niegas ahora.

(—*A la niña me la quedo yo. ¿Lo entiendes?*
¡Menuda vida iba a llevar contigo, siempre de un
lado para otro! Y por lo legal no tienes nada que
hacer, porque sólo tiene unos meses y las niñas de
pecho se las dan a las madres.)

—Estos datos sobre la niña tendremos que re-
llenarlos después hablando con la madre. Creo que
ustedes... —menea la cabeza, mueve las manos, pregunta—. Estos datos, de todas formas, ya los reco-
geremos más tarde, aunque no dejan de ser importantes. Para nosotros eso de la separación puede
ser un dato decisivo. ¿Se separaron hace poco? ¿Un
año? ¿Menos?

Mueves la cabeza negando.

—¿Llevaban muchos años casados?

La bata blanca agigantándose, cubriéndolo todo

como un gran sudario, acechando ahora; la bata blanca, los baldosines, la mesa que pierde las líneas divisorias y oscila, danza ante tus ojos; el bigote retorciéndose, doblándose, el blanco por encima de todo y luego el rojo, tu cuerpo sobre la baldosa, ella sobre la baldosa, las pieles pisoteadas sobre la baldosa, el pelo suave, sugerente, sobre la baldosa; eres un sádico, un sucio que nunca has amado nada hermoso, un resentido. ¡Pobre Bakunin mío! ¡Lo que le has hecho, cerdo, lo que le has hecho! Y las pieles sedosas —nunca tendrás sensibilidad, tú nunca has comprendido—, y el perro boca arriba y la navaja resbalando sobre la piel blanquecina, lisa, sin escamas de la lagartija.

—Llévenselo ahora —ha dicho—, todavía está fatigado.

Y tú sales escoltado por ellos otra vez y caminas a lo largo del pasillo, donde intentas leer los números en negro escritos sobre el cristal de las puertas, los letreros de «Director», «Secretaria», «Quirófano» sobre las puertas.

(Bajas ahora tras ellos, tras los dos grises, por una escalerita. Llévenselo, había dicho el del pelo blanco, ahora está ya demasiado cansado y es inútil. Dentro de dos horas, ya refrescadito, vuelven a subírmelo. Traigan ahora al otro. ¡A ver si tu amigo está más comunicativo que tú! Si no cooperáis con nosotros, al final los que salís perdiendo siempre sois vosotros. Nosotros, mal que bien, lo que queremos saber acabamos sabiéndolo.

Bajas las escaleras y te tiemblan las piernas. Te apetece fumar un cigarrillo.

—¿Puedo fumar? —preguntas.

—Yo no doy aquí las órdenes. Habérselo preguntado a ellos, allá arriba. Ahora te esperas hasta que subamos de nuevo.)

Ves el número, reconocible ahora, capicúa sobre la puerta blanca, 232, y el enfermero más alto se encarga de abrirla. Hay una pequeña ventanita en el centro, una ventanita con dos barrotes en forma de cruz en el centro. Pasas. Cuando los dos se mar-

chan y te dejan solo te tumbas sobre la cama. Te
sientes mejor. Sabes que necesitas dormir y cierras
los ojos. Te molesta sentir los brazos amarrados y
un hormigueo creciente te sube hacia el codo desde las manos inmovilizadas.

(—Ataselas a la espalda.
—Me las han puesto muy fuerte. Me hacen da-
ño en las muñecas.
—A la hora de la verdad parecéis de mantequilla.
Mira por dónde, pero ahora no encuentro la llave
y vas a tener que llevarlas así de agarraditas, por
lo menos hasta que lleguemos a la Dirección.)

Te duele la cabeza. «Quizá realmente no pueda
hablar», piensas, y mueves la boca; intentas articu-
lar una palabra ahora en soledad, pones los labios
en bocina, hacia afuera; «Hablar», te dices, y abres
y cierras la boca, pero no hay sonido. «Se me ha
olvidado —piensas—, todo es una cuestión de esfuerzo. Basta con querer, sólo con decir: me llamo
Enrique, en voz muy alta, y todo habrá acabado,
sólo con eso», y tus labios se afanan buscando el
sonido, la garganta moviéndose, y no hay palabras,
sino sólo ese bailar del rostro que recuerda a una
televisión donde la imagen permanece muda: «Basta
con querer», te dices, y quieres llamar al enfermero, decirle: miren, ya soy bueno, ahora ya soy buenecito, les juro que voy a hablar, pregúntenme lo
que quieran. Soy casado, Enrique García, como usted ha dicho; casado, aunque ahora ya no, ahora
las cosas han cambiado. Tengo veintinueve años
de edad; voy a contárselo todo, esta vez sí, tengo
ganas de hablar... Verán ustedes cómo puedo hacerlo. «¿Quizá es que no oigo?», te dices. «Quizá
es sólo que no oigo y estoy hablando en voz alta,
pero me he quedado sordo...» «¿Hablar para qué?»,
te dices, y empiezas a sentirte mejor, relajado sobre
la cama.
Soy Enrique García, nacido en Madrid en el
año 1942. Parece que en Madrid las cosas entonces
no eran fáciles; yo nacía, me enseñaron a hablar:
ajo, ajo al nene, aunque quizá no me enseñaron,
quizá aprendí solo, como tantas otras cosas; nací
bajo un signo importante, como los grandes: Tauro
también yo, nací el 11 de mayo de 1942. ¿Qué más

quieren que les cuente? Ahora podría decirlo todo. Me siento capaz. Hace veintinueve años ella se retorcía, daba gritos sobre la cama —«es mejor que venga la comadrona»—; la comadrona llega, tiene que llegar, va a tener un parto difícil; el segundo siempre es más sencillo, pero éste parece que se resiste a salir, y él, mi padre, allí, con el pelo muy pegado hacia uno de los lados de la cabeza, hacia la izquierda creo; con la chaqueta puesta de ese horrible traje mil rayas de la foto, con su bigotito recortado, inquieto, dando vueltas por el pasillo, cabreado, bajito por el pasillo, gruñendo también entonces, y ella gritaba y la comadrona: «Se está portando como una primeriza. No me grite. Haga el favor de no gritar tanto, que si se nos desatan los nervios a todos, la cosa va a ir mal», y ella maldiciéndome ya, odiándome tal vez desde ese mismo momento por ese dolor que era mi saludo, mi definitivo saludo, mi respuesta a su revolcarse nueve meses antes... Ella grita. «Si se complica hay que llamar al médico. Si hay que meter forceps, yo prefiero que esté aquí el médico», dice la gorda, colorada, carnicera, Xantipa, a la que debo esta preciosísima existencia, este placer de estar aquí sentado, sudorosa, luchando ya contra esa resistencia mía para dejar el silencio, para salir de esa cómoda estadía en el seno materno, creciendo allí tan bien, arropadito, y ese silencio que ahora me es devuelto es una rebelión más contra aquél que me fue arrebatado para darme una vida con la palmadita en el culo, y entonces el primer berrido, el primer llanto agradecido —«Menos mal que al final no fueron necesarias las forceps»—, y él, mi padre, entrando a inspeccionar con su traje de rayas y la comadrona, sonriente, exhibiéndome, mostrándome, colgado aún de los pies como una longaniza. «Es otro niño», dice, y él reniega; puedo ver su gesto contrariado, su fastidio, su rencor desde ese «es-otro-niño» y no la parejita, la nena que trepa por las pantorrillas, el chupetito en la boca, el edipismo. «¿No sabes, Julián? Es otro niño», otro más que será capaz de crecer, de superarte, de pasar por encima de tu cabello aplanado y pringoso por la brillantina, de tu insignia de alférez provisional en el ojal, de tu mediocridad, de tu complejo y de tus odios; otro más que verías crecer sintiéndote cada vez más inseguro, más empequeñecido por ese despuntar de mi barba que pondría en evidencia por segunda vez tu falta de hombría, tu incapacidad para ser algo más que ese funcionario que ha escalado «los-más-altos-puestos-directivos» a base de lamer el culo y de enchufes, y ella, mamá, disculpándose ya, con los ojos bajos, con lagrimitas de «¿Cómo-habré-podido-hacerte-yo-esto? La próxima vez, la próxima tiene que ser niña»; porque siempre, desde el principio, desde esa acometida brutal sobre la cama (el cuerpecito sin músculos, enano, de él, refulgente aún por sus medallas, sobre el cuerpo de ella, chulapona, con la melena rizada, recogida tras las orejas con dos horquillas), comenzó a ser la esposa agradecida, recogida, fidelísima, serísima desde el momento en que el alférez chulapón comenzó a ser gerente, director, accionista, negocios en la construcción, nunca demasiado dinero; nunca entonces, pero ya preparada para ser la esposa-siempre dispuesta, achantada, orgullosa de ese marido, calvo luego, regordete; de ese mil cuatrocientos comprado al fin en el año 1960; la señora de aquí, a la derecha y esa foto de ella entonces exultante, con sus pechos bien apretados, saltones bajo la blusa de manga japonesa y la melena de los años cuarenta sobre los hombros, y él entrando conquistador, salvador en Madrid, y ella allí, primero en el estraperlo y luego en aquella cafetería donde él, generoso, la había conocido y el «no-quiero-saber» magnánimo, perdonador al descubrir que el virgo deseado no era tal, y ella: «Ya sabes, la guerra, el hambre», y él añadiendo a su odio aquella otra mancha de aquel miliciano de Zaragoza que estuvo en Madrid cuando él se batía en Santander, y ella comparando, diciéndole a la Loli, la compañera de barra, allá en Acero-Riesgo, contándole: «Mira, no sé. Pero es distinto. Con Paco era otra cosa, con Paco todo iba bien. Le quería, pero don Julián», y moviendo la cabeza, quejándose por esa rebelión de la naturaleza ante un porvenir asegurado, y la Loli, desconfiada: «Tú ándate con cuidado, que a estos los conozco bien. Conozco el paño como si les hubiera parido. Son todos unos señoritos de», y ella aceptando, entregada, rescatada; mira-la-verdad es-que-conmigo-se-está portando-como-un-señor, porque-obligación-no tenía-ninguna, y fíjate-primero-me está-buscando-otro-empleo y-además-quiere-que nos casemos-por-la-iglesia», y la Loli, malhablada; «No, si raro no es, con la facha que tiene...», y ella comprimiéndose la blusa, hundiendo el pecho, buscando un sujetador de talla más pequeña: «Mujer, no sé, pero éste es que me hace una pinta poco seria, un poco de furcia», y él llegando con las primeras medias y después, en enero del cuarenta, el primer embarazo y la Loli recriminando y ella: «¡Ay, Julián, te juro que no sé cómo ha sido!», y él fastidiado, deseando decir: «No te preocupes, la educación del niño corre de mi cuenta», y ella tan bonita con esas lágrimas sobre la mejilla y él decidido, arrebatador, sintiéndose todo un hombre: «¿Sabes una cosa? —dice—. ¿Sabes una cosa? He pensado que no puedo portarme como un canalla, porque te quiero; así que ya puedes ir preparando el ajuar y antes de que el niño nazca, a ser posible antes de que se te note, para que nadie pueda toserte, nos casamos como Dios manda», y ella con el pelo rizado, suelto sobre la almohada, preciosa, cariñosa, queriéndole muchísimo, besuqueándole: «Ay, Julián, ya sabía que tú nunca me ibas a hacer una faena...»

Y yo naciendo dos años más tarde, cuando ella ya había conseguido cambiar su sujetador por uno que no termine en punta, por favor, uno más seriecito; naciendo en aquella cama y él con el puro entre los labios en el negociado de aquel primer empleo; los favores se pagan, había dicho, y ya estaba allí, ya volvía a casa y era el señor que ahora deseaba la parejita y yo decepcionándole, trastocando el orden: «Vaya, otro piernazas», había dicho, y la carita de ella temblona, sometida, arrebujada.

(«Si eres un golfo, en casa no te queremos, ¿sabes? Yo no soy quién para sostener a golfos o a vagos. He querido darte unos estudios. He hecho todos los sacrificios posibles para darte unos estudios y tú me lo pagas de este modo. Así que hemos acabado. Te largas de casa y por aquí que no vuelva a verte. ¿Has entendido? Mientras no cambies de ideas y de forma de actuar no quiero volver a verte.»)

Se abre la puerta y entra un enfermero con una bandeja.

—¿Tienes hambre? La verdad es que comerías mejor si te quitáramos ese engorro. Voy a consultar si podemos hacerlo. No pareces muy peligroso ahora.

Miras la comida en la bandeja. Cuando vuelve, entra también el otro enfermero y entre los dos te quitan la camisa de fuerza. El segundo te habla:

—¿Qué? ¿Sigues haciendo el numerito?

Y el otro:

—No le excites. Está muy tranquilo.

Mientras comes, piensas en esa mujer que es tu madre ahora; la ves avanzar por el pasillo de la pensión cuando ya habían llegado los médicos y quizá los primeros policías. Ves su pelo teñido y peinado sin gracia, su traje de chaqueta impecablemente cortado, su gesto avinagrado, su seriedad; ves su entrada en la habitación, su llevarse las manos a la cabeza, melodramático, y ella, Pilar, recostándose en su hombro: «Ven, hija mía. Este salvaje va a acabar con todos nosotros. ¿Cómo estás aquí? Creía que seguías en París. ¿Cuándo has regresado?»

(—¿Que te vas a casar con veintitrés años?

—¿Cuántos tenías tú cuando te casaste?

—Esos eran otros tiempos. Eran tiempos distintos. ¡Con veintitrés años y sin acabar la carrera! Bueno, allá tú; ni tu padre ni yo pensamos ayudarte en lo más mínimo. Ya sabes que él piensa que cada uno tiene que salir adelante por sus propios medios. Tú no has sabido hacer nada hasta ahora y me gustaría ver cómo te vas a apañar casado con una inútil. Porque yo estoy segura de que será una inútil y una..., como todas tus amigas... Deseando pescar, todas deseando cazar al primero que se les pone a tiro, ¡y como los chicos de ahora sois unos ingenuos, unos críos!, en cuanto una se deja... Pero, en fin, para qué vamos a hablar; lo cierto es que en seguida estáis dispuestos a llevarla al altar o a donde sea. La verdad es que yo no tengo ningún interés en conocerla. Ahora ya prácticamente no te veíamos ya, así que si te casas supongo que todavía menos. No pienso decir ni que sí ni que no; ya eres mayorcito, piénsatelo y haz lo que quieras.)

Sabes que eso va a volver: la mancha roja agigantándose, hundiéndose, restregándose por tu cara, y cierras los ojos. «Necesito descansar. Ha sido un golpe y necesito descansar», y quieres dormir y desde muy lejos oyes la voz de los enfermeros.

—Parece que le ha dado un desmayo. Ponle sobre la cama. Hay que llamar al médico. De todas formas, le hará bien dormir, quizá cuando despierte haya recuperado el habla.

El tranvía avanza, parece que vuela sobre los dos raíles. Tú estás sentado en el volante del coche. «Cuidado», te dice ella, la chica de las coletas, desde lo alto del árbol, y tú aceleras justo en el momento en que el tranvía pasa por encima del auto, que queda allí aplastado y tú, en cambio, volando por los aires agarrado al volante, y ahora ves ese río rojo al que desciendes, convertido el volante en un paracaídas de colores y tu cuerpo llevado por el aire es como una cometa, una cometa que arrastra la niña de las coletas y que acaba por caer en el gran charco de barro y puedes sentir los pelos pringosos dentro del agua, los pelos que se te pegan a la carne, se adhieren al sexo y te hacen cosquillas, y ella, Pilar, con la cara de la niña del árbol, te guiña un ojo desde ese barco donde está recostada sobre una inmensa piel y parece un anuncio de Coca-Cola da frescor y se le ven los poros, y las gotitas de agua del baño recién tomado resbalan por su frente y todo son burbujas; ahora la piel, la Coca-Cola del vaso, los poros, el barco que se va convirtiendo en un enorme agujero que se la va tragando y tú quieres nadar, pero los pelos se te pegan, dificultan tu avance y tienes ahora un arpón gigantesco en la mano y disparas, y el barco explota como una inmensa pompa de jabón y dentro había litros y litros de leche que estallan y ponen rosa al rojo, y te dejas llevar y ves los peces que avanzan hacia el cuerpo que ahora no tiene cabeza; es un cuerpo sin cabeza flotando y quieres advertirla que no se acerque, que allí está aquella masa gigantesca de pelos que la van a cubrir, que van a formar un molesto tapón sobre su boca y ya no podrá hablar, pero ella los coge con la mano, les da pegamín y los coloca cuidadosamente sobre sus cejas y luego empiezan a adherirse a su piel y ladra suavemente, y tú quieres arrancarle cada uno de los pelos con una pincita e intentas ver sus poros, pero de cada pelo que arrancas estirando, estirando mucho, ves salir un puntito rojo y ella es toda una gran mancha roja, un gran agujero rojo, como si las paredes que aislaban a los poros entre sí se hubieran disuelto y sólo quedase un gran agujero y una mancha de sangre sobre las baldosas.

—Puedes oirme. Puedes oirme ahora.

Abres los ojos y miras a tu alrededor.

—¿Qué tal te ha sentado descansar un poquito? Vinieron a llamarme y vengo a ver cómo te encuentras. ¿Mejor?

Dices que sí con la cabeza e intentas mover los labios para decir algo.

—No te esfuerces. Por ahora no te va a ser fácil. Tiene que ser un proceso, quizá largo, al final del cual podrás salir del estado en que te encuentras. De todas formas, como veo que tienes interés en volver a hablar, creo que nos va a ser muy útil tu ayuda.

En enfermero se acerca y le tiende una carpetilla, la carpetilla que contiene la ficha que antes había intentado rellenar en su despacho. Saca unas cuantas hojas escritas, cogidas por un clip.

—Mira, yo he estado trabajando todo este rato. He tenido una entrevista con tu madre y otra con tu mujer. Han estado las dos muy amables y dispuestas a cooperar con nosotros. Ella, tu mujer, ha declarado ante la policía que no era cierto que hayas intentado matarla. Dice que al principio, con los nervios y el susto, pensó que quizá habías intentado hacerlo, pero que ahora, en frío, recuerda con toda claridad que disparaste sobre el perro y no hacia ella, que en ese momento se encontraba al otro lado de la habitación. Así que por ahora no tenemos que temer posibles interferencias de la policía, ni molestos interrogatorios. Entre nosotros vamos a solucionarlo todo e intentaremos que vuelvas a recuperar el habla y ese estado normal que, según la opinión de tu madre y de tu esposa, hace tiempo habías perdido.

24

He recogido aquí todos los datos biográficos que ellas me han proporcionado: enfermedades de la infancia, año en el que te casaste, en fin: tu biografía oficial, más o menos. Eso, desde luego, no es suficiente para el trabajo de un psiquiatra, pero puede ayudarnos bastante. Vas a leer, sin cansarte demasiado, sin esforzarte si te cuesta hacerlo, todas estas notas y luego, al lado, corriges a lápiz cuantos errores creas encontrar. Yo sigo un método muy personal con mis pacientes. Prefiero que nada se les oculte... Es una especie de terapia de grupo, pero, desgraciadamente, sin la presencia del grupo. Por eso prefiero que desde el primer momento todos los informes que reciba de los demás, por muy negativos que sean, sean supervisados por ti. Ante ellos reaccionarás y podrás discutirlos. Desde luego, hasta que no puedas hablar tendrá que ser todo por escrito. Es más lento, pero, en cambio, quizá te permita concentrarte mejor y recordar todo aquello que pueda parecerte significativo. Tus propias reacciones ante las opiniones, buenas o malas, de tu familia, van a ayudarnos mucho para comprender el problema, la causa de esta crisis emocional en que te encuentras. Todos estos datos, todas tus respuestas, siempre que tengas ánimos para darlas, tendrán que ser completadas con entrevistas personales cuando te halles capacitado para mantenerlas. Por ahora lo importante es que estés tranquilo y por eso, aunque no soy muy aficionado a la medicación, me veré obligado a administrarte algunos calmantes en los primeros días. Luego espero que —sonríe bonachón, me da golpecitos en la espalda, se pone de pie para terminar su frase— que podremos celebrar tu curación todos juntos, tomando unas copas.

Has cogido la carpeta que te ha tendido y la miras. En la portada, «número 865, Enrique García Alonso, de veintinueve años de edad, casado». Le miras a él, a su bigotito gris, y asientes. El se despide y sale con los dos enfermeros. Te tumbas en la cama y comienzas a hojear el informe.

II

Siempre ha sido un chico raro. Desde pequeño era distinto: menos abierto, más difícil que sus hermanos. Mi marido me decía muchas veces, «Con este vamos a tener problemas» y no es porque hiciera nada especial, no, no es eso. Era estudioso y le gustaba mucho leer, pero se pasaba días y días sin salir de casa. Ya sabe usted que las madres conocemos bien a nuestros hijos y Enrique, se lo digo yo, siempre ha sido muy orgulloso, muy introvertido, muy suyo... Cuando los dos hermanos, el mayor y el más pequeño se bajaban a la calle, él se quedaba en casa leyendo o haciendo sus cosas. A mí, la verdad es que no me importaba demasiado, porque lata, lo que se dice lata, no me daba, pero me preocupaba un poco verle tan serio, tan en lo suyo. No era un niño como los demás, alegre y eso. Estaba siempre dándole vueltas a cosas muy raras y yo pensaba que era envidia, pelusa, vamos, porque cuando sólo tenía un año nació el otro, Eduardo, y, claro, ya sabe, a veces uno no puede impedir tener más debilidad por uno de los muchachos, aunque yo me decía siempre que a todos debía tratarlos por igual.

Su padre con el primero siempre se entendió muy bien y creo que también con Eduardo. A éste, lo cierto es que nunca le tuvo demasiada simpatía y si quiere que le diga lo que pienso, toda la culpa de ello no la tuvo mi marido, no, porque todo lo que le compraba a uno se lo compraba a los otros; nunca nos gustó, desde el momento en que tuvimos medios, que uno se pusiera la ropa del otro cuando se le quedaba pequeña; pero él siempre como si no formara parte de la familia, sin participar, sin interesarle los proyectos o los juegos que se le ocurrían a mi marido. Era un niño que no sabía hacerse querer: huraño, retraído. Nunca se llevó bien con sus hermanos. Luego, de mayores, pasó lo mismo: los otros dos se entendían a las mil maravillas —todavía hoy siguen siendo grandes amigos a pesar de que el mayor se ha casado—. Pero éste, al margen, con sus amigos y los libros, y nunca quiso saber nada de los otros dos. ¡Y no me diga usted que no es eso raro! Lo corriente es que cuando dos chicos son casi de la misma edad se entiendan perfectamente y en su caso no... Además siempre fue bastante vengativo: «Este niño tiene muy mala leche», decía su padre porque cuando los otros, ya sabe, cosas de niños, le hacían alguna faena, se callaba, ¡acusar no!, nunca fue acusica, pero en cuanto podía se las apañaba para hacerles una muy gorda a los otros y que, de paso, fueran ellos los que tuvieran que llevarse una paliza o una regañina. Era raro sí, era siempre muy raro y en cambio no estuvo nunca enfermo. De pequeño, a los seis o siete años, estuvo algo delicado por una cosa de los pulmones, pero nada de importancia y, ahora que lo pienso, a partir de aquello se hizo todavía más raro. En realidad nunca fue un niño fuerte como sus hermanos; no jugaba al fútbol —jamás le ha gustado ningún deporte— y cuando se peleaba con los otros siempre llevaba las de perder. Quizá por eso a mi marido tampoco le caía demasiado bien, «Es como una mujercita», decía y alguna vez, cuando se enfadaban por algo, llegó a decírselo a él... Yo, la verdad, es que no me gustaba verle siempre así tan metido en lo suyo, tan aburrido ¡Porque estoy segura de que se tenía que aburrir metido horas y horas en casa! pero como por otra parte era buen estudiante, traía buenas notas y apenas se metía con nadie, le dije a mi marido que si no le gustaban los deportes que le dejara en paz, que cada uno es como es y que tampoco todos tenían por qué salirnos unos Di Stéfanos... Pero ya sabe usted cómo son los hombres. Me acuerdo que desde muy pequeños, cuando el mayor o incluso Eduardo le daba una buena patada a la pelota o subía de la calle sangrando porque habían dado una buena paliza a algún chaval del barrio, a mi marido se le caía la baba y decía siempre señalando al mayor: «Este va a ser militar, como su padre», porque mi marido no es militar, ¿sabe usted?, pero en la guerra fue alférez y siempre ha dicho que le hubiera gustado ser militar de carrera, que debió reengancharse al acabar aquello y eso le quedó ahí como una espina. Por eso cuando por fin el mayor le dijo que iba a ingresar en la Academia Militar casi tira la casa por la ventana para celebrarlo. Era como si se realizara lo que él siempre había querido, mientras que con Enrique no. Yo creo que cuanto más se entendía con los otros más se aislaba él, más solo se quedaba y mostraba una actitud más agresiva. Cuando dijo que pensaba seguir estudiando, que él iba a seguir en la Universidad, mi marido al principio no estuvo de acuerdo, pero por fin le dejó que se matriculara siempre que fuese en alguna carrera útil. A mí alguna vez me había dicho que pensaba matricularse en Letras, pero en quinto curso, al llegar el momento de la elección, debió darse cuenta de que por ahí su padre no iba a tragar, y se matriculó en Ciencias sin decir nada. Su padre quería que se hiciera ingeniero o por lo menos perito, en fin, algo práctico, pero él eligió físicas y mi marido entonces —me acuerdo aún de la bronca que hubo aquel día en casa—, empezó a decirle que toda la vida sería un muerto de hambre, que en un país como este uno no podía dedicarse a la investigación si no se era millonario; en una palabra, que también aquello le costó conseguirlo, pero al final, como era muy cabezota, se salió con la suya, y ¡total para nada!, porque entrar en la facultad y cambiar ¡todo fue uno!

En el bachillerato siempre había sacado unas notas espléndidas, no tuvo que repetir ni un solo curso y quizá por eso Julián no se atrevió a negarle que se matriculase en la Universidad, pero en el primer año de carrera todo empezó a marchar de otra manera: empezó a faltar a clase y a suspender asignaturas y luego ya ve, en segundo o en tercero, cuando no era más que un crío, lo abandonó por completo: la boda, la política; ¡en fin! ¡que ya no había que hacer nada con él! y es una pena, es una pena que se haya torcido así porque para los estudios sí que valía, de eso estoy segura... pero, claro, en la Facultad hay demasiado mangante, demasiados amiguetes y éste, precisamente porque siempre había estado solo, es un chico muy influenciable, que en seguida se deja liar. Mire, de pequeño —le hablo de cuando tenía dos o tres años— era muy mimoso, no podía quitármelo de encima, pero como ya había nacido el otro, pues la verdad es que no podía dedicarle todo el tiempo que él quería y más de una vez se quedó llorando porque yo me tenía que ir a cambiar al pequeño, a darle el biberón mientras él se quedaba con el mayor que se encargaba —fíjese usted si ya desde chico era dispuesto— de acostarle, de callarle y esas cosas. En aquellos tiempos no podíamos tener servicio —ya sabe usted, recién acabada la guerra las cosas no eran como ahora—, así que el mayor, a pesar de que sólo le llevaba dos años, fue el que más se ocupó de él en aquellos momentos.

Pienso que nunca ha tenido suerte como sus hermanos. Era un chaval más bien feo, que parecía desnutrido, ¡y no es porque le alimentase peor que a los otros!, ni hablar: en casa todos medidos por el mismo rasero, pero, yo no sé por qué, no le lucía nada, ni la ropa, ni nada. No como a Eduardo, que desde el día en que nació daba gusto verle, colorado, grandote, con el pelo rubio rizado, ¡una hermosura! Cuando íbamos por la calle me paraban siempre para verle en su cochecito y, claro, es lógico que todo eso contribuyera a la pelusa porque él en cambio parecía enfermo, encogido, delgaducho y además nunca se ha preocupado demasiado por esas cosas. Ya sé que eso no es asunto de hombres pero, ¿cómo le diré yo?, los otros desde que empezaron a ser gallitos se acicalaban, se afeitaban, procuraban presumir: que si el traje largo, que si una corbata nueva, en fin, ya me entiende y él siempre con la ropa sin gracia, sin un detalle... no es que no fuera limpio, quizá ha sido siempre más limpio que sus hermanos, pero la ropa la llevaba como si fuera un trapo y nunca me acuerdo haberle oído decir «oye, que si estos zapatos, que si este traje». Mire, precisamente recuerdo ahora una vez, cuando tendría unos doce años, que sí se llevó un disgusto por cosas de ropa. Le iban a dar una medalla en el colegio a final de curso y me había hecho que le comprase un jersey azul marino —todavía me acuerdo como si le estuviera viendo, que tenía una rayita amarilla alrededor del escote— y el hermano mayor, que era un viva la virgen, se lo puso porque tenía que ir a un guateque y lo manchó de grasa. Cuando Enrique se lo fue a poner estaba sucio y yo, como nunca le importaba llevar una cosa u otra, le dije que se pusiera el de todos los días, que estaba limpio. ¡Si viera cómo me puso! Se encerró en su cuarto y no había quien le hiciera salir —porque eso sí, cabezón es muy cabezón y tiene mucho amor propio— así que si se enfada yo creo que no hay enemigo peor porque —y esto para una madre es muy doloroso decirlo— yo creo que Enrique es rencoroso, que no perdona; por eso cuando mi nuera decía: «Que ha querido matarme», pues, si quiere que le diga la verdad, ni una vez lo puse en duda, porque desde que ella lo dejó todavía se hizo más cerrado, cambió aún más, y me parece que se las tenía guardadas.

Eduardo y el mayor son de otra forma, más discutidores, peleones en una palabra, pero a los dos minutos ya se les ha olvidado: lo resuelven todo a la primera; en cambio aquello del jersey Enrique lo llevó guardado no sé cuanto tiempo y no había modo de quitárselo de la cabeza. A mí me parece —a veces lo comenté con mi marido— que estudiaba tanto por destacar en algo. En casa el mayor era el brillante: vago, mujeriego, pero siempre con labia, todo un hombrón, y el pequeño era desde que nació el ojito derecho de su padre porque tenía un salero especial, un algo que le recordaba sus años jóvenes... Siempre decía: «Nosotros debíamos haber tenido dos chicos y una chica, pero el de en medio salió mal»... Enrique, por lo que sea, no le traga, no traga a su padre. Desde muy pequeñito le desprecia y Julián, mi marido, que tampoco es moco de pava, y que nunca ha podido soportar los humos de su hijo —«el intelectualillo, el ratón de biblioteca», le llamaba— no podía consentir que se le subiera encima. Bueno, me refiero a cuando era pequeño, cuando iba todavía al colegio; después no, después, desde el momento en que Enrique empezó a meterse en todos esos líos, ya no volvió a dirigirle la palabra. Yo pienso que si mi marido se entera de sus actividades antes de que se marchase al extranjero, le habría denunciado... por eso aunque yo tampoco estaba de acuerdo con lo que hacía, a veces le tapaba un poquito ¡y no crea usted que no me he arrepentido luego de haberlo hecho! Gran parte de la culpa la tengo yo porque en el fondo siempre pensaba, cuando le veía tan estudioso, tan serio, que a lo mejor teníamos un genio en la familia. ¡Ya sabe usted que los genios siempre han tenido fama de ser un poco excéntricos!..., pues ya desde pequeñito parecía encaminado a genio, vamos, ¡usted me entenderá!, pero cuando contestaba a sus hermanos, sobre todo al mayor, que nunca le han preocupado mucho los estudios, les dejaba con la boca abierta; les daba cien vueltas. Por eso los otros dos se aburrían con él y a veces he llegado a preguntarme si no sería su timidez —porque Enrique a pesar de su orgullo y de su cabezonería ha sido siempre tímido— la causa de que se refugiase en sus estudios. Cuando los otros se bajaban a jugar en la acera con los demás niños del barrio— en aquélla época vivíamos en la calle de Silva— él se quedaba en casa o se bajaba a sentarse en el primer escalón del portal con un TBO. Los otros le tomaban el pelo, le llamaban el «sabio» y le decían: «no te hagas el interesante» pero a mí me parece que si no tenía amigos no era por orgullo, sino por timidez, y seguramente sufría mientras los demás jugaban a policías y ladrones o a lo que fuera, aunque nunca se habría atrevido a decirlo.

Pues de mayor le pasaba lo mismo: nunca salía con chicas o por lo menos nosotros no nos enterábamos, y por eso me quedé de piedra el día en que me dijo que se casaba. En seguida pensé que sería una chica horrible que le había pescado sólo con enseñarle una patita ¡Hay cada lagartona!, y, sin embargo, para ser sincera, cuando conocí a Pilar me quedé todavía más sorprendida, porque, aparte de ser una monada —es realmente guapa, no sé si la habrá conocido usted ya—, era una chica finísima, culta y de muy buena familia. En fin todo un partido y yo me quedé como si viera visiones porque a la chita callando Enrique había sabido elegir bien... ¡Lo que pasa es que eran demasiado críos! De lo demás poco me queda por decirle. Es curioso, pero ha sido, y eso hasta muy mayor, el más religioso de los tres, el más devoto. A Eduardo y a Julián nunca les interesaron demasiado las cosas de la Iglesia y él en cambio fue niño eucarístico, adoracionista: bueno, ¡ya sabe!, volvía a casa los sábados lleno de medallas de todo tipo. En casa todos somos muy católicos y practicantes, pero, ¿cómo le diría yo?, una religión más alegre, menos de estar metidos todo el día en misa y él no, él era capaz de quedarse los viernes hasta las nueve en el colegio porque se quedaba a la adoración nocturna, ¡y ya podía estar yo tranquila cuando me decía eso, porque siempre era verdad! Un día, tendría unos trece o catorce años entonces, tuvo una discusión, la primera seria con su padre, por cosas de religión. Mi marido se indignó. Mi marido es católico de toda la vida, miembro de una cofradía incluso, en fin, católico cien por cien, y entonces el chico empieza a decirle que su religión era una filfa, que todo era mentira, «de boca para afuera», y todo aquello tan horrible del camello y del ojo de la aguja, y mi marido, con toda razón, se sintió insultado: me acuerdo que terminó la discusión con una bofetada y se pasó dos o tres días sin dirigirle la palabra. Yo creo que tal vez nos hemos equivocado con su educación. Mi marido ha sido siempre bastante intransigente con los chicos, pero me temo que con éste no ha llegado; ya ve cómo son las cosas, pero a pesar de que era quizá el que menos tilín le hacía, con él ha sido más blando que con los demás, aunque desde luego siempre con la disciplina por delante. En casa siempre se ha guardado un gran respeto en las comidas y ninguno de los tres ha podido fumar delante de su padre hasta cumplir los dieciocho años. En una familia donde no hay orden y autoridad todo anda de cabeza y por eso he aprobado siempre su actitud aunque a veces, al fin y al cabo un padre es un padre, ha pecado quizá por transigencia. Ahora, por ejemplo, estoy empezando a estar algo preocupada por Eduardo. A su padre no le importa demasiado lo que hace y dice siempre: «mujer el que no la corre de soltero la corre de casado» pero, ya ve usted, no acabo de estar tranquila porque se ha metido en unos ambientes que no me terminan de gustar. Bebe demasiado y a pesar de que tiene todo lo que quiere no parece contento. Mi marido le ha metido con él en el Ministerio y como tiene siempre bastante dinero en el bolsillo lleva una vida que, pues si le digo la verdad, no me gusta. Pero, ya ve, con Eduardo son siempre cosas normales, cosas propias de los chicos de su edad. Yo no soy ninguna beata y no me parece mal que los jóvenes se diviertan; lo raro es lo otro, lo de Enrique. ¡Mire usted que cuando una persona deja de creer en Dios está perdida! Todo marcha del revés desde ese momento y, ¡si viera usted la de rosarios que he rezado por él desde que me enteré que se había hecho ateo! Porque eso influye en todo, ¿cómo le explicaría?, es otra mentalidad, otras ideas y ya no hay manera de entenderse. El mayor, por ejemplo, que tiene ya dos hijos, es un hombre como Dios manda. Sin embargo, yo sé, porque mi nuera, su mujer, ha venido alguna vez llorando a contármelo, que, como todo el mundo, echa de vez en cuando una cana al aire, ¡si no sabré yo que en eso todos los hombres son iguales! Pero las cosas son así y lo importante es que luego la familia se conserve, que salga adelante, ¡qué sería sino de esos pobres hijos sin padre y de esa mujer abandonada para toda la vida! Por eso yo le aconsejo a mi nuera que deje pasar el tiempo, que los hombres son así, que lo importante en último término es que sea buen padre y un buen esposo y, ya ve, entre ellos todo marcha de maravilla. Pero Enrique, a la menor cosa —que conste que yo nunca les he preguntado qué es lo que pasó entre ellos, una madre no debe meterse en ciertas cosas— pero a la menor, con la misma facilidad y la misma precipitación con que se casó, va y se separa. —¡Cómo estaría el mundo si pasara a manos de irresponsables como tú!, le dije en cuanto me enteré, pero él como quien oye llover: por un oído le entra y por otro le sale y yo me digo a mí misma —y las madres somos siempre un poco brujas—: Ya vendrá el Tío Paco con la rebaja, y ahora, ¡pobrecillo!, me parece que ya le ha llegado...

III

Todavía estás algo mareado, «los informes», piensas, porque de pronto sientes unas ganas enormes de ayudar, de cooperar con aquel hombre del bigote gris que se muestra amable. Estás sentado ante una mesita blanca de plástico. La blancura empieza a deformarte la vista: las sábanas confundiéndose con los baldosines de las paredes, la silla prolongándose en el linoleum del suelo. Abres la carpetilla y buscas los primeros datos. Sobre la mesa tienes un lápiz, sin apenas punta, romo, y unas hojas blancas donde deberás apuntar las observaciones que la lectura de aquellos informes orales sobre ti, sobre tu vida, vayan sugiriéndote. Mi biografía, piensas, y sonríes al imaginar a esa colectividad, tu familia, que ahora se esfuerza a tus espaldas por ordenar los datos, por contar su impresión sobre tí mismo, por explicar tus actos.

«La madre le describe como un niño tímido, algo retraído y enfermizo, rencoroso y al margen de la vida de la familia. Sugiere agresividad contra el padre y envidia de los hermanos. Infancia no demasiado feliz en hogar intransigente.»

En hogar intransigente. La ves ahí con sus dos piernas cuidadosamente unidas en las rodillas, su falda cubriéndolas ligeramente, las dos manos modosamente recogidas sobre las piernas, gesticulando a veces, convincente, dramatizando, dura, cariñosa de pronto, importante al tener que hablar, al ser escuchada durante un cierto tiempo —hogar intransigente—, admitiendo errores, comprensiva: «de todas formas, al que es como es no hay quien le meta en cintura», hipocritona, mirando hacia el suelo y después con una cierta pasión, confidencial, con la voz algo retraída: «Ya sabe usted, una no sabría qué hacer sin los hijos», pasando al ataque: huraño, retraído, enfermizo, «una sosada una auténtica sosada de hijo» no gallardo, no conquistador, incapaz de jugar el papel edípico, ¿o quizá fue precisamente esa frustración edípica —le preguntaría el médico, intentaría sugerirle— la que acentuó su timidez, su sentirse desplazado ante la presencia de un rival, de un tercer hombre disputándose las caricias de la madre, el achuchón, el besuqueo: «¿Quién es mi sol? ¿Dónde está el rey de la casa?». Hogar intransigente, te repites y las paredes blancas disolviéndose se reconstruyen ahora en ese otro contexto ya no blanco sino beige, ligeramente sucio (Julián, no es que quiera ser pesada, ya sé que cuando no se puede, no se puede, pero el cuarto de los chicos está hecho un asco, un auténtico desastre. ¡Con tres chicos en la familia, es inútil! ¡No hay quién tenga la casa bien, la casa en orden, la casa limpia! ¡Y mira que no haberme dado Dios ni una sola chica que pudiera ayudar a su madre sino estos tres gandules, grandullones que sólo saben manchar), donde las tres camas —una litera de mili y una turca pequeña— se amontonan sin apenas dejar espacio. En las paredes, las dos estanterías: la tuya y la de ellos enfrente, tú en la turca por exclusión y ellos cuchicheando, sacando la cabeza de un piso al otro, contándose chistes, retorciéndose de risa sobre la cama; los banderines de colores, el real-sociedad-club-de-fútbol, las fotos luego, despampanantes. Pero no, te dices, eso ya no era en la calle de Silva, sino en el Parque de las Avenidas, a donde os cambiasteis cuando tú acababas de cumplir quince años. («Ahora ya podréis tener un cuarto para cada uno. Un cuarto para que Enrique pueda estudiar, ¡a ver si lo dejáis tranquilo» «¿Y a dónde traigo yo a mis amigos, preguntaba Eduardo, mi cuarto es más pequeño para hacer guateques; siempre se queda él con el mejor, siempre es el privilegiado, menudo listo, achantadito pero siempre se sale con la suya, que si tiene mejor luz, ¡el señorito necesita mejor luz cuando lo que está necesitando es unas buenas gafas!»). Las paredes son ahora esas paredes limpias del cuarto recién estrenado y la mesita donde estudias es una mesa de *poliester* brillante que hace juego con la cama y la pequeña estantería —«Cuando tengas más libros podremos comprar más elementos»—. Se agolpan las imágenes en una sucesión de formas inconclusas que se deslíen en la memoria, perfilando contornos. La infancia. Toda la soledad remachada y contraída en el hueco de la mano; esquemas tiernos, meditabundos, entremezclados con cadencias hurañas: el padre, todopoderoso, dirigiendo el cotarro, mientras la gran señora, virgen y cándida, olfatea entre las sábanas para buscar posibles huellas de noches orgiásticas. Paredes beiges, salpicadas de banderines de colores. Eduardo y Julián, pequeños machos en potencia, masturban su precocidad ante mi susto, ante la cara aterrorizada de un Enrique religioso y pensativo que prefería refugiarse en los pronombres personales y en el Quibut Caesar erat in Gallia, o tal vez en los curiosos trapicheos de la Ley Sálica; los cinco duros por la visión pecaminosa, a escondidas de la mirada paterna —«si no los das, no hay tu tía»— y Enrique acobardado dejando sobre la mesa la moneda que debería depararle sensaciones nuevas y compartidas por sus dos hermanos, «que ya se las sabían todas». Paredes beiges de la calle de Silva con olores avinagrados, edulcorados luego por extraños ozonopinos consumistas, colores beiges en el cuarto de las tres camas, en el cuarto de la litera y la turca en la que Enrique, por exclusión, se había refugiado... Enrique, yo, empequeñecido en la turca escuchando las risas de los otros, el rechinar de los muelles, las palabrotas chulescas premonitorias de la hombría: puta-cabrón-gilipollas, mientras sudores vergonzantes denunciaban la presencia ineludible de ese pepito grillo puritano y legalizador impuesto por la mano preventiva de tanto cariñoso sacerdote: «pecado contra el cuerpo, pecado contra vosotros mismos. Y esa gente viciosa que no puede rehuir la tentación acaba por enfermar, su organismo se debilita y su mente acaba por trastornarse; porque eso, hijos míos, es abusar de la naturaleza, abusar de un don que el señor nos ha encomendado para reservarlo para el momento crucial, definitivo, de la reproducción, de la paternidad», mano temblorosa, dubitativa, que se encogía ante una caricia postergada y recriminada de antemano, acusaciones de Julián, juicios comparativos, competitivos y prepotentes, risitas cómplices y de *apartheid* ante un niño temeroso, ¿yo mismo?, enfebrecido desde el púlpito ante una castidad imperdonable. ¡Cuánta mentira! El cinto desenvainado ante el descubrimiento: «¿Pero qué hacéis, cochinos? ¡Estaros quietos!, ¡eso es pecado! ¡Dios mío, que pecado!», y luego zalamera y simulando timideces la imaginas en el cuarto conyugal, confidencial ante la sorpresa encoraginada del padre, respetuoso y remediador: «¡Hay que separarlo, Julián, ya no son unos niños!».

Mi infancia, te dices y te vuelven escenas agolpadas; colores olvidados, tebeos devorados en las esquinas, chismes en el colegio, pequeñas satisfacciones domingueras, cines de barrio, veladas eucarísticas, manos amoratadas en los recreos aburridos en el patio de cemento, cuchicheo, pequeñas incursiones amatorias en los veranos en la sierra, exclusión, te dices.

Las mañanas eran como tiernas en la lección de Geografía; la pequeña caricia solapada del hermano que enseñaba Literatura, la sonrisa culpable de Pedro, el compañero empollón de la primera fila, la distancia entre lo real y lo imaginado que se concretaba en dibujos sin cabeza, en rombos repetidos una y otra vez sobre papeles blancos, papeles cuadriculados, donde se amontonaban ecuaciones y traducciones que te llevaban horas y horas ante la mesita de madera gastada, «se la dejaremos a Enrique en su cuarto, necesita una buena mesa para poder trabajar»; el anhelado consuelo de lecturas prohibidas, la tentadora presencia del amigo «culto» que dejaba los libros con el donaire del que todo lo tiene y la desenvoltura legada por sus imponentes padres, editores, allá en la República: «Te lo dejo, pero devuélvemelo en seguida. Es una primera edición»; las ganas de hacer algo distinto de ese deambular por las calles los domingos, cuando la voz aflautada y no señoril de tu madre, envuelta ahora en un astrakán de nuevo cuño, «el otro lo dejaré para diario, está completamente pasado de moda», se alejaba tras la promesa, insinuada por tu padre a la hora de comer, de estupenda película recién estrenada —pero tenemos que darnos prisa porque luego no hay quien aparque— paseos que te llevaban hacia jardines nunca solitarios, donde creías compartir con soldados y chachas domingueros una placidez de fiesta que luego, al día siguiente, intentabas recrear en el poema, siempre frustrado, que te colocaba de pronto entre las filas de «los grandes», los «añorados», esos que venerabas respetuosamente para enfrentarlos a la mediocridad reinante en ese hogar que ahora por fin, en palabras técnicas, ves definirse como intransigente.

Juegos de médicos, primero, clandestinos y reveladores, pequeñas confidencias del amigo precoz, imágenes que no podías acoplar con las de esa *couple* asexuada que presenciabas en casa, curiosidad y miedo ante un despertar de posibilidades que quedaba reducido a un estar sentado día tras día en el banco colegial aprendiendo con admiración sentida nombres y cifras que de poco iban a servirte.

La luz de la habitación, incómoda y dura para los ojos, dejaba oscura la zona de ellos, la zona de los coches de metal de Eduardo y Julián, que apostaban tarde tras tarde, por ver quién llegaba a la meta, pintarrajeada sobre las baldosas, ¡Ni siquiera fui bueno con las chapas!, piensas y mientras tú dedicabas tu entusiasmo a dilucidar peregrinos problemas de moral, ellos coleccionaban un sinfín de cromos de colores que tú, desde tu palestra de «cultura» con mayúscula te atrevías a despreciar ante su incomprensión y sus risitas: «es un cardo. Con nosotros no viene; no hay chica que lo aguante, en seguida empieza con el rollo y ya no para» y tú, altanero, en tu papel, soñando con otros ámbitos, con otras caras sacadas de los libros de aventuras primero, de las novelas que podías birlar de la triste biblioteca paterna, los Vicky Baum, mezclados con los Stefan Zweig y los Emil Ludwig que te permitían acceder al sagrado recinto de los «que sabían», mientras ellos se debatían en sus :«está como un tren. Ayer conseguí que se me apretara mucho cuando la saqué a bailar y te juro que no hacía ningún remilgo» y sus proyectos ingenieriles y de porvenir asegurado que te dejaban indiferente ante la suspicacia preventiva e iracunda de tu desairado padre.

De niño fui un coñazo, te dices ahora e intentas entresacar de los rasgos de aquel Enrique adolescente, estirado y con gafas, algún rasgo que te lo aproxime, que te lo salve, algo que explique ese aire zangolotino y desgraciado del buen chico, estudioso, que desgraciadamente, ¡Dios mío, le juro que no le reconozco!, perdió el camino y olvidó aquellas imágenes de santos que, única manía de coleccionista, almacenaba orgullosísimo entre las páginas del misal en papel couché que le había regalado su madre.

Siente agresividad contra el padre y envidia de los hermanos. La ves ahora joven aún, maternal, con Eduardo entre los brazos sacando el enorme pecho blanquecino, algo rojizo, casi negro en las puntas, y tú llorabas: Julián me ha pegado, decías y querías quizá que te cogiese en brazos y ella sonriente, a la amiga: «parece que últimamente no se ha barrido debajo de las camas» y reían y te llamaban dulzonas de pronto, zalameras y golosas: Quique, ven aquí con nosotras; ¡upa el nene!, ¿cuándo vas a hablar de una vez, grandullón, ¡con quince meses y todavía a gatas! Tienes que andar, que ya eres todo un hombrecito para ayudar a tu madre» y ella declamando, quejosa: «¡Ay! ¡Ya quisiera yo veros a vosotras en mi lugar! ¡Tres y tan seguidos! ¡No para una en todo el día!, y luego este cochino...», y te amenazaba sin convicción, reprimente y dulce a la vez como ofreciéndose, «se niega a hacerlo en el orinal. ¡Buenos azotitos tendría que darle!» y tú sobre las rodillas de Manuela, la tía Manuela, hermana de tu padre: «aserrín, aserrán, maderitas de San Juan» «lo importante es que le sientes todas las mañanas una hora en el orinal. Verás como no tarda en acostumbrarse». «¡No! Si el mayor me aprendió en seguida. ¡Hija! Yo creo que es la pelusa...» y te señalaba moviendo hacia los lados la cabeza y Manuela comprensiva: «Claro. Han sido muy seguidos y es muy pequeño», y entonces Adela, autoritaria: «No. Mira. Pero les viene mucho mejor. Luego se te crían los tres juntos sin darte cuenta y puedes empezar a hacer todo lo que quieras. Mírame a mí, los cinco seguiditos y ahora con todo el día para mí sola. ¡Claro que si no fuera por el servicio... Pero es mejor, mucho mejor; si los espacias, uno cada tres años, te pasas toda la vida pariendo como una coneja» y tú insistiendo sobre las rodillas para que siguieran las maderitas, pero ella cabezona y de pronto didáctica te dejaba en el suelo y te cogía de la mano: «Venga, remolón, ya tienes que empezar a andar. Ya vas siendo todo un hombrecito».

Estás cansado y empiezas a dudar de tu capacidad para recordar. «Quizá invento», te dices, «quizá nunca fui ese niño que llevaba largas faldas hasta casi los dos años, aquel niño que se arrastraba por el suelo y mordía el chupete hasta destrozarlo («Una no gana para chupetes. No sé lo que hace pero los rompe todos en tres días»; «¡Mira que tan mayor y todavía con chupete!», decía la tía Manuela y te acurrucaba: «¿Dónde está lo más bonito de la casa? En serio, no sé cómo decís que este niño es feo. Yo lo encuentro igualito, igualito a ti... ¡tus mismos ojos!»

y ella, tu madre, encogía los hombros y arrugaba la nariz: «No sé de dónde os sacais los parecidos. A mí, la verdad, me parece que no ha salido a ninguno de nosotros. Quizá un poco la nariz, algo grande, como la del padre de mi marido. ¡Pero los ojos! ¡Mira que decir que tiene mis ojos!», y su gran, enorme pecho blanco, balanceándose en la boca de Eduardo, chupón, mimoso, glotón y ella juguetona: «¿Quieres tú un poquito, grandullón? ¿Te gustaría a ti probar un poquito?», y tú te acercabas, trepabas por las rodillas, ofrecías la boca feliz ahora y ella te apartaba sin brusquedad, oferente aún, negándose: «cochino, grandullón» y se reía... (para tí la papillita, la carnecita pasada por el pasapurés, los higaditos triturados para ti ya hombre.)

Invento, te dices, porque esa imagen construida de ti mismo, esa imagen que intentas rescatar del recuerdo —¿recuerdo de dos años, de un año?, te preguntas— es sólo un cuadro recompuesto por ti mucho más tarde, con tantos y tantos datos recogidos, con pedazos de novelas, con informes mal digeridos de psicólogos, con estudios sobre el edipismo infantil, los celos, la agresividad en el niño, informes que durante cuatro años devoraste buscando raíces. «Me interesa un huevo la psicología», le dijiste a Ernesto.

(Os habéis quedado los dos solos en la celda. Ernesto está tumbado y ha hablado durante mucho rato. Tú, sentado sobre tu cama, piensas en sus palabras.

—Quizá todo nos venga de la infancia —dice él y tú le miras, aún sin contestar.

—Yo nunca fui demasiado feliz— le dices y él mueve ahora la cabeza.

—Desde aquí me parece que fui muy feliz siempre, dice y de nuevo quedáis en silencio.

—Lo malo es cuando uno no sabe qué es exactamente lo que busca, qué es lo que quiere. Yo aquí me siento más solo que nunca. Afuera creo que a pesar de todo me sentía acompañado. Había problemas... Los veía pero no podía sintetizarlos. En cierto modo la lucha me arropaba... Llevo aquí ya dos años y las cosas han comenzado a ordenarse de otra manera.

—¿Pero sigues dentro?

—No. Ya no —ha dicho—. El primer año estaba integrado en la comuna y más o menos seguía en

contacto. Luego, no sé por qué, todo comienza a
verse de otra manera. ¿Tú sigues con los prochinos?
Sonríes.

—Ha habido muchos prochinos desde entonces
—dices—. De todas formas estoy algo cansado. En
realidad no éramos prochinos, éramos marxistas-le-
ninistas.

—¿Pero sigues dentro?

—Sí. No estoy muy seguro, pero creo que sí.
Pero ya te he dicho que estoy algo cansado, por eso
empieza a interesarme la psicología; cuando se conoce a las personas se conocen mejor los mecanis-
mos de respuesta.

—Yo tuve una infancia feliz —dice Ernesto—.
En realidad, demasiado feliz. Siempre fui un poco
pivilegiado, ahora mismo lo soy en cierto modo.
Llevo dos años y estoy a punto de salir. Me cayeron
seis, y otros, como no se muera el Papa o caiga de
una vez esto, van a chupárselos enteros.)

En realidad también yo fui feliz, piensas, también mi infancia fue modélica, algodonosa, y quieres
imaginarte ahora en el Retiro jugando con Eduardo
y Julián a policías y ladrones y a tú-la-llevas. No
tengo recuerdos de la infancia, te dices, apenas recuerdos de la infancia, y te vuelven las palabras secas
del informe: «Agesividad hacia el padre», y niegas
con la cabeza, no, te dices, eso fue luego, eso fue
más tarde y entonces no fue agresividad, no agresividad, sino un indescriptible desprecio ante su mediocridad, sus opiniones siempre categóricas, su seguridad, su miedo.

Las paredes de baldosín blanco vuelven a adquirir sus propios contornos y se delimitan ante tus
ojos. Empieza a dolerte la cabeza y de nuevo la
mancha roja, la mancha del perro destripado empieza a tapar el bigotito recortado de tu padre, las
chuladas de tu hermano el mayor, la simplicidad
del pequeño, la actitud sumisa de tu madre. La muerte es algo demasiado sencillo, piensas, y sabes que
ése ha sido quizá tu gran descubrimiento, el que ha
sido capaz de dejarte sin habla: la constatación de
algo que desde hace tiempo intuías, la muerte como
un hecho natural, un hecho simple que, sin embargo, a pesar de todas tus declaraciones, de todos tus:
«a ese hay que mandarle al paredón», «que nos
den armas y ya verán de lo que somos capaces», tú
no puedes asimilar, te niegas a asimilar como si

siempre hubieras esperado que el rito elemental de apretar un gatillo, el hecho de que el cuerpo se desplome, caiga, requiriera todo un complicado mecanismo preparatorio, alguna solemnidad que al hermosearlo lo justificara y, sin embargo, ahora eres consciente de que ese hecho, la muerte, no es en nada diferente de ese vivir de cada día, y sabes que en el otro lado, al otro lado de la trayectoria de la bala podría haber estado, estar, cualquiera de ellos: tu madre, por ejemplo, Pilar, cualquiera de los otros, tú mismo con sólo desviar el sentido del brazo, con sólo buscar un apoyo sobre la sien, tú mismo desplomado, formando parte de la mancha en el centro del cuarto y ese agujero, esa mancha que en este instante sólo para tí tiene sentido, dejaría de existir para todos los demás, para Pilar, para tu madre, para Ernesto, para todos ellos como ha dejado de existir ese perro destripado al que en el fondo tenías cariño, a pesar de los «tienes que estar loco, completamente loco. Y lo malo no es que haya sido Bakunín, lo malo es que podíamos haber sido cualquiera de nosotros», y sabes que para todos ellos lo único digno de ser comentado tras el gesto, de ser relatado, recordado en charla tras charla semidolida, semientristecida, sería el hecho de la vida, pero de una vida como posibilidad, una vida de pronto arrebatada dejando ante ellos toda una serie de interrogantes, de imágenes más o menos borradas de un ser que alguna vez —«¿te acuerdas, a él le gustaban mucho los calamares. Cada vez que hacía calamares repetía por lo menos dos o tres veces?»—, ocupó un cierto sitio, tuvo una determinada postura, recorrió este pasillo, se lavaba los dientes todas las mañanas y todas las noches y te das cuenta de que hasta ese momento, hasta el momento mismo en que la masa sanguinolenta, los pelos teñidos y pegajosos quedaron como resultado de tu disparo, también tú hubieras participado de esa retahila de lamentaciones posibles por un futuro frustrado o de nostalgias por un pasado que había quedado petrificado en el acto y, sin embargo, lo que nunca hubieras podido imaginar era esa absoluta normalidad de la muerte, esa muerte que se volvía cotidiana y perdía su dramatismo, ese todos-somos-capaces y te diriges hacia atrás, hacia siglos y siglos de historia pasada e intentas imaginar a todos los demás, imaginarte, por ejemplo, soldado en las Termópilas, un número más en las Termópilas, en Auschwitz, entre la enorme masa de obreros semidesnudos que arrastraban las piedras redondeadas de las pirámides y entonces la catapulta, la bala de cañón, la cuerda de arrastre que se desprende y tu allí, aplastado ahora, mancha roja ya, mientras la batalla continúa y el triunfo o la derrota pasa a ser dato sintetizable, dato que será recogido, archivado, estudiado y comprendido más tarde, y lo construido, la resultante quedará como muestra remotísima, ciega siempre, de aquellos otros miles que como tú contribuyeron a elevarla, a la toma de fortalezas que luego felizmente será conmemorada a principios de julio, buen momento, indiscutiblemente, para que toda la ciudad se encienda en fiestas, para que los cafetines, de pronto bulliciosos, estallen de gente que ríe, conmemora y baila, mientras el otro, espectador entonces, declamaba desde los muros, gordo e insaciable, quizá crítico, sabiendo antes que nadie que la muerte es sólo un gesto pasajero... el gordo que todo lo sabía, piensas, arengando a las masas desde su ventanuco, mientras las bayonetas, las horcas, los cuchillos brillaban a sus pies y daban a la ciudad de París un aire de gran espectáculo; él, quizá también esperanzado, como Nerón, que ve desde la cima la labor sistemática de aquellas llamas por él provocadas; el gordo desde la torre prediciendo ya, soñando nuevos universos, presintiendo y anunciando la trivialidad del bien, la indiscutible normalidad de la muerte como ley inmutable de esa suprema naturaleza que, indiferente a todo, le había dado humores indomables, humores sapientísimos y ya contra corriente...

Todo esto es muy trillado, piensas, la muerte como algo natural, el hombre como nada capaz de apretar la bayoneta o suspirar nostálgico desde lo alto de la torre o como el otro, el incorruptible, el enviado a la tierra de la diosa-razón, el gran burócrata levantando los ojos hacia el hierro frío, también brillante y teatral, de un artilugio que tantas veces antes había hecho poner en movimiento... la masa sanguinolenta, roja ahora, junto a esa gran cabeza, fundiéndose con las huellas de otras muchas manchas, no revolucionarias sino elegantemente aristocráticas, la mancha del pobre Luis el bobo y de su austríaca mujer, fundidas de pronto en aquel agujero mal borrado, rojinegro, con el reguero que se desprende a borbotones de un cuello duro y blanco, un cuello rígido de camisa —¿o era también descamisado, el incorruptible?— y te parece que no, unes su rostro seco y cortante —deberías saber si era Tauro, también él— con el de un retrato contemplado hace mucho tiempo y puedes casi ver su cuello blanco y duro, almidonado, de camisa impecablemente blanqueada, y vuelves a pensar en el gordo, fofo y quizá baboso, con sus ojos de lince, sentado allí en su torre y sabes que tenía razón, te das cuenta de que tu rebelión anterior ante la muerte no era sino una muestra más del orgullo de especie, orgullo cultural que había ayudado a olvidar que el morir es algo cotidiano, y sientes por eso una insistente sensación de malestar, de desagrado porque siglos y siglos de «no matarás», siglos y siglos de ideología humanitaria y de declaraciones de derechos del hombre, declaraciones e ideología que tú habías mamado, que tú habías creído, no podían borrarse de pronto, no podían eclipsarse ante esa repentina constatación de que no sólo es fácil morir sino que, además, también es fácil, increíblemente fácil, matar, y aparecen ahora los hombres desnutridos que se acercan, que avanzan hacia ti y al fondo ves el humo que sale de la torre y vacilas, tiemblas como si tú también estuvieras allí avivando el fuego, como si comprendieras que el hecho de estar aquí ahora, sentado ante una mesa blanca frente a los baldosines también blancos de un hospital y no en Dachau, por ejemplo, en ese enorme mausoleo en vida, propio de un Faraón, es sólo una cuestión accidental porque tú también, y ahora lo sabes o por lo menos lo presientes, en circunstancias determinadas, no demasiado especiales, podrías ser capaz de avivar la hoguera, de apretar el gatillo, en una palabra, y la cabeza comienza a darte vueltas y todo gira de nuevo y ves a los hombres demacrados, con enormes barrigas colgantes de desnutrición y ves sus enormes ojos, sus ojos no quejosos, ni siquiera asustados, sino de sorpresa, los ojos de Bakunín, aplatasdos sobre las baldosas y se acercan hacia ti, que estás nadando en tu mancha de sangre, y sus cabezas son ahora enormes lámparas que a tí te divierte encender y apagar y puedes hacerlo con sólo apretar el interruptor que cuelga de su oreja derecha; lámparas hermosas con dibujos, con barquitos que nadan sobre las olas, con militares a la moda del diecinueve: granaderos, dragones, la guardia imperial con altos gorros, la guardia del palacio real con sus pompones, sus enormes cucuruchos de piel y ahora el dibujo comienza a adquirir las proporciones del objeto y aquel gorro negro, peludo, que contemplaste un día ante las puertas del palacio de Buckingham, parece iluminado y la luz pasa ahora a través de la piel, se vislumbra entre la sedosidad del pelo largo y negro que apetece acariciar y es ahora la piel del perro formando lámpara, hermosísima lámpara de lujo y ellos, los hombres demacrados, con enormes tripas de desnutrición, andan a tu lado, observan la lámpara y tú no te atreves a apagarla y sientes que un espeso sudor resbala sobre tu frente y quieres gritar, te afanas por dejar salir el sonido y abres la boca repetidas veces como si quisieras que viniese el hombre bueno de la bata blanca con sus golpecitos en la espalda, sus «ahora vas a colaborar», pero sólo puedes percibir aquel otro grito, sí audible, sí real, aquel grito ante la patada, la amenaza, aquel grito que tampoco parecía despertar ningún eco, allá en la Dirección donde los muros no eran blancos sino absolutamente grises, obscurecidos, sucios, y aquel grito que entonces por vergüenza, por machismo, por hay-que-resistir, querías contener y se te escapaba, resbalaba de tí mismo y crecía, pero quedaba también sin respuesta, sin esa ayuda que entonces podías desear, que ahora esperas, y mueves los labios una y otra vez y te sientes mal, bastante mal ahora, y te tumbas sobre las sábanas blancas y cierras los ojos intentando que todas las imágenes se borren, viendo sobre la mesa la carpetilla gris aún abierta, esperando que de un momento a otro entren ellos, grandísimos, poderosos, a ponerte la inyección, y permaneces así quieto, durante mucho rato, y te parece que ya no van a acudir, que te han dejado aquí esculpido en piedra sobre la cama, como serenísimo sepulcro gótico, que van a esperar a que todo tú completes esa imagen de silencio que tu boca se empeña en presentar y tienes un enorme miedo porque se te va la cabeza y quisieras agarrarte, sentarte para que todo vuelva a ser como antes y lo intentas ahora y no puedes y te dejas caer, sin sentido, sabiendo, un segundo antes de que todo se borre, que quizá eso era la muerte que esperabas, una muerte también sin apelación, cotidiana, una muerte que te llega precisamente cuando no puedes gritar, cuando eres incapaz de pedir auxilio, lo mismo que aquella otra vez en la que, por el contrario, sí podías gritar, pero en la que sabías que la muerte podía acaecer sin que nadie, ni siquiera los que con sus golpes iban a precipitarla, hicieran nada por acudir en tu ayuda.

Verá usted: vamos a ser sinceros desde el principio. La verdad es que yo no tenía ninguna gana de venir, ninguna intención de venir, y si no fuera por lo pesada que se pone mi mujer, le aseguro que este asunto habría terminado para mí el mismo día en que comenzó. Hay cosas por las que no se puede pasar y hace ya muchos años que Enrique ha muerto para mí. No; no me objete nada. Sé que resulta duro que un padre venga a decirle esto, pero, para qué vamos a engañarnos, las cosas son como son y no hay que darles vueltas. Yo muchas veces he pensado que hubiera preferido verle muerto a contemplar lo que ha llegado a ser y por eso, me parece que, en cierto modo, su estado de ahora es relativamente mejor que el estado de degeneración a que antes había llegado. ¡Cuando un hijo llega a hacer las cosas que él ha hecho! ¡Cuando falta Dios y los más sólidos principios morales!..., yo no quisiera ser injusto pero, y esto no podrá usted negármelo, Enrique todo lo que tiene ahora se lo ha buscado él mismo. Por tanto, como ya es mayorcito, es él el que debe sacarse las castañas del fuego. Creo que mi ayuda puede servirle de muy poco. Mi mujer ya le habrá contado su versión, que, más o menos y, dejando a un lado las sensiblerías que habrá añadido, propias de cualquier madre, coincide con la mía. Nosotros hemos hecho todo lo posible para que nos saliera un hombre como Dios manda. No hemos escatimado ni un sólo medio para que se hiciera un porvenir, para que, en una palabra, se hiciera un hombre hecho y derecho. ¡Y ya ve usted cuáles han sido los resultados! El día en que me enteré que iba a casarse con esa que, según parece —le aseguro que no creo haberla visto más de cinco o seis veces— es mi nuera, nuestras relaciones, que ya estaban bastante deterioradas, concluyeron. Desde entonces, todo lo que he sabido de él han sido algunas noticias más o menos inconexas que me transmitía su madre: que si se han ido al extranjero, que si han vuelto, que si tienen una hija, que si se han separado. ¡Pobrecita! Eso sí. Yo creo que los pobres angelitos no tienen la culpa de los pecados de sus padres y por eso en cuanto me enteré de que había una niña por medio le dije a Carmen que les propusiese que la educásemos nosotros. No me gustaría nada que mi nieta creciera en ese ambiente en el que se mueven ellos. ¡Porque si él es como es, qué le diría yo a usted de ella! ¡Una irresponsable, una...! En fin, usted perdone, pero ciertas cosas me ponen fuera de mis casillas. ¡Usted cree que una esposa, una madre de familia, puede ir todo un día de un lado para otro vestida como un chicazo, bebiendo vino como un tío y defendiendo ciertas ideas! Ya le digo que prácticamente no la conozco, apenas he cruzado algunas palabras con ella, pero no hace falta conocer mucho el paño para saber por dónde tira una persona. Aquí, entre nosotros, le diré que ella tiene la culpa en gran medida de lo que luego le ha pasado a Enrique... El siempre ha sido un individuo sin personalidad, timorato, apocado, en fin... usted me entiende, no era un muchacho normal. ¡A los dieciocho años todavía no...! Bueno, no sé si me seguirá, pero hay cosas que se entienden fácil. Y ella que debe ser una..., ¡ya sabe cómo son las chicas de hoy día!, pues le encandiló y en cuanto le hizo tres carantoñas bien hechas pues se salió de madre y ya le tenía metido en un bolsillo. Por eso yo creo que es necesario que desde muy jóvenes los hombres se comporten como tales, que tengan sus líos, ¡siempre dentro de lo correcto, desde luego!, pero vamos, que no estén todos los días metidos entre las faldas de los curas. Enrique ha sido muy distinto a sus hermanos: rencoroso, mala persona. ¡Si viera usted todo lo que hemos hecho por él! Pero él era orgulloso, cerrado, y no había nada que hacer. Yo creo que han sido las amistades... Cuando un chico es influenciable como él, está perdido, y por eso yo me oponía al principio a que se matriculase en la Universidad. ¡Cuántos males nos habríamos evitado si hubiese entrado a trabajar conmigo como el otro!, pero no, el señorito no estaba conforme, el oficio de su padre le parecía poca cosa, poco digno, como si él estuviera por encima de todos y luego, ¡ya ve!, para no ser capaz de terminar una carrera, de mantener una familia, de asegurarse un porvenir. A los chicos de hoy les damos demasiadas cosas, demasiados caprichos, y por eso nosotros, me doy perfecta cuenta, y bien que me arrepiento por ello, somos los primeros responsables. ¡Si el primer día que me contestó y se puso chulo le hubiera hecho probar la correa, otro gallo me hubiera cantado! Pero somos demasiado blandos, demasiado transigentes, y luego el día menos pensado son capaces de clavarnos una puñalada por la espalda.

De todas formas, no todos son iguales. Mis otros dos son otra cosa, porque no crea que yo soy de esos que piensan que toda la juventud por el hecho de serlo está perdida. No. Lo malo es que hay mucho maleante suelto, mucho indeseable, muchas malas ideas flotando en el ambiente y la Universidad, a mi entender, tiene gran culpa de lo que pasa. ¡Si viera usted qué libros me traía por casa cuando apenas acababa de cumplir los diecisiete años! La primera vez que se los pillé, ¡a la lumbre fueron todos!, pero ya saben como son..., en seguida encuentran modo para hacerlo todo sin que uno se entere y, para decir verdad, ¡bastante tiene ya uno con sacar una casa adelante, como para tener que estar además todo el día haciendo de policía!, y luego, la culpa la tiene la madre, por que siempre, a pesar de que yo ya estaba en guardia con el muchacho, salía en su defensa con que era muy estudioso, que todos no tienen que ser iguales. ¡En fin ya sabe usted cómo son las madres!... Pues ella tiene también gran parte de la culpa y eso no hay quien me lo quite a mí de la cabeza, porque si el primer día que le vio llegar a casa con una de esas publicaciones, en vez de callarse para que yo no le regañara, me lo hubiera dicho, Enrique habría salido al momento de la Universidad y ya vería usted cómo dándole duro en un trabajo que no le dejara tiempo para pensar, todas esas pamplinas se le iban pronto de la cabeza. ¡Demasiado tiempo libre tienen y por eso son así de inútiles! Yo le he repetido muchas veces, ¡una guerra, una guerra os vendría bien a vosotros, para que os dierais cuenta de lo que vale ganarlo y no creais que todo el monte es orégano! ¿Usted se los imagina a estos chavales metidos en una como aquella? Pues allí es donde se hacen hombres, donde realmente se aprende a dar el callo. Mire usted, perdone que me indigne, pero es que es una herida que todavía no tengo cerrada: ¡nos ha hecho pasar mucho este hijo, mucho y aunque uno diga que no los quiere, no por eso dejan de ser la propia sangre y eso no se borra así como así! Fíjese si no podía haber terminado su carrera, casarse después como todo el mundo y estar ahora magníficamente colocado... Y no son todo los compañeros, no... también son esos profesores, esos frailes modernos que ya desde pequeños les meten ideas raras en la cabeza, porque si no, dígame usted, ¿un chico católico, con una formación de doce años en un colegio de curas, puede cambiar de ese modo por el mero hecho de entrar en la Facultad? No... eso ya viene de antes, son cosas que ya traen en germen en la cabeza, con todas esas ideas que poco a poco les van metiendo en el colegio cuando todavía no están preparados para pensar por su cuenta. Yo, por ejemplo, nunca fui a un colegio de curas y, sin embargo, aquí me tiene, católico de toda la vida y en cuanto a formación religiosa no creo que haya muchos que puedan enseñarme nada..., pero de una religión de otro tipo, más acorde con la familia cristiana y con esos principios que, por desgracia, hoy día muchos curas son los primeros en olvidar. Muchas vueltas le he dado, muchas, y sinceramente pienso que el colegio es responsable de toda esa ideología porque, desde luego, lo que es en casa todo lo que se le ha enseñado tanto con la palabra como con el ejemplo va por otro camino. Me acuerdo aún perfectamente del día en que Carmen, mi mujer, vino casi llorando a decirme que Enrique había vuelto sin Pilar y que se había enterado de que le habían detenido. En un primer momento me dieron ganas de no ocuparme para nada del asunto, de mandarle una vez más a hacer mil puñetas, pero a uno siempre le sale, qué le vamos a hacer, el padrazo que lleva dentro, y como un gilipollas, usted perdone pero no encuentro otra palabra que lo defina mejor, olvidándome de todas las veces que me había hecho ponerme en evidencia, voy a la Dirección General de Seguridad a pedir explicaciones, a enterarme de por qué le habían detenido y para colmo me preocupé hasta de buscarle un abogado. Si quiere que le diga la verdad en ningún momento se me había podido pasar por la cabeza en qué asunto estaba metido. Como hacía ya casi dos años, más o menos, desde que se casó, que no habíamos vuelto a saber nada de él, pues la verdad es que no había vuelto a preocuparme ni de él, ni mucho menos de sus ideas... Yo sabía que andaba desde hacía mucho tiempo dándole vueltas al marxismo y a todas esas historias, pero en ningún momento me figuré que fuera capaz de cooperar directamente con los enemigos de España; así como se lo digo..., uno es tonto y siempre sigue teniendo confianza en los hijos y como ya sabe cómo están ahora los católicos, que a veces por lo que dicen no hay quien les distinga de un comunista, pues yo creía que a lo sumo estaría metido con la JOC o alguna paparrucha de esas. Cuando llegué a la Dirección y el comisario, que estuvo muy correcto, me informó de que Enrique formaba parte desde hacía varios años de no sé qué grupo marxista-leninista, se me puso una rabia aquí en el cuello, una indignación, que le aseguro que si le hubiera tenido delante le parto la cara allí mismo, delante del comisario. Desde aquel momento hasta hoy, o mejor dicho hasta el molesto asunto ese del perrito, Enrique ha acabado para mí, y le aseguro, como creo haberle dicho ya antes, que prefiero verle aquí, en el hospital, a verle luchando contra esa paz que tanta sangre nos ha costado; mire usted, llegado a cierto punto no existen ya padres e hijos, e igual que en la guerra hubo muchos que estuvieron luchando contra gente de su familia, que estaban en el otro bando —precisamente un compañero mío, uno que después, por cierto, no he vuelto a ver, y que no me importaría nada saber qué ha sido de él, porque le he perdido la pista— era el único miembro de su familia que estaba de este lado y muchas veces le oí decir: «cuando se lucha por una causa como la nuestra ya no hay padre que cuente»— pues lo mismo le digo ahora a usted y le diría a Enrique si le tuviera delante... Yo siempre he pensado que con esos individuos que de una forma u otra se proponen acabar con el orden que tan duramente hemos forjado hay que tener mano dura y, por tanto, si yo me enterase que Enrique, suponiendo que salga bien de ésta, vuelve a las andadas, le aseguro que sería el primero en ponerme frente a él para entregarle a la policía si fuera preciso o para resolver entre hombres un asunto en el que, créame, ya no pueden intervenir otro tipo de factores.

V

Yo soy éste, yo era aquél, soy éste que lee, era ese que lee, que desmenuza las palabras, que está sentado frente a los cuatro, que les mira, les miro, veo frente a mi a Mariano-Jorge-Emilio, a Encarna-Lucía, a Paco-?, a Ignacio-?, y a Enrique, ese Enrique que no soy yo, yo que soy Julián en este instante ante ellos cuatro, aunque no para Jorge y Lucía, que conocen a ese otro yo, a ese patronímico real, patronímico con el que un día nos presentaron, o mejor dicho nos presentamos, desnudándonos de aquellos otros dos nombres también ocultadores, tras mi Gonzalo y sus —¿cuáles eran sus otros nombres?— pero ahora no puedo recordarlos y están frente a mi y Mariano tiene un libro abierto entre las manos y Lucía mordisquea la punta del lápiz y los otros tres parecen inquietos, esperan que alguno comience a hablar y nos miramos, nos mirábamos en aquel momento y yo carraspeo algo nervioso y comienza la reunión y somos de pronto la célula constitutiva, el partido por excelencia, y todos tenemos algo de miedo, algo de inseguridad por ese enfrentamiento que nos hace, nos hacía como dioses, y Mariano lee ahora en voz alta:

«Los que transgreden los intereses fundamentales de más del 90 por 100 de la población del mundo pueden armar un alboroto y dar voceríos por un momento o en alguna reunión, pero no representan en definitiva a la mayoría genuina. La «mayoría» suya es un fenómeno ficticio y superficial y en el fondo no es sino una minoría; la «minoría» que ellos atacan en esencia es justamente la mayoría.»

Mariano se detiene y todos aprobamos ahora. Soy yo ese que hablo, que explico, que me detengo en el sofisma, la minoría que es la mayoría, nosotros mayoría de hecho, mayoría conocedora capaz de transformar, ellos la minoría, ellos, a pesar de su número, de su fuerza aparente, la minoría, y empiezo a sentirme seguro ahora, capaz de comenzar:

—Quizá deberíamos incluir esa cita en el primer número del periódico.

Ha sido Paco quien lo ha dicho y Encarna en seguida interviene corrigiendo, matizando:

—Mejor un artículo personal, algo que nos ayude a definirnos, a convencer, algo basado en esa idea.

Y Mariano asiente:

—Además no debemos dar en ningún momento la impresión de que somos una minoría; es falso, hasta en el sentido literal, que seamos una minoría. Muchos camaradas aún están por decidirse pero yo me atrevería a asegurar que en este momento no debemos estar muy desequilibrados.

La mayoría y la minoría, la justeza de nuestras posiciones... Yo estoy ahí defendiendo, aclarando, animando a los demás, yo era ése que temblaba casi de rabia al referirme a las maniobras de los revisionistas, a sus embustes, a su política traidora, tendente sólo a engañar y desorientar a las masas.

—¿Cuánto tiempo llevabas tú en la organización?

Ha sido Mariano quien lo ha dicho y yo, Julián, ahora, contesto:

Un año más o menos: Enrique, entonces todavía portador de un solo nombre, tembloroso, entró en la primera reunión. Allí estaban los otros, los que después deberían ser sus compañeros durante todo un año: «—Es mejor que elijas otro nombre», y Enrique dijo: «—Gonzalo, podeis llamarme Gonzalo».

Te revelas ante ese recuerdo trivializador que reduce años enteros de tu vida a una simple elección de nombres: Enrique-Gonzalo-Julián pero, y eso te lo dices ahora, se debe quizá a que tras cada uno de ellos, tras cada nuevo nombre, había un nuevo papel asumido, una nueva personalidad destacándose, configurándose o tan sólo, te dices, un mismo Enrique que se recubría de diferentes caretas que protegieran a ese último Enrique, agazapado detrás. Es falso, te dices, aquello era mucho más complejo, y te duele no poder rescatar de todo tu entusiasmo, de aquella entrega de entonces, más que esos pocos datos externos, ocultadores de todo lo demás. Quedan los nombres, te dices, las caras desdibujadas de algunos compañeros, una imagen de mí mismo como ajena, moviéndose por los pasillos de la Facultad, acudiendo a casas en lugares inverosímiles, leyendo a escondidas sobre la cama del cuarto, escribiendo deprisa un artículo para el próximo número. Y quisieras entrar de nuevo en el cuerpo de ese estudiante de segundo curso de Física que avanza por el hall de la Facultad llevando asustado o decidido una gran cartera de skay con los papeles que había que repartir aquella mañana.

Enrique-Gonzalo-Julián avanza cabizbajo por el pasillo. Aquel día Enrique se mueve como un autómata y piensa en su madre, acechante sobre los papeles —«¿Qué quiere decir esto? ¿De dónde has sacado esta basura?»— y Enrique se dirige hacia el bar donde espera encontrar a Mariano.

(—Las cosas se están poniendo feas. Yo no estoy de acuerdo. No estoy en absoluto de acuerdo con cómo funciona esto. Caemos en un dogmatismo, en una rigidez, en una falta de perspectivas que, si quieres que te diga lo que pienso, me parece aún más negativa que la transigencia de los revisionistas. Nos aislamos de las masas y vamos a terminar quedándonos solos, completamente solos.)

Enrique está algo cansado y después de buscar a Mariano en el bar, inútilmente, sale al jardín. Los árboles dan miedo, piensa, y le parece verlos encogerse a su paso, agazaparse vigilantes, y Enrique piensa en Pilar, «quizá todavía no esté preparada, piensa, quizá sea aún demasiado pronto» y se queda callado, mirando los bancos de piedra, los paseos por donde avanza un muchacho con la cartera entre los brazos, los grises enfrente, y luego, después de dudar durante un instante, se sienta en la escalera ante la puerta de la Facultad: Si viene, tiene que pasar por aquí a la fuerza.

Ese Enrique que soy yo, que estoy aquí sentado en la escalera de la Facultad esperando —ya se retrasa casi media hora— a que Mariano aparezca de una puñetera vez, piensa ahora que las cosas no son tan sencillas como a uno le gustaría, que hay que seguir luchando en todos los campos, que los hombres a veces... que el mismo Mariano, y le gustaría enfrentarse a Mariano con decisión, preguntarle ahora cuando se acerque, cuando le vea sentarse a su lado, levantando los ojos (nunca demasiado, siempre con los hombros hundidos, mirando hacia los lados primero, acorralado), decirle: «¿Qué es lo que buscas tú en realidad?, ¿qué pretendes personalmente con esto?», y hay una antigua y repetida imagen, la del trepador, la del poder deformándolo todo, que agobia a Enrique en ese momento mientras le parece escuchar a Mariano: «los puestos de responsabilidad deben ocuparlos siempre individuos de toda confianza, individuos con responsabilidad..., quizá por eso no debo darte explicaciones, quizá por eso no debo decir nada sobre mi decisión de boicotear, porque a mi me sale de los huevos, el centralismo democrático», y Enrique se siente cobarde pero sabe que es capaz de romper de nuevo, empezar otra vez...; «Hay que expulsar, se dice, tenemos que acabar con los elementos perniciosos, con los revanchistas que acaparan los puestos de dirección y desvirtúan la auténtica línea revolucionaria, hay que hacer de nuevo dentro de la organización, una nueva revolución cultural en pequeña escala»...

Pero no, ese Enrique que era yo, no podía hacer entonces, ni pretender hacer la revolución cultural porque en aquel entonces —¿año 1964?— el término no estaba ni siquiera acuñado y, sin embargo, había algo ya en la actitud de Enrique, que era precursor de lo que luego habría de ser la gran esperanza, revolución igualitaria definitivamente, revolución contra el burocratismo, la mediocridad, contra los trepadores... ¿Fue así realmente?, y sabes que ese Enrique de ahora, ese Enrique hundido en la cama blanca de un hospital, buscando datos, recordando, mezclando fechas y quizá estados de ánimo, no podría contestar afirmativamente a esa pregunta porque un miedo mayor, un miedo más atroz que aquel de antes, le hacía intuir, temer, presentir en definitiva, que tampoco aquello era válido, que también allí —los muertos de Sanghai, los obreros aplastados, ¿la contrarevolución?, los profesores destituidos— tuvo que haber hechos, situaciones, matices que Enrique en ese momento no habría aprobado...
«Pero es necesario... todo eso es necesario, ¿y qué me dices del hambre en la India? Me hubiera gustado que hubieras conocido la India, que hubieras podido contemplar los muertos de hambre, los hombres arrastrados por las calles, los hombres como bestias, acorralados en las calles, que comprendieras para siempre todo y lo que ha supuesto aquello, todo lo positivo de aquello y por eso, del mismo modo que Mao y la revolución china saben perfectamente por dónde van y, desde luego, que es necesario ir por ese camino, del mismo modo te digo que Stalin fue un auténtico revolucionario que sacó ade-

lante a un país sumido en la miseria, en el hambre, en la ignorancia y casi en la esclavitud, para situarle a la cabeza de la revolución mundial; a la cabeza, te repito, y tenemos que ser conscientes de que la revolución no es un juego de niños, que a veces cuesta mucho, que a veces duele y la historia sigue su camino, querámoslo o no y si no nosotros, nuestros hijos, los nietos de Stalin recogerán sus frutos en una sociedad más justa, más acorde con las leyes de esa misma historia.»

(Vishinski.—¿En una palabra, a través de qué etapas pasaba vuestro camino hacia el poder, según vuestra idea?

Sokolnikov.—El camino hacia el poder se encontraba a través de la restauración paulatina de los elementos capitalistas que desplazaran y en cierto modo sustituyeran a los elementos socialistas.

Visc.—¿Y respecto a los agresores?

Sok.—Ibamos a un acuerdo con ellos, mediante el cual en el curso de la guerra y como resultado de la derrota de la U.R.S.S. se produciría la llegada del bloque al poder.

Vish.—De esta manera es justo como yo he formulado en el acta de acusación: «El centro paralelo se impuso como tarea principal derrocar por la violencia al Gobierno soviético con el objeto de cambiar el régimen social y político existente en la U.R.S.S. ¿Es justa esta formulación?»

Sok.—Sí. Es justa.

Vish.—Luego en el acta de acusación yo digo: L. D. Trosky y bajo sus instrucciones el centro troskista paralelo trataban de adueñarse del poder mediante la ayuda de los Estados extranjeros con el objeto de restaurar en la U.R.S.S. el régimen capitalista...

Sok.—Es justa.)*

Debía ser un depósito de vinos. El olor ácido era penetrante y en un momento determinado pensaste que podía llegar a marear, a hacerte vomitar incluso. Son las cinco de la tarde. Ayer decidisteis convocar reunión extraordinaria y con una rapidez no habitual llamasteis a los cinco miembros del comité para que acudieran allí a las cinco. Entras en el portal. Huele a madera húmeda y las paredes desconchadas

---

* Actas de los Procesos de Moscú, 1938.

y negras te acogen en una clandestinidad, quizá emotiva. Atraviesas el patio.

Enrique ha atravesado el patio sin mirar a los lados, sin detenerse a contemplar el pequeño chorro de agua que gotea de un grifo que desagua en el suelo, sin estanque donde recoger sus aguas, mirando sólo hacia arriba, hacia el cielo que esa tarde está increíblemente gris, sin detenerse a examinar las filas entrecruzadas de ropas de diferentes colores, de pantalones azul-marinos colgando como ahorcados junto a los calzoncillos, los calcetines, y a las enormes sábanas blancas como pantallas; ha atravesado el patio conocedor ya de ese pequeño escalón que hay que subir para llegar al pequeño y oscuro zaguán, escalón que la primera vez hizo tropezar a Mariano —«Leche, aquí se desnuca uno»—, conocedor de las baldosas de granito desgastadas, de los cuatro tiestos que parecen olvidados en el rincón dentro de unas latas grandes que todavía conservan la pintura de sardinas «Albo», banderillas «La Torera». Enrique entra en el almacén de vinos tras dar dos golpes rápidos en la puerta y luego tres más lentos, en un sencillísimo morse avisador que debería tranquilizar a los que, ya dentro, esperan. Pasando entre las cubas, entre los pellejos, Enrique se dirige hacia el centro del almacén, donde sobre cuatro improvisados bancos construidos con unas cajas que alguna vez debieron contener botellas aguardan los otros tres, ya sentados. En el centro una caja ligeramente mayor hará de mesa y en ella Enrique puede ver, antes de sentarse, el block de Mariano que encierra un bolígrafo mal disimulado, la cartera de Lucía y las gafas de Paco. Lucía y Mariano hablan tranquilamente pero hay algo de apremio en su voz. Paco se muerde las uñas y Enrique le mira con una cierta satisfacción de cazador ante la presa, pero saluda con voz impersonal, voz sin problemas: «Perdonad si me he retrasado un poco, pero he tenido que dar algunas vueltas. No sabía si me seguían y…», los otros asienten y Lucía y Mariano siguen hablando. Enrique, yo, miro a Paco y voy pensando una por una las palabras de la denuncia, la frase acusadora, desveladora, que debería emplear, sólo momentos más tarde, cuando la reunión comenzara.

Ya estamos todos. Ignacio y Sebastián —ya no está Adolfo porque ha tenido que largarse al extranjero, y en su lugar, como representante de Derecho ese muchacho delgado, asustadizo, inseguro que me contempla— han llegado y Mariano toma la palabra. La sesión queda abierta.

Puedo ver aún aquellos pellejos pringosos, enormes, sobre los cuales podía recostarme mientras los demás hablaban. Olía a vino, a ácido —¿por qué no habría notado antes, en todas las reuniones anteriores, ese olor penetrante del vino durmiendo en los pellejos, madurando en las botellas semitumbadas, estallando en las cubas?— y puedo escuchar las palabras secas de Mariano, el «-en - esta - reunión - debemos - comenzar - por - solucionar - un - problema - bastante - serio - del - que - hemos - tenido - noticia - hace - solamente - unas - horas - y - que - antes - de - seguir - adelante, - antes - de - debatir - ninguna - otra - cuestión - quisiera - que - se - resolviese. - El - camarada - Julián - tiene - la - palabra.»

Enrique-Julián, yo, carraspeo y me enderezo, abandonando momentáneamente la suave piel sobre la que recostaba la cabeza. Miro a los demás, deteniéndome con una cierta insistencia en Paco, sentado frente a mí, que ha dejado de morderse las uñas y se ha puesto las gafas —¿Sabía ya que le habíamos descubierto?— y carraspeo de nuevo:

—El asunto que nos ocupa hoy, que ha hecho que convoquemos esta reunión extraordinaria, saltándonos un poco las reglas de la clandestinidad, llamando a cada uno de vosotros por medios no habituales, es de extremada urgencia. Como en seguida vais a ver creo que la precipitación en este caso estaba altamente justificada. Desde hace una semana vengo teniendo noticias a través de uno de los camaradas de la Facultad de la existencia en nuestras filas de un grupo fraccional que está realizando una clara labor escisionista, grupo que podríamos definir o que mejor dicho se define a sí mismo, en sus declaraciones y en su proselitismo, como troskista. El hecho de que dentro de una organización tan joven como la nuestra existan tendencias e incluso discrepancias con la línea de la dirección no es sorprendente e incluso es índice de vitalidad, pero todos sabemos que no estamos en condiciones de aceptar en nuestras propias filas una labor antidirección que es, en gran medida, una labor anti-partido y que sólo puede servir para desorientarnos y apartarnos de nuestro auténtico objetivo que es desenmascarar la labor oportunista de los revisionistas modernos.

Respiro hondo y veo la cara sorprendida, censuradora de Lucía, el gesto de asentimiento de Mariano y a Paco, que ha vuelto a dejar las gafas sobre la mesa y cruza y descruza las piernas con nerviosismo.

—Sabemos que un grupúsculo de tendencia troskista no tiene nada que hacer y no supone un peligro serio para nosotros pero eso no quiere decir que no vayamos a tomar serias medidas, que no vayamos a frenar de raíz esa labor fraccional y antirrevolucionaria desde el momento que aparta a las masas de sus auténticos objetivos, que no vayamos a tener una actitud vigilante con cada camarada para descubrir a ese posible infiltrado, que hace junto a nosotros y a nuestras espaldas una clara labor de zapa. Desde el principio hemos recogido en nuestra organización ciertas tesis troskistas pero eso no quiere decir que el adoptar claramente una postura troskista frente a las tesis sostenidas por la dirección deje de ser adoptar de antemano una postura anti-marxista-leninista, ponerse declaradamente del lado de nuestros enemigos, enemigos que en todo momento debemos denunciar y expulsar de nuestras filas cuando se hallen infiltrados, agazapados entre nosotros.

Paco, asustadizo, al descubierto, mirando con insistencia al suelo, permanece callado e Ignacio, Mariano, Lucía y Sebastián nueven rítmicamente sus cabezas asintiendo, condenando, interrogantes.

—Pero lo más triste, lo verdaderamente indignante, lo que no podemos pasar por alto es que entre nosotros, en el seno mismo de este comité, uno de los camaradas está haciendo el juego, cuando no colaborando abiertamente en esa labor fraccional. Por eso antes de pasar a formular una denuncia completa pediría a dicho camarada que sea él mismo el que desenmascare sus actividades y que explique su postura ante el comité... en una palabra que haga una autocrítica y después pasaremos a examinar detenidamente, en vistas a su actitud, la postura que a nosotros como comité nos corresponde tomar en dicho caso.

Labor fraccional, posturas troskistas, la minoría que se escinde, juez o verdugo según los casos y ese Enrique que habla y acusa es el mismo, era yo mismo que pocos meses antes en una reunión similar, en circunstancias parecidas ante un comité no directivo, sino de base, me veía ocupando el lugar que ahora ocupaba Paco. Toda labor fraccional es una labor revolucionaria según el ángulo desde el que se la mire. El problema es saber de qué lado está la verdad, el problema era saber dónde y con quién estaba la razón en cada caso.

Enrique-Gonzalo ha llegado tarde a la reunión. Llama al ascensor y mientras espera que descienda repasa mentalmente las señas de la casa indicada —¿5.º D?— y piensa que era muy probable que por fin en aquella reunión se plantearan las cosas claramente. «Aquí no voy a convencer a nadie», se dice, y medita la posible respuesta, la expresión sorprendida o de reproche de los que allí dentro esperan. El ascensor se agranda y Enrique ve su imagen deformada en un espejo algo desconchado en los bordes. Yo, Enrique, salgo del ascensor algo más tranquilo y avanzo hacia la puerta de la izquierda, la D efectivamente, pensando que los soviéticos han traicionado al comunismo internacional, que ellos son los únicos traidores a la revolución socialista y al internacionalismo proletario y con ellos todos los que se empeñan en seguir una política entreguista, claudicadora, una política de socialdemócratas y reaccionarios, ellos los traidores y no yo que en todo momento me he planteado desde el instante de mi decisión que los amigos no pueden anteponerse a las ideas, que los amigos también traicionan, también claudican y que el que no está conmigo está contra mí.

Enrique llama al timbre con tres timbrazos rápidos y ligeramente distanciados y ya oye los pasos, los tacones —¿será Ana?— que avanzan hacia la puerta. Ana le abre, me abre, y su sonrisa no recriminadora —«siempre serás el último en llegar»— me hace comprender que todavía, ella por lo menos, no sabe nada; al fondo los demás esperan. ¿Quiénes eran ellos? Te es difícil recordar ahora a aquellos primeros camaradas que compartían contigo la célula cuando te separaste. De ellos sólo consigues evocar a Ana y Eduardo, todavía no casados, y a Aurelio, que poco después debería unirse a vosotros. Eduardo dirigía la reunión. Fue otro el que habló —¿cómo se llamaba aquel muchacho que representaba a Económicas?— y al hacerlo te miraba con la misma seguridad, con la que tú, Enrique, mirabas a

Carlos un año más tarde: «Antes de comenzar la reunión hay un punto importante que quisiéramos debatir». Te miraba, me miraba, piensas, cediéndome la palabra y yo, Enrique-Gonzalo, sabía que debería comenzar a explicarme. Ana mordisquea el lapicero y parece no estar interesada; Eduardo está serio y el de Económicas comienza su informe, pregunta, asedia, dispara sus frases contra mí, sus «¿es esto posible? Sois unos irresponsables; no os dais cuenta del daño que haceis a la organización con vuestra postura, con vuestro izquierdismo, vuestra impaciencia pequeño burguesa, no os dais cuenta de que al dividirnos favorecemos al enemigo. Es absurdo; las cosas, Gonzalo, pueden y deben tratarse dentro: todos pretendemos los mismos fines, todos queremos conseguir una España socialista. ¿Por qué dividirnos entonces?, ¿a dónde conduce una labor fraccional como la que vosotros estais llevando a cabo?»

Paco levanta los ojos hacia mí, Julián-Enrique, y por fin habla; asiente ahora, no parece encogerse sino erguirse sobre la caja de madera. Nos mira despacio y dice: «No tengo nada que decir. Las cosas se han precipitado y es preferible plantearlo todo con claridad; la escisión ya está en marcha. Sólo puedo deciros a aquellos camaradas que considero conscientes y auténticamente revolucionarios que todavía estáis a tiempo... No admitís la crítica dentro de la organización y el dogmatismo acabará con vosotros como acabó con los revisionistas, como ha acabado con todas las organizaciones que olvidan los intereses de las masas revolucionarias... para ponerse al servicio de los intereses de la organización.»

Todos nos miramos ahora; asentimos. «No queda más remedio que la expulsión», dice Mariano y luego (esa dureza repentina en los ojos, ese tocarse el labio superior, pellizcándole, retorciéndole) advierte: «De todas formas es preferible que penséis en lo que vais a hacer de ahora en adelante. Uno, sin darse cuenta, se coloca al lado de nuestros auténticos enemigos, y en ese caso no existirá posibilidad de rectificar llegado el momento».

(—*En el curso de nuestra historia nosotros hemos visto pocos crímenes cometidos contra el poder de los obreros contra la dictadura proletaria. Nuestra historia contiene páginas ingentes de conspiraciones atroces contra los Soviets. Recordemos el «caso Shajti» y «el Buró Menchevique de la Unión».*

No sería una exageración decir que, en el arte del sabotaje, del cinismo y de las miserables prácticas diversionisas, los troskistas han dejado muy atrás a sus predecesores; que en esta esfera ellos han excedido a los más endurecidos e incorregibles criminales...

¡Yo no estoy solo! Las víctimas pueden estar en sus tumbas, pero yo siento que ellas pueden estar aquí, junto a mí, señalando hacia el banco de los acusados, a vosotros, acusados, con sus brazos horribles que se descarnaron en las tumbas a las cuales vosotros les mandasteis!

¡Yo no soy el único acusador! ¡Yo acuso conjuntamente con todo nuestro pueblo! Yo acuso a estos odiosos criminales que merecen un sólo castigo: la muerte por fusilamiento!)*

La muerte por fusilamiento: el hombre apoyado contra el muro, los ojos vendados —¿qué tipo de trapos se emplearán en casos como estos?, ¿de qué resistencia?, ¿con qué grado de transparencia?— pilas y pilas de pañuelos preparados para ser doblados, primero en pico y luego en dos o tres pliegues sucesivos que lo hagan opaco como en el juego de la gallina ciega, ¿quién te dio?, y la gallina girando con los brazos estriados como sonámbula, buscando el bulto, palpando los percales, el tergal áspero de los pantalones de Luisito, los encajes de Mari Pili; pañuelo vendado sobre la rodilla sangrante, rojo pañuelo por la mercromina sobre la frente de la pedrada de la infancia, sobre la brecha —¡Dios mío! ¡Ha llegado a casa más o menos con la cabeza rota! ¡Si ya les repito yo una y mil veces que no deben jugar con palos, que no es bueno jugar con palos!, pero ellos como si nada... ¡Cualquier día se me matan! ¡Estos chicos se van a matar un día!

Los ojos vendados y el muro blanco al fondo, preparado y encalado como un decorado de cartón piedra, quizá ligeramente desconchado en una esquina, ¿adivina quién te dio?, y ellos enfrente y tú con los ojos vendados jugando a adivinar sus rostros, a imaginar la cara satisfecha de esos hombres que hoy juegan a matarte. Uno de los fusiles está vacío. Eso te lo han contado alguna vez. Uno sólo que nadie conoce de antemano, que permite sentirse tranquilo, Pilatos que se seca las manos en una toalla mien-

---

* *Idem.*

tras suspira hondo —¿qué podía saber yo, qué iba a saber yo de esto?—; hay que quitar responsabilidades, la mano asesina del que manda, la mano del que dispara, quizá mi fusil esté vacío, aprieto porque tengo que apretar, porque las órdenes en el ejército son inflexibles y yo sólo soy un número, un soldadito traído aquí por azar, despertado en pleno sueño cuando me hallaba allí en el bosque con la muchacha rubia, la muchacha sentada en mis rodillas que al fin se dejaba acariciar el muslo y entonces el toque de queda, levantarse deprisa, una misión especial, no hay que preguntar nada y allá al fondo el muro blanco y el bulto sobre el que hay que disparar cuando suene el apunten-fuego como gritaba mi hermano a la salida del colegio, apunten-fuego y la bola de barro o de nieve o incluso la piedra se estrellaba contra el farol y nos reíamos y corríamos también entre el grupo de alumnos, buscando todos el anonimato, dispersándonos —Padre le aseguro que yo no he sido, esta vez no he sido yo— y el fusil vacío porque yo, el buen soldado, sólo recibo órdenes, no soy más que un pequeño engranaje sin importancia mientras ellos deciden, aprietan el botón que nos hace levantarnos, ponernos la guerrera, cargar con el fusil, mi fusil vacío, tranquilizador, apunten fuego y aquello que se desploma, que quizá sangra ahora, yo no he tenido la culpa, no soy culpable señor juez, soy simplemente un teniente Calley más en esa inmensa serie nurembergiana de soldados que usted mismo, señor juez, ¿para qué engañarnos?, ha declarado inocentes... Es cierto que a veces existe una pequeña participación, un regustillo —competitivo, le diría yo—, un «a ver quien da primero» que me hace buscar el objetivo, apuntar a la frente, a aquella sombra más oscura sobre la nariz, que me hace pensar, cuando suena el disparo y aquello se desploma: «Yo le di primero»; eso también es cierto, pero es sólo la satisfacción del niño ante la tarea bien realizada, ante el remate perfecto de un ejercicio; meses y meses de práctica ante una aburrida diana, ¡para luego permitir que sean los otros los que den de lleno!, los que consigan el blanco deseado para que aparezca quizá la copita de anís o la foto con la novia en la barraca de feria. Ellos enfrente, inocentes, capaces de apretar el gatillo y tú con las manos atadas a la espalda, con los ojos cuidadosamente vendados esperando que el sonido se convierta en el aviso de tu derrumbe, en signo de lo que ya no podrás llamar tu muerte. Yo, Enrique, apoyado contra el muro mientras ellos esperan el gesto de la mano. ¿Pero y si no fuera así? Porque no yo-Enrique del otro lado, contemplando al hombre que se me ofrece como un muñeco sobre el que he de apuntar, como una cosa que debe ser alcanzada. Yo teniente Calley ahora, sumergido en el barro, babeante, asqueado, con miedo, viendo las hojas que pueden moverse, que pueden encerrar al enemigo, temblando ahora porque ellos están ahí sigilosos, conociendo el terreno y yo de este otro lado soy el jefe. Yo Enrique-Calley llorando de pronto: «les aseguro que todo podría haber sido de otra forma. ¿De qué se extrañan ahora? Hice lo justo, hice sólo lo que se me pidió, lo que se esperaba de mí, aquello para lo que me habían preparado ¿Por qué se echan ahora, declamatorios, las manos a la cabeza?»

(«—Uh, yo estaba un poco aturrullado y no sabía qué hacer. El dijo: «En línea, dispararemos». Y se pusieron en línea y dispararon.

—¿Quiénes?

—Meadlo y el teniente Calley.

—¿Y hacia donde dispararon?

—Sobre la gente.

—¿Cuánto tiempo dispararon?

—¿Cómo?

—¿Cuánto tiempo estuvieron disparando?

—Un minuto, dos minutos.

—¿Y qué hicieron aquellas personas?

—Sólo chillar y emitir alaridos.

—¿En qué condiciones quedaron las personas?

—¡Uh! Un verdadero revoltijo. Los proyectiles volaron un montón de cabezas. Arrancaron carne..., ¡uh!, trozos de la parte carnosa de los muslos, de los costados, de los brazos. Un amasijo caótico.») *

Yo teniente Calley asustado, justificado, harto, sintiéndome luego víctima propiciatoria, injustamente elegida para pagar un crimen del que en realidad, ¿en qué medida soy responsable?, razonando, capaz de enternecerme ante la hermosa Ivonne, la puta vienamita de origen francés, que tan admirablemente hablaba dos idiomas, sorprendido ante lo injusto de un alarmismo ciudadano que me sobrepasa, que en cierto modo debería sobrepasar a todos.

_____

* *El teniente Calley. La tragedia de mi vida*, 1971.

(«—*Y los niños de pecho. Todo el mundo se con-*
mueve cuando salen a colación los niños de pecho.
Y lamentan: ¡pero los recién nacidos, las criaturitas
inocentes! ¡Claro! Hace ya diez años que estamos en
Vietnam. Si permanecemos allí otros diez y el hijo
de algunos de ustedes muere en manos de uno de
esos pobres rorros de hoy seguro que me chillarían:
¿Por qué no mató usted aquel día a esas criaturas?
De hecho no ordené: Matad a esos lactantes. Pero
sencillamente yo sabía: Sucederá. Me daba perfecta
cuenta de que si estaba en My Lai con veinte mil
cartuchos y no disparaba contra dianas de papel,
inevitablemente resultarían heridos hombres, muje-
res, niños y criaturas de pecho. En combate lo que
impera es el caos y en aquella jornada uno no podía
recomendar a los soldados de infantería: Tened cui-
dado no vayais a lastimar a los nenes recién na-
cidos.») .*

La muerte por fusilamiento y yo ahora frente a
Carlos que mueve la cabeza hacia los lados, que
intenta explicar: «Estais en un error. No es exactamente una escisión. No se trata de eso. Son sólo algunas discrepancias, algunos puntos de vista que no
coinciden con los mantenidos por la línea de la dirección. También vosotros deberiais leer a Trosky.
Creo que se le ataca sin conocerle por un estereotipo
generalizado. Pero si lo leyerais os dariais cuenta de
que es un hombre lúcido, un hombre perfectamente
lúcido e injustamente apartado.»

Carlos hablaba y yo miraba a Mariano, sentía la
tensión agresiva de Mariano; olía a vino ácido a mi
espalda: «No se puede jugar, dice Mariano, la clandestinidad prescribe ciertas normas, ciertas medidas
de seguridad que impiden que puedan permitirse
posturas desorientadoras como la vuestra. De hecho,
y eso lo sabeis vosotros, lo que estais defendiendo
es una postura antidirección, anti-partido y, por
tanto, contrarrevolucionaria. Supongo que sería absurdo, llegadas las cosas a donde han llegado, que os
pidiéramos que os retractarais de vuestras posiciones».

Tumbado en la cama blanca del hospital piensas
ahora que quizá es injusto mezclar la imagen del teniente Calley con el recuerdo de aquel día en el que
se decretó la expulsión de Paco. También sería ab-

---

* *Idem.*

68

surdo, simplificador, deformante, te dices, comparar a Calley con Ramón Mercader, se-mire-por-donde-se mire, y, sin embargo, sabes que en ambos personajes, que detrás del *piolet* que se levanta por la espalda y del teniente que corre tras un niño de dos años para arrojarle a la zanja y luego disparar sobre él, hay algo en común, algo que se mueve en tu cabeza y que se confunde una vez más con la visión del perro despanzurrado sobre las baldosas: tú con el dedo en el gatillo ante el perro que ahora se deforma y tiene la cara asustada, de incomprensión del niño, el gesto de perplejidad de «judas, ¿por qué me has vendido?» del viejo que se desploma sobre su escritorio y eso común, eso que no puedes apartar y que logra disipar por fin el olor ácido del vino, es la sangre derramada, la muerte, la posibilidad de matar, de ser muerto, y comienzas a sudar y quieres gritar, pedir que alguien te lo explique, que alguien consiga que desaparezcan los matorrales, las zanjas, esas caras en las que no hay odio, ni siquiera miedo, sino sólo una terrible incomprensión, esos cuerpos pisoteados, arrastrados por la jungla, y todo queda reducido a ese gran agujero rojo en el que nadas acompañado por esos hombres que flotan a tu lado con los ojos vendados. «Puedo matar», te dices y llamas sin sonido a los dos hombres de blanco, redentores que llegarán con la inyección, que acudirán con el calmante... Gritar ahora, te repites, llamar ahora, pero no puedes y las formas se suceden ante tus ojos con una rapidez de película en cámara lenta y eres tú ese Enrique que entra en el despacho del viejo: puedes ver su cara preocupada sobre los papeles, su gesto, sus ojos increíblemente cansados sobre lo escrito y sabes que vas a hacerlo, sabes que vas a sonreír, que vas a preguntarle amablemente por el último de sus trabajos, a informarte sobre su salud; pero llevas además el *piolet* fuertemente agarrado, decididamente agarrado, y delante de ti está la cabeza cansada y no hay más que levantar las manos, de prisa, sin aguardar a que se vuelva... levantarlas y dejarlas caer con un movimiento calculado; tú, Enrique con el *piolet* oscilando sobre su cabeza, Paco-traidor debe marcharse, debe ser expulsado, contrarrevolucionario, esto no es un juego de niños y el viejo se muerde las uñas, te miran sus gafitas antes de que la cabeza se desplome y te alejas sintiendo que eres capaz, que has podido hacerlo, y la gran mancha roja —¡Pobrecito Bakunín, mío, estás loco, mira lo que has hecho: lo has matado!— comienza a hacerse pequeñita y tú, dominador ahora, tranquilo, recuperado, ¿qué querían que hiciera? He hecho sólo lo que he creído justo: he expulsado a Carlos porque sé que tengo la razón, porque sé que su actitud es anti-revolucionaria, porque sé...

Ahora de pronto puedes verlo, puedes ver esa escena que desde hace unos días se afanaba por ascender al plano de lo consciente, esa imagen que tú «refutabas» —«todo eso es preciso refutarlo para seguir adelante, decía siempre Angela, hay que refularlo definitivamente»— y que ahora puedes contemplar con toda claridad. Ves al niño que entra en la cocina y quieres reconocerte en esos ojos, todavía mal abiertos, en esas manos que se restriegan sobre los ojos, en ese —¡Conchis!, tengo hambre. ¿Es que no vais a darme el desayuno?— y empiezas a entrar en esa piel y sudas y experimentas un ligero mareo, mareo precursor o mejor dicho, recuerdo de aquel otro que deberías experimentar sólo unos segundos más tarde:

—¡Jooo!, ¡tampoco hoy hay churros! Os he dicho que no me gustan los suizos, que quiero churros para desayunar.

—Los lunes no hay churros, ¡como no quieras que los pinte para tí!

El niño, Enrique, se sienta ahora en el taburete de la cocina que está junto a la ventana que da al patio. La madre —¿mi madre o aquella chica delgadita, insoportable, que sentía aquella debilidad por Eduardo y aquel desprecio machacón por mis gafas y mis libros?— se acerca con el cazo de la leche. Sudas. Hasta ahí todo está en orden. Es una imagen correcta, una imagen en la que por fin te reconoces, «una imagen refulada durante mucho tiempo», te repites, y ahora puedes escuchar de nuevo aquel ruido sordo —¿una explosión de gas?, dice tu madre— que imaginaste disparo, estallido de neumático y luego aquel chillido histérico que precipitó a tu madre hacia la ventana.

Se acerca a la ventana y la abre de prisa. Puedes ver sus dos tobillos enrojecidos asomando por encima de las dos zapatillas de felpa y luego sus dos corvas demasiado blancas al inclinarse sobre el alfeizar. Tienes un trozo de suizo empapado en la leche y ves cómo se desmorona dentro de la taza. Tu madre se ha apartado de la ventana y dice muy rápido, muy seguido, como una cantinela: «¡Dios mío! ¡Dios mío! ¿Cómo ha sido? ¿De dónde ha sido? ¡Hay que hacer algo! ¡Hay que avisar a alguna parte!». Tú olvidas el suizo ya deshecho y te acercas para asomarte a la ventana. Tu madre apoyada en el fogón se pasa, melodramática, la mano por la frente y dice: «Creo que voy a marearme. Me parece que voy a marearme», y luego cuando tú, ya empinado sobre el alféizar, diriges tus ojos hacia abajo, oyes el «quítate tú de ahí. Son cosas que no debes ver, no te interesan» que sólo sirve para animarte más a buscar con los ojos husmeando entre las ropas que se interponen entre tu vista y el suelo. «Era una mujer de sesenta años. Estaba algo transtornada», oirías decir al día siguiente a tu madre, pero ese dato no se amoldaba a la visión que tú habías fijado en tu retina con la misma precisión que si se tratara de un cromo de colores. Parecía un escenario, te dices ahora. Las ventanas a lo largo de los cuatro muros que encajonaban el patio se abrían y cerraban con rapidez, como en una función de la Corrala. Se oían grititos. La del tercero, frente a tí, gritó: «Muchacho métete dentro. No es un espectáculo agradable», y tu madre, definitivamente mareada, se había retirado al saloncito y te llamaba desde dentro: «Enrique, ven aquí. Por la noche vas a tener malos sueños».

El patio rectangular y gris como un tubo de cemento y allí la mujer tumbada, absurda como si fuera de paja: el muñeco revestido por un forense para reconstruir el caso y redactar el informe. «Cayó desde el sexto. ¡Son casi veinticinco metros!», pero allí estaba el cuerpo de la muñeca vestido de blanco. «Es una muchacha, pensaste, parece la muchacha del quinto» y veías el uniforme almidonado, impecable, blanco, el pañuelo que tapaba su cabeza —debía estar limpiando los cristales, llevaba un pañuelo azul atado a la cabeza como cuando se hace la limpieza general —y veías las dos piernecitas desnudas, separadas en triángulo y algo alejadas, pero simétricas con respecto al cuerpo, los dos zapatos negros de tacón. Allí estaba el cuerpo y allí estaba aquella mancha roja que se hacía más grande junto a la cabeza, aquella mancha color sangre de toro que brotaba y se extendía como un reguero de tinta vertida sobre el suelo gris de cemento, bajo el pañuelo azul

—«Se lo había colocado a propósito, se había tapado la cara antes de tirarse. Hay que tener unas ganas: Hay que tener sangre fría o estar muy desesperado para subirse al descansillo del sexto, atarse un pañuelo como si fuera una venda para no ver nada y luego tener valor para dar el salto. ¡Que Dios la perdone!»—, pañuelo azul como de verdugo, quizá respetuoso, pañuelo que te había ahorrado el espectáculo macabro oculto debajo —«El cura dijo que tenía la cabeza deshecha, completamente destrozada»—, pañuelo estratégicamente colocado que hacía aún más irreal aquel cuerpo que había dado vueltas por el aire durante veinticinco metros para caer al fin boca-abajo sobre el suelo gris de cemento, sin perder en ningún momento la compostura.

La ves ahora igual que la veías entonces cuando no podías apartar los ojos de aquella mancha roja, de aquella soledad en torno —«Quítate de ahí de una vez. Pareces memo. ¡Menudas pesadillas vas a tener esta noche! ¡Pues sí que es un espectáculo como para dar gusto»—. Tu madre volvía ahora, superado aquel primer desmayo, deformada ya por la curiosidad por los ¡qué - barbaridad - cómo - puede - ser - posible - que - se - haya - tirado - parece - una - cría - no - tendría - más - de - veinte - años - alguna - faena - que - le - habrá - hecho - su - novio - los - lunes - estas - pobres - chicas - suelen - pagar - los - platos - rotos - de - los - domingos»— y tú, ligeramente apartado, si girabas un poco la cabeza hacia la izquierda, por encima del hombre de tu madre, podías ver aún entre las sábanas y las colchas que colgaban del primer piso, los dos piececitos y los dos zapatos algo más lejos y si te inclinabas hacia la derecha la mancha roja que comenzaba a secarse en el suelo, a ponerse sólida y de un color quizá más fresa, más plastificado.

Luego vinieron los de la sábana y entonces, como si quedara oficialmente aprobada tu visión anterior, quedaron sólo ante tus ojos definitivamente los dos zapatos y la mancha que ya no se extendía y que comenzaba a amarillear bajo la sábana...

La leche agria en el suelo y tu madre: «Ves, si ya te lo decía yo. ¡Para qué habrás tenido que asomarte!», y tú con aquellas náuseas que no podías ya contener —«Haz el favor de irte al water. Vete al water si piensas seguir vomitando! Mira cómo has puesto el suelo que acababa de fregar»— y más tarde le diría ella a tu padre ante la tiritona, ante la fiebre que te había reducido a la cama: «Es un niño demasiado sensible. No debí dejarle que se asomara porque es demasiado sensible» y él despreciativo: «¡Cosas cómo esas tiene que ver muchas para ver si al fin se hace hombre! ¡La de vomitonas que tenía que haber tenido yo por mucho menos!».

Ahora puedo verlo de nuevo, puedo ver esa mancha que se confunde —¿quizá más oscura?, ¿más espesa?— con la de Bakunín destripado sobre el suelo y sé que debo hablar, que debo decir como entonces trivializando: «Os chinchais porque vosotros no habeis visto nunca a un muerto de verdad», y como resultado gratificador las expresiones admiradas de Eduardo y de Julián, novelando, haciendo juego: «Y ahora cuando venga la policía tendrás que declarar. Irán piso por piso preguntando, y tú eres un testigo, un testigo presencial, y tendrás que declarar. ¡Vas a verlo!».

(—¿Sabes cuál es la causa de que esto se mantenga, de que esto sea eterno y nos joda a todos bien jodidos? Te lo voy a decir yo: aquí hay mucho miedo, aquí el que más o el que menos se caga de miedo. ¡Ya me gustaría a mi veros a vosotros con un arma en la mano! Si de una puñetera vez nos decidiéramos y pasáramos a la acción directa ¡ya verías qué poquito iban a durar! ¡Ya verías cómo los que iban a empezar a estar acojonados iban a ser ellos! ¡Pero no señor! Preferimos hacerlo todo de boquilla. ¿Crees que yo no sé que hemos hecho un poco el ridículo? ¿Crees que no sé que si nos escindimos y propugnamos la vía armada como única salida deberíamos haber pasado inmediatamente a la acción? Y, sin embargo, no lo hemos hecho, ninguno de nosotros lo hemos hecho y nos empeñamos en buscar siempre nuevos argumentos para que sean las condiciones objetivas y su inmadurez las que justifiquen nuestro miedo, nuestro pánico a coger un fusil y apretar el gatillo. Por eso sé que todo es inútil. Por eso sé que llegado el momento nos quedaremos como siempre con los brazos cruzados, viendo cómo ellos con toda tranquilidad, ¡pobrecitos, al fin y al cabo son seres humanos!, se nos cepillan a todos sin ningún remilgo... ¡Y no se trata de que yo no tenga miedo! ¡Claro que tengo miedo!, pero lo que no se puede es seguir así, año tras año, haciéndonos viejos como se han hecho viejos otros antes que nosotros, dale que dale a la lengua en las reuniones y luego para nada, para que todo siga igual, para quemarnos inútilmente.

Miras a Luis y asientes —No es tan fácil —dices—. En realidad por mucho que se recurra a las condiciones objetivas como tapadera, nunca deja de ser del todo cierto que en este puñetero país siguen estando inmaduras.

—¡Y así seguirán hasta el día del juicio si no hacemos algo para que se decidan a madurar! A veces hace falta un poco de subjetivismo revolucionario, un poco de voluntarismo. Las peras caen por su propio peso de los árboles pero a las revoluciones hay que darles un empujoncito. Tú puedes hacer lo que quieras, pero yo estoy dispuesto a plantearlo y si no se me escucha estoy dispuesto a crear una organización más flexible, menos dogmática, tipo veintiséis de julio, ¿te unirías?.)

Se ha abierto la puerta y el doctor entra ahora. Te hace bien verle llegar y te parece que sonríes.

—¿Qué? ¿Dispuesto a charlar un ratito?

Asientes. El coge la silla que hay junto a la mesa y, paternal, se sienta junto a ti, que sigues tumbado en la cama.

—¿Cómo andamos? Me parece que todo marcha de perlas y en pocos días, si todo sigue su curso, podremos darte el alta. ¿Has ojeado los informes?

Asientes de nuevo y es él quien sonríe ahora.

—Hay un período de tu vida, el último, que todavía no lo tengo muy claro. Tu mujer dice que no volvió a verte desde que os separasteis en París hasta pocos días antes del asunto del perro y tus padres saben poco, por no decir prácticamente nada, de tu etapa activista. Tengo algunos datos recogidos que quisiera me confirmases. Fuiste detenido a finales de 1967, ¿no es así?

Mueves la cabeza afirmando.

—Te condenaron a cuatro años de cárcel por asociación ilícita y cumpliste dos, ¿de acuerdo?

Asientes sin mirarle ahora. Sería más fácil si pudiera hablar, piensas, y miras su pelo cano, su bata blanca. «Dos años, piensas, solamente dos».

—¿Desde cuándo llevas en la organización?

Le miras. ¿Y a usted qué le importa todo esto? Déjeme solo ahora. Déjeme de nuevo solo, no quiero hablar, no voy a hablar, no podrán sacarme más de lo que he dicho.

Vuelves a ver la habitación baja de techo, abovedada, ves al hombre increíblemente feo, casi desagradable, que escribe a máquina, que intenta copiar tu declaración. Estás agotado. Te gustaría decir como en las películas americanas, como en los telefilmes, «no tengo nada que alegar, entiéndase con mi abogado», pero allí alrededor están los otros cuatro de pie que te contemplan y sonríen; uno de ellos tiene también el pelo blanco y se mete un palillo entre los dientes. Sientes el puñetazo en el vientre y te doblas ahora. —Mira: vas a tener que entrar en razón. Desde hace mucho tiempo íbamos detrás de vosotros. Hace dos años te nos escapaste de una manera absurda y como tú comprenderás ahora que por fin te hemos echado el guante no vamos a perder tan preciosa oportunidad. Desde que volviste a cruzar la frontera estábamos al tanto de cada uno de tus movimientos, pero mira por dónde, te has movido mucho menos de lo que nosotros esperábamos y es ahora cuando necesitamos que nos hagas el favor de suplir con tu información lo que no hemos podido averiguar de otra forma. Sólo queremos que nos digas dos nombrecitos. Tenemos aquí el tuyo repetidas veces. No sé por qué, pero da la casualidad de que cada vez que cae uno de los vuestros aparece tu nombre relacionado con él de una u otra forma. Por eso no vengas ahora a hacerte el angelito: queremos una serie de datos sobre la dirección, sobre el aparato de propaganda, etc., y estamos seguros, ¿verdad?, de que tú vas a poder complacernos.

Sientes ahora el puñetazo justo en la boca del estómago y te doblas de nuevo. El de gris, que todo el tiempo ha permanecido callado, te sujeta. Oyes la voz del hombre de blanco, sentado en la silla junto a la cama, que insiste: —¿Desde cuándo entraste en la organización? No me contestes, si no quieres, pero ten en cuenta que esto no es un interrogatorio policial. Puedes negarte a contestar si ese es tu deseo, pero cuanto más pronto colabores conmigo más pronto podremos resolver tu problema, y podremos llegar antes a la causa de tu estado actual. Por lo que me han dicho tus compañeros de trabajo, como verás me muevo bastante, eras un personaje extraño, desconfiado, que abusabas de las anfetaminas. ¡No sabeis el daño que os haceis con todas esas porquerías! En varias ocasiones he presentado informes en la Dirección General de Sanidad para exigir que se lleve de verdad un control riguroso sobre la venta de todo tipo de anfetaminas, que desgraciadamente en nuestro país está demasiado liberada, pero... ¡Allá vosotros! Yo no sé cómo hay médicos que aún se atreven a recetarlas para luchar contra los estados depresivos. El enfermo que se habitúa a ellas cava su tumba y tú mismo no dejarás de darme la razón cuando te des del todo cuenta del daño que te han hecho.

Ahora no le escuchas. De nuevo quieres dormir. Se te ha quedado el dolor del último puñetazo, ligeramente más bajo, cerca ya de los cojones, y te ha dejado con la boca abierta. El de blanco se levanta.

—En fin. Me parece que por hoy es inútil. Tendré que llamar a que te pongan otro calmante; pareces bastante inquieto esta mañana. Cuando te encuentres mejor, haz que me avisen. Te aseguro que estas conversaciones te harán bien. Hasta que no te convenzas de ello, no habremos avanzado prácticamente nada.

VI

—A mí esas cosas nunca me han preocupado demasiado. Es la única forma de mantenerme eficaz para lo importante. Cuando se presenta la ocasión: un polvete y, si no se presenta, los cinco dedos, que siempre me son fieles, y no creas que sufro demasiado con el cambio. Enamorarme, lo que se dice enamorarme, creo que nunca...

Miras la taza del water mientras le oyes hablar, sentado sobre su cama. Ignacio mueve las manos convincente y sabes que hay algo despectivo, algo que te gustaría combatir en sus palabras.

—Yo nunca cometeré tu error, dice, creo que no me casaré aunque me aten una rueda de molino al cuello y me arrastren hasta el altar. ¿Te casaste por la Iglesia?

Asientes. Las flores blancas; «es necesario poner flores blancas, llevar flores blancas, ¿qué iban a decir los demás? ¿Crees que es un plato de gusto para tus padres que las amistades piensen que cuando te casas así, de prisa, casi sin avisar, es por algo? ¡Como para que encima te presentes luego en la iglesia de azul y sin una sola flor de azahar! ¡Te hemos permitido muchas cosas, te hemos dado demasiados caprichos, pero te juro que como te cases sin flores ese día has acabado para mí, has acabado para siempre para tu padre y para mí! ¡Como si no hubieses existido!»

—A la familia de ella se le metió en la cabeza. Era menor y, si no cedíamos, podíamos habernos metido en muchas más complicaciones. La mía se enteró casi cuando la cosa ya estaba hecha, pero la suya, siempre, desde el principio, intentó meter las narices todo lo que pudo.

—¿Os fuísteis a vivir solos o vivísteis con su familia?

Solos, piensas, pero no del todo, no absolutamente solos, no completamente solos.

—No con la familia, dices.

Ves el cuartito diminuto, las dos camas estrechas sin sábanas, aquel cartel cuyo texto no puedes recordar; ves el cuerpo de Pilar, mal cubierto por la manta cuando se abría la puerta y Carlos entraba. Te ríes, te encoges, te tapas también tú sin pudor, por mero rito y Carlos se sienta a vuestro lado.

—No parais ni un minuto. Voy a tener que pedir que os pasen una subvención especial porque os van a hacer falta muchas vitaminas. Si no os importa vengo a echarme un rato. Esta noche tengo que hacer y me encuentro totalmente destrozado.

Y Pilar reía ahora:

—No. Por nosotros acuéstate, si quieres; si te damos envidia, allá tú, tú serás el que lo pases mal luego. Estamos bien aquí y yo por lo menos no estoy dispuesta a irme al comedor. Hacer el amor sobre la mesa me produce enormes dolores de riñones y las baldosas están completamente heladas.

Y se tumbaba sobre ti, mimosa, y tú mirabas hacia Carlos y él te guiñaba un ojo y tú, instintivamente, antes de empezar, antes de perder por completo la noción de la presencia de Carlos, tirabas con cuidado de la manta para tapar un poco el pecho de Pilar, que aparecía desafiante, hermosísimo, sobre la manta de algodón, como descuidadamente abandonado.

—¡Jo! ¡Pues sí que no te quedan todavía prejuicios! ¡Qué importancia tiene que Carlos me vea desnuda! Yo quiero mucho a Carlos, quiero tanto a Carlos como a tí y no me importaría nada que un día se animase y se pasase a nuestra cama. ¡Pero no hay manera! Carlos debe ser de piedra, porque no le he visto nunca mirar a una mujer si no es para decirle: «A las cuatro y media tienes que recoger la propaganda».

—Al principio nos fuimos a vivir con un camarada. No teníamos casi dinero y así las cosas resultaban más sencillas. Luego él tuvo que marcharse y vivimos con otra pareja hasta que también nos fuimos a París.

Pilar está ahora sobre tí, juguetea; la manta ha resbalado hasta el suelo. Tu estás cansado y tienes sueño.

—Eres un rollo. Si te pones así de soso creo que voy a pasarme a la cama de Carlos. ¿Carlos —mimosa, coqueta su voz ahora— te importaría que me pasara un rato a tu cama? Este está como un leño.

Carlos hace un sitio a su lado. No puede ser, te dices, no va a pasarse, es una broma ¡Y al fin y al cabo, qué más da! ¿Qué puedo decir si se pasa?, es justo que Carlos comparta conmigo lo que no es mío, es justo que también él... y ves a Pilar, el cuerpo de Pilar saltando de la cama, dejando el calorcillo y las arrugas a tu lado y luego, mientras intentas dormir —«Por lo menos no hagáis demasiado ruido, tengo reunión a las siete y quisiera dormir antes un rato»— oyes el brincar del somier, el jadeo de Carlos, las risas de Pilar, el «Ay-no-seas-bruto-caramba-no-seas-bruto», de Pilar y sientes una gran angustia, una pequeña angustia, «soy un cerdo, un cerdo pequeño-burgués, ¿qué importa?, ¿qué importancia tiene que Pilar esté ahí en la cama de al lado, que Pilar bese a Carlos, suspire junto a Carlos, que Pilar goce con Carlos..., pero quizá le guste más, quizá es más hábil... pero él no sabe, es inexperto, te dices, ¿qué puede saber él si jamás se ha tirado a una tía?... aunque quizá sí, quizá es algo que no se aprende, sino que se es o no se es y basta, más experto o menos experto desde que se nace, desde el principio» y ahí están las cosquillas, intuyes la cosquilla de Pilar, el lomo de Pilar cosquilleado por las yemas, ¿expertas?, de Carlos y sigues con los ojos cerrados y en seguida ese silencio y piensas: «ahora debe volver y te acurrucas esperando que regrese su cuerpo, esperando sentir, sin mirar todavía, su piel de nuevo a tu lado y la oyes; «Eres un poco bruto, un poco brusco, pero te has portado» y Carlos dice: «ven aquí otra vez, Pilar, ha sido bueno, Pilar», y sabes que deberías levantarte, llamarla, decirle: ¡Ya está bien!; un amigo es un amigo, pero tú eres mía, ven aquí Pilar, ven a mi cama, puta, ramera, ven a mi cama, porque eres mía, porque es a mí a quien quieres, conmigo con quien te has casado, Pilar, ven aquí ahora mismo», pero sigues sin abrir los ojos, pensando que es difícil asumir las propias limitaciones, que el sentido de propiedad está demasiado arraigado y nos deforma, nos acosa, irrumpiendo a cada instante en nuestra vida cotidiana.

—¿Cuánto tiempo vivisteis juntos?

—Más o menos, dos años. Sí, creo que fueron dos años. Nos casamos en el sesenta y cinco y cuando me detuvieron acabábamos de separarnos. Yo

vine a Madrid dos meses después de aquello y nada
más llegar me detuvieron.

—¿Llevas aquí casi un año?

Asientes. Casi un año. Estamos ya a finales de
1968, casi un año junto a esta taza de water, sentado
horas y horas sobre esta cama que, por otra parte,
se parece demasiado a aquella del cuartito, sin sábanas, con sólo la manta de algodón, muy sucia, e
Ignacio comienza a eclipsarse y te parece que el
jergón se mueve, el somier, te parece escuchar las
risas de Pilar, el jadeo de Carlos.

Pilar vuelve a tu lado y se tapa con la manta,
acercándose mucho a tu costado. ¡Me he quedado
como un témpano,! dice, ¿Sabes que no se le da mal?
Parece una mosquita muerta y luego, ya, ya...

—Si quieres nos turnamos: un día con él y otro
conmigo —bromeas— ¡A no ser que prefieras pasar-
te definitivamente a la cama de al lado!

Y ella cariñosa ahora se muestra dolida y refunfuña: «En todo caso los tres juntos. Carlos, tenemos
que probar un día los tres. ¡Aunque me arriesgo demasiado porque vosotros, que sois inseparables en
todo lo demás, a lo mejor le cogéis el gusto al asunto y yo me quedo con tres palmos de narices» y ella
reía y tú también reías y Carlos se había levantado
y, por primera vez miraste con disimulo aquel pene,
ahora flácido, empequeñecido, sus testículos recu-
biertos por una pelusa rubia, sus caderas estrechas.

—¡Anda, cuentista! ¡A ver si voy a ser yo el que
me quede con tres palmos de narices!

«Tres palmos de narices, tres palmos de narices».

—¿Por qué os separasteis?

Encoges los hombros y te tumbas sobre la cama.

—Lo de siempre, dices, dos años es bastante
tiempo. No conozco muchas parejas que hayan du-
rado más. A la nuestra supongo que le pasó como a
todas.

Ignacio mueve la cabeza hacia los lados.

—Es todo un récord, dice, y de repente te das
cuenta de que ya no te apetece hablar, de que te
gustaría callar, sin ver a Ignacio, que te gustaría
regresar a aquel otro momento anterior donde todavía el somier de al lado, al crujir, no producía des-
garro sino tan sólo una ligera inseguridad en seguida compensada por la amistad, por la alegría, por
el convencimiento.

Pero es otra imagen la que se impone, otro cuarto también pequeño, quizá más pequeño todavía, la *chambre de bonne* que Ignacio tenía alquilada en París y que os ofreció nada más llegar: «No hay mucho sitio, pero por mí podéis quedaros todo el tiempo que os apetezca», la *chambre de bonne* abuhardillada, decorada con un desgastado papel de flores, en la que dormíais los tres en la misma cama... «Yo la usaré de día y vosotros de noche. Además está el saco. A mí me vendrá bien dormir en saco y así de paso me voy acostumbrando».

—¿Ella sigue en París?

Asientes otra vez y te recuestas sobre la almohada sin mirar a Ignacio, sin ver la taza del water, y oyes el ruido de la cadena del otro water, el borbotar escandaloso del water que estaba allí pegadito a vuestra *chambre de bonne*, sucio y viejo, en el descansillo de la escalera: «Es imposible que me acostumbre a ir a ese retrete. No me atrevo a tirar de la cadena porque siempre pienso que habrá alguien dentro que estará oyendo hasta el ruido que hace el papel al rasgarse. Creo que si sigo así mucho tiempo me va a dar un estreñimiento crónico porque es superior a mis fuerzas y si no estamos solos, ¡y aquí no hay modo de estar nunca solos!, me inhibo, me inhibo siempre».

Uno se inhibe, piensas, y recuerdas aquel día, tu primer día cuando entraste en aquella habitación de la sexta galería. ¿Por qué habrá cosas que no nos dicen nunca? ¿Por qué tendrán que ocultarnos esos pequeños detalles que serían quizá los que mejor le preparasen a uno para adaptarse a lo que tiene que pasar? Debían pasar una comunicación en la que además de hablarnos de las palizas, los riesgos del interrogatorio y todo eso, se añadiera una enumeración de pequeñas cosas como esa: Es necesario cagar delante de los demás... sólo una taza en la habitación, una taza y las dos camas y es necesario limpiarla por las mañanas».

Ignacio se levanta y oyes el ruido de la orina sobre la loza.

—No debes dejar que te pille la nostalgia. Si empiezas a darles vueltas a la cosas puedes acabar tarumba y me parece que tú tienes demasiada tendencia a estar todo el día dale que dale en tu cabeza.

—No, bromeas, si uno, mal que bien, ya está hecho a todo. Lo que pasa es que aquí tenemos demasiado tiempo libre y no es bueno tanto tiempo libre. Si quieres que te sea sincero no me importaría nada que fuera mi mujer la que estuviera ahí, sentada ahora en dónde estás tú, a pesar de todo lo pasado, a pesar de tantas cosas.

(—Nos hacemos daño. Nos estamos destruyendo. ¿Por qué no empezamos por el principio? ¿Por qué no intentamos borrar todo lo que ha pasado y empezamos por el principio?

—Eso es lo que a ti te gustaría, ¡que todo fuese así de sencillo y pudiera borrarse con sólo pasar el cepillo. Pero yo no aguanto más. Eres un egoísta. Sólo te importa la maldita organización, ¡eres injusto! ¡nunca te has preocupado de mí y ahora me vienes, ¡a estas alturas!, con estúpidas historias de celos y controles... Pero estás muy equivocado, a mi no me controla nadie, no vas a conseguir tú que yo me deje manejar por nadie...)

Cierras los ojos y ves a Pilar a tu lado. Está más joven, está tan joven como en aquellos primeros meses cuando acababa de entrar en la organización. Mariano se había marchado nada más terminar la reunión y ella y tú os habiais quedado solos para intentar redactar un panfleto sobre la retirada de las bases yanquis: Pilar está seria y parece distraída.

—¿Cuánto tiempo hace que nos conocemos tú y yo?, ha dicho.

—Casi un año, dices, cuando tú entraste en la organización yo acababa de hacerme cargo del comité de la Facultad. Me acuerdo perfectamente.

—¿Siempre has sido tan serio?

La miras:

—Como no localicemos de prisa a ese contacto, dices, tendremos que repartirlos nosotros mismos en Standard — y luego, como si quisieras restarle seriedad a la respuesta— siempre he sido algo soso, tan soso y tan borde como parezco a primera vista.

—¿No has tenido nunca mujer?

Te azora un poco negar ante Pilar. Remueves los papeles y buscas el esquema que os ha dejado Mariano; lo colocas sobre todos los demás y después, sin mirarla aún.

—Resulta raro, ¿verdad? Nunca he ido con una mujer, dices.

—¡Imposible!, dramatiza Pilar, riéndose ahora, ¿no serás impotente?

¿Me sonrojé, entonces?, piensas.

Niegas con la cabeza: —Nunca he tenido demasiado tiempo, ni mucho éxito con las chicas. Para ligar y todo lo demás hay que perder muchas horas. ¿Crees, realmente, que me sobran a mí muchas horas?

—¿Sabes una cosa? Secreto confidencial y sin que sirva de precedente: a mí tú siempre me has gustado mucho, ha dicho, y las palabras escritas de prisa por Mariano —tiene que ser sencillo, algo claro pero contundente, de concepto fácil y que sea, en realidad, la posibilidad de una convocatoria, convocatoria que, sin embargo, no debemos concretar todavía porque hay que contar aún con el apoyo de los católicos— han empezado a bailar ante tus ojos y has mirado de frente a Pilar, a su cara ahora desafiante, acariciadora, a esos dos hoyos pronunciadísimos junto a las comisuras de los labios y esperas que diga algo más, que rompa ese silencio que tú rellenas con un tamborileo de la mano derecha sobre la mesa, mientras que con los dedos de la izquierda retuerces la punta de papel.

—Hace tiempo que me gustas mucho, pero como estamos siempre con tanto lío, de un lado para otro...

Y ahora se levanta y se acerca a tí, y tú, mientras ella llega, te haces mil advertencias, mil preguntas: «Está esperando, lo quiere, no puedo quedar mal; seguro que voy a hacer el idiota; quizá no he entendido bien, quizá no soy capaz, quizá... pero está ya a tu lado y te levantas y no es ella quien te abraza primero sino tú que la buscas, que sientes su cadena —me encanta llevar cadena con medalla, es un anacronismo, pero me chifla— sobre tu pecho, apretándose a él como si fuera un sello.

Ignacio habla ahora. Quizá también antes, pero tú no podías oírle. Intentas escuchar.

—Sabes, a veces pienso que hubo una vez en que dejé pasar una buena oportunidad... Era cuando yo todavía era un chaval. No me acuerdo muy bien pero no debía haber cumplido los dieciséis. Una amiga de mi madre tenía una hija que estaba de miedo. Tendría unos veinte o quizá alguno más y la tía se me ponía siempre a tiro pero yo, que casi no había salido de las faldas de mamá, como quien dice, pues nada. No me dí por aludido. ¡Y no creas que luego no me he arrepentido! Además esas cosas hay que hacerlas pronto. Cuanto antes mejor, que si pasa el tiempo luego te cuestan un huevo y hay muchos que ya no pueden pasar el trago. Te lo digo yo. Las cosas hay que cogerlas en su momento, porque luego siempre es distinto. La he visto después, casada con uno del barrio, ajamonada y hecha un cristo...

Cuando te levantas, contemplas el esquema de Mariano, que conservas en la mano hecho una bolita de papel arrugado y os reís mientras Pilar, tímida ya, se coloca la falda y se ata la cola de caballo.

—Cuando llegué a la Facultad —cuenta con una voz algo monótona— salía con un chico que estudiaba Derecho. Era un ligón, un señorito insoportable de esos que están a la que salta por el Bar y que lo único que quería era llevárseme a la cama. Cuando empecé a tratar con otra gente, a tener ideas, me aburría miserablemente, así que lo dejamos. Alguna vez he vuelto a estar con él, pero cada vez le aguanto menos —dice mientras se peina y tú terminas de abrocharte el cinturón. Ahora estáis allí los dos, ya de pie, y sabes que no puedes pensar en nada, que te sientes bien, que le quieres, te quiero Pilar le hubieras dicho, pero te sientas junto a ella, callando ahora, y con cuidado comienzas a desdoblar la bolita que guardabas entre los dedos.

—Yo a veces pienso —continúa Ignacio— que cuando llegue la Revolución todo tendrá que cambiar, que también las relaciones entre hombres y mujeres tendrán que cambiar, ¿cómo te diría yo?, creo que tendrán que ser menos retorcidas, más simples, más limpias —dice Ignacio mientras lía un cigarrillo—. No sé, yo casarme, lo que se dice casarme, creo que no lo aguantaría, pero cuando estoy aquí horas y horas tumbado en esta cama siento que no estaría mal sentirme querido y necesitado por alguien, en fin nada: saber que hay alguien fuera que se acuerda de uno. Aunque también sé que es mejor no darle muchas vueltas, no enrollarse con uno mismo... Conozco bien el paño y por ahí se acaba fatal... te lo digo yo... por ahí se acaba mal, pero que muy mal.

VII

Hacía una hermosa tarde. Llovía. Enrique agarra la pequeña maleta al bajar del tren; en el bolsillo derecho de la americana (conviene que lleves una
americana, pinta de viajante o algo así) le está gritando la tarjeta partida en dos, aquel santo y seña
que debería abrirle las puertas de la panadería. ¿Qué
coño hará un panadero metido en esto? ¿Estáis seguros de que esta vez está todo montado correcta-
mente?, ¿estáis seguros de que no meteré la pata
como el día que tuve que conectar con el tío aquél
del taller de reparaciones?
    (—¿El señor Jiménez, por favor?
    El mecánico ha levantado la vista y te señala
hacia el fondo. Ves al hombre doblado sobre el motor, el mono azul asomando, el cuerpo algo rechon-
cho.
    —¿Puede llamarle?
    —Mejor que se acerque usted mismo. Quisiera
acabar este trabajo.
    Avanzas entre las tripas de los coches dejando
a un lado al hombre que ha vuelto a su trabajo. Te
gustaría saber cómo es su cara. la cara del hombre
del mono azul.doblado sobre el motor allá a lo lejos, te gustaría saber cuál va a ser su respuesta antes de llegar hasta él, cuando le enseñes el billete
partido, me mandan desde Suiza, unos amigos, ¡ah!,
claro, pasa, pasa, ¡qué de tiempo hace que te esperaba!, mientras se seca la grasa de las manos y sonríe con aire de estar en el ajo, sintiéndome aliado.
    —Buenas tardes, dices.
    Levanta la cabeza y ves sus ojos, demasiado jun-
tos, desconfiados, sus cejas pobladas, uniéndose sobre la nariz. Vuelve a inclinarse sobre el motor.
    —Cerramos a las seis y por hoy no cogemos ni
un sólo trabajo más, ha dicho.
    —Ya... (vacilas). En realidad yo sólo venía a sa-
ludarle. Me manda un amigo común, un amigo que

reside en Suiza y que me dijo que si podía pasara a darle recuerdos de su parte.

Se ha levantado y seca sus manos en un paño que debió ser blanco. Te mira sorprendido. Metí la pata, piensas.

—¿Un amigo de Suiza? —ha encogido el entrecejo y los pelos de sus cejas parecen crecer hacia adelante—. Yo no tengo ningún amigo en Suiza. ¿Cómo ha dicho usted que se llama?

¿Cómo se llama? ¡Y yo qué coño sé cómo se llama! Aparentar tranquilidad, sonreír, sacar ahora el billete... quizá, desconfía, quizá piensa que soy de la poli, que vengo a sacar lo que sabe, quizá piensa que han cogido al otro tío y que ha dado su nombre, sacar el billete ahora, antes de que le dé tiempo a pensar más, a desconfiar de nuevo. Metes la mano en el bolsillo y extraes el billete arrugado. Sientes un ligero malestar, ¿te ruborizas?, al tender aquel triángulo absurdo y ves crecer aún más los pelos sobre su frente.

—¿Y qué puñetas es?, dice.

Carraspeas y empiezas a sentirte mal, a mirar hacia los lados, señor Giménez, quizá no es este el señor Giménez.

—¿Estoy hablando con el señor Giménez? preguntas.

Vuelve a contemplarte de abajo a arriba y sabes que probablemente tengas que empezar a correr de un momento a otro.

—Exactamente —habla despacio ahora, midiendo las palabras— Giménez Sánchez, pero ni tengo amigo alguno en Suiza, ni sé lo que pretende al enseñarme esto— y el gesto despectivo va acompañado de una mirada sobre el triángulo que parece aún más ostentoso y ridículo en aquella mano recubierta de grasa.

—Debe haber un error, dices, ese amigo común, ese amigo del que le hablo... que, por cierto, lamento no saber cómo se llama, no recordar, quiero decir, me mandaba saludos para usted y me entregó este billete. Supuse que sería un recuerdo, algo así como un juego entre ustedes dos... ya sabe, eso de «cuando vuelva a verte, tú tendrás que enseñarme el otro medio». De todas formas —miras hacia el suelo, metes de nuevo el billete en el bolsillo, deseas salir, marcharte ahora mismo antes de que tenga tiempo para pensar un poco más —debe haber algún error, supongo que debe haber algún error.

—Desde luego que lo hay. En primer lugar, como ya le he repetido varias veces, no he tenido nunca un amigo que esté en Suiza... eso para empezar y, en segundo lugar, dudo mucho de que si lo tuviera nos dedicáramos a hacer jueguecitos de este tipo, así que, si no le importa, y como tengo mucho trabajo, le agradecería que me dejara terminar de revisar este motor porque ya son las seis y media y tengo ganas de largarme para casa de una puñetera vez.)

Supongo que esta vez no, piensas, supongo que esta vez todo funcionará como es debido, todo en orden: enseñar la tarjeta y después la sonrisa, el abrazo de reconocimiento, «esta noche, si quieres, puedes quedarte a dormir en casa, ¿cómo va todo por allí?, por aquí, ya sabes, las cosas son difíciles». ¿Por qué un panadero?, te preguntas y te hubiera gustado que ese primer viaje tuyo a Asturias (por fin hemos conectado con la cuenca, y hemos conseguido establecer allí un primer contacto) te hubiera llevado a conocer a un viejo líder, un revolucionario, un minero, y sin que tengas nada contra los panaderos, sabes que cuando el último día, en el momento de darte las instrucciones, te dijeron: es en una panadería. Tienes que llegar allí y ponerte al habla con cl que la lleva, sentiste una pequeña decepción, y la frustrada entrevista con el señor Giménez Sánchez te volvió a la cabeza; «Siempre me tenéis que encomendar a mi muertos de éstos», dijiste.

Cuando ibas en el tren lo imaginabas todo, lo soñabas todo, vivías de antemano la historia. Era algo más o menos así, era algo que así hubiera escrito Enrique mientras el ferrocarril Madrid-Oviedo le acercaba al encuentro con ese otro Giménez Sánchez panadero, llamado Anselmo, en realidad, que debería ser «el primer contacto en la cuenca minera».

(El autobús se ha parado en la plaza y buscas con los ojos la panadería —Nada más llegar, en la plaza, preguntas por la panadería de Anselmo. Es mejor que no des muchas vueltas por el pueblo, que no pueda verte mucha gente, es mejor que, si es posible, ni siquiera preguntes por la panadería. ¿Pero es que hay más de una? Tampoco sabéis si hay más de una, si en ese maldito pueblo voy a encontrar una sola o treinta panaderías. En cualquiera de estas me meto en un buen lío porque es un disparate vuestro modo de organizar las cosas—. Hay una puerta pintada de verde donde pone VINOS y ante ella unos hombres sentados junto a una mesa de madera. Debería buscar fonda, piensas, primero tener un sitio para dormir y luego buscar la panadería.

Das una vuelta por la plaza y entras en el Bar; los dos viejos que están junto al mostrador se dan la vuelta y tú esbozas un ligero saludo con la cabeza. «Buenas», dices y el del mostrador, dejando el vaso dentro del agua, levanta la cabeza y te saluda.

Sonríes ahora mientras pides un tinto. Los otros dos hablan ahora en voz baja y tú miras las mesas redondas de madera fregada, las banquetas vacías.

—¿Para dormir?— dices, y el del mostrador asiente.

—Saliendo a la plaza, tirando hacia su derecha, dos casas más abajo, deben tener alguna habitación. No hay mucho paso por el pueblo, pero alguien siempre cae. Sólo tienen dos camas, pero si estuvieran ocupadas puede usted volver por aquí. Algo siempre podríamos encontrarle.

Dar las gracias, pagar, salir ahora, ¿pregunto por la panadería de Anselmo?

—¿Hay por aquí cerca alguna panadería?

—Ahí mismo, donde va usted a coger la habitación, nada más pasar otras dos casas está la panadería.

Ha dicho la panadería luego tan sólo hay una, aunque una es poco porque este pueblo parece grande, mucho más grande de lo que había imaginado.

Sales de nuevo a la plaza. Te ciega la luz y agradeces el silencio, la soledad, la ausencia de cualquiera que pudiera fijarse en tu chaqueta de cuadros marrones, en tu maleta, fuertemente agarrada. «No puedo dejarla en la fonda, si la dejo en la fonda podrían abrirla», y piensas que resulta incómodo tener que pasearte por todo el pueblo con aquella maleta negra de skay colgando de la mano. «Deberían haberlo mandado todo por correo». (¿Por qué no lo mandáis todo por correo? Es mucho más normal que yo me presente sin nada y vosotros luego mandéis los paquetes por correo.

—Estás loco. En un pueblo de dos mil o tres mil habitantes es facilísimo que controlen el correo, y si por casualidad llegan a abrir el paquete ya tenemos fichado al panadero para toda la vida.)

Imagínatelo. Un hombre pálido, algo atemorizado, valiente sin embargo, quizá leído, un hombre que debe escuchar por las noches la radio. Quizá estuvo en el extranjero, debió estar en el extranjero y luego ha regresado, seguramente para heredar. Eso es, así debe haber sido. Emigró, se politizó y ahora ha regresado y se ha hecho cargo de la panadería de su padre, que probablemente ha muerto hace poco.

Soy un majadero, piensas, soy un tonto, piensas, y llamas bajo el visillo que cubre la mitad superior de la puerta, mirando aún las letras escritas en negro sobre la pared blanca: CAMAS, AGUA CORRIENTE.

—Si es sólo para una noche, ha dicho ella, la vieja, que después de mirarte detenidamente ha meneado la cabeza hacia los lados como negando para después hacerse a un lado y ofrecerte a la mirada esa pequeña sala que es comedor y cocina al mismo tiempo. «Sólo por una noche, en realidad si hubiera otro autobús debería largarme hoy mismo.»

—Sí. Es sólo por esta noche. Voy de paso, dices.

La sigues ahora por la escalerilla encalada, de piedra, y arriba ves las tres puertas que se abren al diminuto pasillo.

—Tendrá que compartirla —lo ha dicho ya junto al umbral de la primera habitación que te muestra ahora con una desgana de lo toma o lo deja y tú, sin mirar siquiera las dos camas (una de ellas increíblemente ancha y alta y la otra pequeña, una turca de apenas ochenta centímetros), dices, «de acuerdo» y ella te sugiere que dejes allí las cosas si piensas salir ahora.

Has bajado tras ella con la maleta negra aún en la mano. Preguntar ahora: «¿La panadería de Anselmo?»... ¡Tal vez ya es famoso! ¡A lo mejor los ojos de ella se iluminan en expresión de ¡ajá!, ¡ya te he pillado!; ¡ya me figuro a qué vienes tú... un rojo... un rojo como Anselmo, la policía, te ha cogido macho, estás apañado, él, Anselmo, el rojo del pueblo y tú el que viene aquí a ponerse en contacto!

—Yo quería ver a Anselmo, dices, Anselmo el de la panadería —quizá metí la pata, quizá no es Anselmo, no me dijeron que fuera el mismo Anselmo, quizá es su hijo; debían darlo todo estudiado, pensar los detalles, tenerlo todo muy claro.

—¡Ah! ¿El Anselmo?, ¿el padre o el hijo?

—El hijo, dices, ¡claro es el hijo!, te repites, el hijo que quizás no trabaje en la panadería, el hijo que ha estado en el extranjero.

—Le conocí hace tiempo, dices, en la mili, añades, y ves que ella te mira y asiente como si pensara en otra cosa, y de nuevo notas el peso de la maleta de skay y cuando te marchas piensas en que quizá es joven, probablemente aún no ha hecho la mili, tal vez ha regresado precisamente porque todavía no ha hecho la mili, a pesar de que el trabajo que allí tenía era muy bueno, aunque también puede ser que haya regresado porque le interese la política, porque piense que para hacer algo, para ser eficaz hay que estar dentro, y le das las gracias a la vieja que termina de explicarte ya desde la puerta de la calle: «no tiene pérdida; es allí, bajando y después a la derecha, la reconocerá en seguida, suele tener la puerta entreabierta y se distingue a media legua el olor del horno».)

El recuerdo, piensas, y sabes ahora, tumbado en la cama blanca que en toda esa historia pensada e imaginada en el tren antes de llegar al pueblo hay datos falsos y hay datos reales. Es falso, por ejemplo, te dices, el decorado, el marco, porque todavía no lo conocía y es medio cierta la imagen de la vieja, que no era tan vieja, en realidad, sino más bien cuarentona y grande, de carnes prietas, una mujer de hermosos diminutivos en «ino», y una mirada como grave y aguda, irónica, mientras se seca las manos en un delantal y te explica todo eso de Anselmo, te explica por ejemplo, que Anselmo no es exactamente un panadero, que es un distribuidor... «Aquí no hay más que una gran panadería, un gran horno, y como este pueblo es grande (grandísimo, te dijiste desalentado al bajar del autobús) hay varios distribuidores, hombres que reparten luego el pan y lo guardan en su casa...» y tan falso como tu imagen de la vieja era tu imagen de ese pueblo asturiano que coloreabas con colores de Castilla, con casas blancas, apretadas en torno a una placita, quizá con soportales, una casita con un bar en el que pondría VINOS y unos hombres apoyados en el mostrador.

Pero aquello no era así, te dices ahora, no podías imaginar, antes de haberlo visto, ese pueblo desmadejado, triste, casi negro en lo verde, manchado por el carbón, donde grandes casonas de tres pisos, muy alejadas unas de otras, daban una imagen de dispersión y luego allí, junto al río, también increíblemente sucio, aquellas otras casas protegidas, casas pegadas unas a otras, de mala construcción, casas del Gran San Blas, trasladadas allí en medio de lo verde, mugrientas por el humo, tristísimas. Es

hermoso Asturias, habías pensado en el tren al amanecer, pero luego no, luego allí, en la cuenca, se im-
ponía lo gris y lo negro sobre lo verde y tú, desalentado en aquella carretera general salpicada de casas, sabías que no iba a ser tan sencillo encontrar
a Anselmo.

No olía a horno. No huele a horno cuando llegas,
cuando llamas a aquel primer piso de una casa pre-
fabricada, sórdida casi, en la cual hasta las ropas
tendidas en las ventanas parecían negras como si el
agua de aquella zona manchase también, tiznase las
caras, dejara aquella mezcla de altanería, rabia y
tristeza en las caras de las gentes, esas gentes que
al ser preguntadas levantaban hurañas, secas, casi
irreverentes, el hombro y decían no saber nada, no
poder decir nada. Son muy antipáticos, pensaste entonces, aunque es lógico, yo soy aquí el señorito, el
niño de papá con chaqueta de cuadros, con camisa
planchada, con una horrible y enorme maleta de
skay colgada de la mano.

No olía a horno, ni tampoco a comida en aquella escalera. Es en el primero, te dijeron al fin. En
el primero, a la derecha, y das dos golpecitos con
suavidad en la puerta entreabierta que cede y allí
está el hombre.

—Buenas, dices.

—¿Qué hay?, contesta y se queda callado esperando que digas algo, una hogaza, dos barras de
cuatro pesetas, un pan caliente.

—¿Está Anselmo?, dices.

Asiente. Es él, piensas.

—Bueno, tartamudeas, avanzas un poquito, miras hacia los lados, no parece hostil, piensas, —Verá, yo en realidad no tengo claro si es a usted o a
su hijo a quien quiero ver.

El viejo escucha. Te saca un taburete y luego
se sienta en la silla de enea. Parece que ha entendido. Giménez Sánchez, yo soy Giménez Sánchez y le
ves volverse despectivo sobre el motor que estaba
arreglando en aquel momento.

—Usted dirá, dice Anselmo, el viejo Anselmo, panadero, quince años de cárcel, luchador en el treinta y cuatro, la mano perdida en el treinta y seis,
«nos dieron fuerte pero también ellos cobraron lo
suyo; estos chicos de hoy, mi chico, no sabe lo que
se trae entre manos... sólo piensa en largarse, en
dejar este pueblo y aquí, como podrás ver, hay buena gente, buen paño».

Pero eso sería después, todo eso aún no lo sabes en ese momento en que sientes un nudo en la garganta y vuelves a ver como en una película que corriera al revés tu mano absurda con un billete partido y al mecánico aquel moviendo hacia los lados la cabeza.

—Me manda un amigo común, repites ahora, un amigo que me dijo que me pusiera en contacto con usted, dices (el miedo ahora, el padre que ignora las actividades del hijo, la cara de perplejidad, el ¿de qué me está usted hablando?, ese golfo, le voy a denunciar a la policía y usted ya puede largarse de aquí si no quiere que le entregue ahora mismo).

Anselmo el viejo ha asentido y saca una petaca del bolsillo del enorme mandil gris sujeto con un imperdible.

—Puedes hablar con tranquilidad, dice. Esperaba tu visita, y, sonriente, se levanta ahora y revuelve en un pequeño estante —la lata de aceite, el velón, las flores en un jarro rococó— y saca una gastada tarjeta, un pedazo de tarjeta triangular. Esto es como en las películas de la tele, dice, y se ríe abiertamente y tú te sientes cómodo, relajado Anselmo amigo, piensas, y la maleta ha dejado de ser un peso en la mano.

—No he podido venir antes, dices. Hace ya dos meses que nos dieron su dirección, pero ha sido imposible venir antes. En Madrid ha habido redadas, problemas, mucho trabajo. Imposible venir antes.

—Pensé que a lo mejor era su hijo, dices ahora.

El mueve la cabeza.

—¡Menudo está hecho! ¡Vergüenza me da que sea mi hijo!... No le importa nada, ¡uno que no sabe!; demasiado mimo, él no sabe nada, no quiere saber nada.

Anselmo, panadero, picador allá en el treinta y cuatro, Anselmo joven entonces, mira muchacho, yo no sé por qué me meto en esto, yo soy ya muy viejo para todas estas historias, pero ya ves, uno piensa que no se puede quedar con las manos cruzadas. Aquí hay mucho desconcierto, mucha desorientación. A mí eso de China o de los otros me la trae floja. Son todos paparruchas y no creo que valga la pena pegarse, pero he conocido a gente maja, gente con ganas de trabajar; un chaval aquí de la mina

que luego se fue a Suiza hace dos años. Yo le metí
dentro y el chico tenía agallas. Tuvo que salir por
pies y supongo que allí se habrá hecho pro-chino o
como tú le llames a eso. Pero yo ya soy viejo para
cambiar. Uno, ya sabes, lo de toda la vida tira mucho y aquí he conocido gente muy buena, «echá pa-
lante», y aunque haya defectos, no hay hombre que
no los tenga, pero... y el viejo Anselmo movía la
cabeza y tú insistías: la traición al proletariado, el
revisionismo moderno, y él asentía y chupaba el cigarro siempre apagado en los labios y te miraba, y
de ayudar lo que quieras; yo siempre estaré con todo
el que haga algo y basta que Josechu te mande para
que todo lo que me pidas esté hecho... ¡Buen muchacho, buen muchacho aquél! A su padre le cogie-
ron en la guerra y murió allí en la cárcel a mi lado,
tisis o algo de eso, caían como conejos, silicótico,
como hubiera acabado también yo si no llega a ser
por esta mano (la manga tapando, la manga disimu-
lando el hueco aquel vacío, la mano perdida). Mira,
fue por imprudente... Yo me digo que uno tiene que
saber siempre por donde se mueve y cuando me
explotó aquella mina ¡más listo debería haber anda-
do! (la mano vacía, Anselmo panadero). Aquí en la
panadería poco se puede hacer... la gente está en la
mina, pero sigo teniendo buenos amigos, gente buena, gente que le tiene a uno cariño.

—¿Y esto? —preguntas, señalas la maleta, la
abres con cuidado y le muestras las hojas ciclostila-
das, los periódicos —me dijeron que le trajera estas cosas por si quiere echarles una ojeada.

Anselmo lo saca y lo coloca allí debajo del hule,
abultado ahora, Vanguardia Obrera, dice, lo que
hace falta es que estemos todos unidos, dice, mientras no nos unamos, y movía la cabeza hacia los lados, uno, la pena es que está ya viejo, decía, vosotros, vosotros los jóvenes sois los que tenéis que
tirar «pa alante».

—¿Podemos enviarle cosas por correo?

La vacilación de Anselmo; frunce el ceño y sus
ojos te parecen brillantes cuando te mira.

—Mira, muchacho. Yo no quisiera que los camaradas se enfadaran. Si yo reparto estas cosas puedo
tener problemas, puedo traerles problemas a ellos...
Hay que unirse, todos tenemos que unirnos, decía,
y tú te levantas y piensas que es difícil, que no es
tan sencillo explicarle a ese viejo que, a veces, los

partidos pueden apartarse de la línea correcta, que es preciso cambiar, y te hubiera gustado pedirle aquel triángulo, guardar aquel triángulo como recuerdo, llevarte aquel paisaje nevado, absurdamente partido en dos, para conservarlo en el bolsillo izquierdo de tu chaqueta.

Quizás tenías razón, viejo, piensas, quizás las cosas deben ser más sencillas, mientras caminas de vuelta hacia la fonda, sintiendo entre los dedos el filo cortante del triángulo que está ahora en tu bolsillo. ¿Podría quedármelo?, has dicho, y él te ha ofrecido además ese pan redondo, grande, que llevas debajo del brazo.

—A las panaderías se va a comprar pan, había dicho y te había guiñado el ojo mientras tanteaba con la mano izquierda los panes, para darte uno que estuviera bien cocido.

VIII

Exactamente. Estuvimos casados dos años, dos años más o menos, y tenemos solamente una hija. ¡Claro!, la hija está conmigo. ¿Cree usted que podría dejársela a él? Mire usted yo no le echo a él la culpa, en estas cosas nadie tiene la culpa; vienen así. Yo me casé demasiado joven y una no sabe bien lo que quiere; Enrique, cuando yo le conocí, era también un niño. En realidad nunca supe si me enamoré de él o de una idea; estábamos muy metidos en política entonces. Yo era una cría y Enrique me parecía un tipo distinto: más serio, más responsable... porque guapo, lo que se dice guapo, ¡vamos, eso de gustarme mucho!, nunca lo ha sido. Yo le quería; no le voy a decir ahora que no le quería, pero creo que tiene razón mi madre cuando dice que estas cosas es mejor probarlas antes. Yo no sé bien qué es lo que quiere usted que le diga. Nosotros, como creo que ya sabe, llevábamos más de dos años separados. Sí, fui yo quien quiso separarse. En realidad había otro hombre, es verdad que estaba enamorada de otro hombre, pero si no hubiera sido así hubiera sido lo mismo: lo nuestro ya no marchaba. Ya sabe usted cómo son estas cosas. No se puede decir que nadie tuviera la culpa pero uno no puede casarse pensando que el rollo tiene que durar toda la vida.

Intentaré darle una visión lo más objetiva posible. Yo no tengo nada contra él y desde luego pretendo ayudarle; ha tenido mala suerte y está pasando una época mala. El día en que le ví por última vez —hacía ya por lo menos cuatro meses que no le veía— le encontré francamente desmejorado, cambiado... mucho más delgado e irritable. De todas formas yo no podía imaginarme que estuviera tan mal como realmente debía estar, pero se le notaba muy nervioso desde el principio. Total, la conversación que tuvimos fue una niñería, algo que no tenía que sacarle de sus casillas como le sacó. ¿Podría beber algo más? A estas horas me sienta bien beber algo, porque tengo la tensión muy baja y en seguida me siento deprimida. Gracias. Prefiero coñac.

Me va a ser muy difícil comenzar a recordar desde el principio, porque supongo que a usted le interesará que hable de él desde que nos conocimos. Una olvida en seguida, ¡a dónde iríamos a parar si no tuviéramos la facultad de poder olvidarlo todo! No piense usted que soy una cínica. Lo que pasa es que lo pasado, pasado está, y yo no soy de esas personas a las que les gusta darle vueltas a las cosas; creo que hay que tirar para adelante. Si nos equivocamos en algo, se borra y a otra cosa.

Cuando yo conocí a Enrique estaba en la Facultad. No sé si sabe usted algo de sus actividades, pues bien yo..., en fin, ya me entiende, nos conocimos en el asunto ese. El estaba metido ya antes y, bueno, pues como pasan estas cosas, pocos meses después empezamos a vivir juntos. Yo tenía veinte años y él más o menos, ¡unos críos! Para los dos aquello era lo primero, y ya sabe lo que eso trae consigo. A veces, hablando con él, he intentado hacerle comprender que no tenía derecho a pensar que aquello podría ser definitivo ni para él, ni para mí. De hecho partíamos de ese presupuesto, pero ya sabe usted que ¡de la teoría a la práctica! Bueno, concretando, estuvimos bien un año, más o menos. Luego... no es que la cosa fuese mal, pero —yo no sé qué opinará usted— pero yo pienso que la pareja como tal, la pareja constituida, tiene que estar asentada de otra manera. Ahora, por ejemplo, quisiera casarme de nuevo y él, sin embargo, no lo entiende. En la cárcel —él no me lo ha dicho pero yo me lo figuro porque llegó a escribirme alguna carta— debió creer que todo podría areglarse... Allí dentro se ve todo de otra manera, pero la realidad es que lo que se acaba, se acaba, y lo de Enrique y mío hace ya mucho que terminó para mí.

Era siempre algo retraído, nervioso; buena persona, eso sí; he conocido pocas personas tan honestas, ¡tanto que a veces más bien parecía tonto! No teníamos muchas comodidades y eso, mientras funciona la ideología, mientras uno lucha por algo, marcha bien, pero yo tenía mucha menos confianza, menos fe que él, y en seguida abandoné cualquier actividad. A los pocos meses estaba ya algo harta del tipo de vida que llevábamos y me hubiera gustado tener un hogar, ¿qué le diría yo?, más como todo el mundo. Además Enrique, quizá porque es demasiado serio, demasiado concienzudo, puede llegar a resultar aburrido, y la verdad es que me parece que llegué a aburrirme. Bueno, no es exactamente eso lo que pretendía decir. Quererle, le quería, pero... cuando una no ha probado otra cosa, ni tratado con otras personas... ¿me entiende?, una relación como la que nosotros llevábamos puede resultar insatisfactoria. Nosotros, desde el principio, nos habíamos dado absoluta libertad el uno al otro, y la cosa marchaba más o menos bien, pero en realidad yo sé, vamos, he sabido luego, que a Enrique todo aquello le molestaba. De nuevo la ruptura entre la teoría y la práctica, ya me entiende.

Me doy cuenta de que casi le estoy hablando más de mis problemas que de los suyos, pero es que si quiere que le diga la verdad a él le he conocido poco, a pesar de todo, y poco puedo decirle que le sirva. Era un hombre frío, poco apasionado, muy metido en sus cosas, aunque luego a veces he pensado que esa aparente frialdad se debía a su timidez. Siempre ha sido un poco corto en el terreno de lo expresivo, en eso sí creo conocerle bien, y a toda mujer le gusta, bueno, por lo menos a mí me gusta, que se nos haga un poco más de caso, que se nos trate con algo de mimo, ¡fíjese bien que yo apenas había salido de las faldas de mamá y estaba acostumbrada a otra clase de vida!... Enrique y yo vivíamos casi en la miseria. No exagero. Por eso de la pureza revolucionaria, vivíamos casi sin una perra. A mí, al principio me parecía muy bien y estaba completamente de acuerdo, pero a la larga a una le gusta poder comprarse un traje de vez en cuando, poder ir a los sitios..., en fin, todo eso que yo no probaba desde que me casé con Enrique. El siempre ha sido muy ascético, casi monjil, y apenas tiene necesidades, pero lo malo es que fue incapaz de comprender que yo pudiera tenerlas.

Luego vino el asunto de la niña; creo que eso fue lo que acabó por desquiciarlo todo: con aquella vida, casi sin dinero, con la carrera a medio acabar y viviendo en Francia, lo peor que podía pasarme era quedar embarazada. Desde el principio habíamos planeado que hasta que no cambiaran las cosas no tendríamos hijos, porque era la única forma de que pudiéramos funcionar los dos como personas, pero, a pesar de todas las prevenciones, a los cinco meses me quedé embarazada y, bueno, no sé cómo me juzgará usted, ni lo que pensará de mí, pero lo primero que se me ocurrió es que no podía tenerlo, que había que hacer algo para impedirlo.

Yo, en aquella época, empezaba a estar más despegada de Enrique; fíjese que llevábamos muy poco tiempo casados y, sin embargo, ya empezaba a darme cuenta de que la cosa no marchaba, así que le propuse que buscáramos una solución, en fin, cualquier modo de arreglarlo. El se hizo el loco, ¡vamos, no es que se hiciera el loco!, pero tampoco dio ningún paso para remediarlo porque, y de eso estoy convencida, en el fondo deseaba tenerlo y yo pienso que lo hacía para tenerme más atada; le parecía bien la idea de tener el hijo y empezó a darme el rollo, a decirme que no teníamos dinero, que qué más daba antes o después, que total no era problema, y cuando me quise dar cuenta, entre sus idas y venidas —siempre estaba viajando de un lado para otro— ya era demasiado tarde para hacer nada y tuve que tenerla. Creo que eso sí que no he podido perdonárselo porque, y no es que no quiera a mi hija, el tener un chaval en aquellas circunstancias era un error. Luego, todo empezó a ir peor y en cuanto nació la niña y empecé a sentirme de nuevo más libre, decidí que había que romper. Sé que para él no fue un buen trago. Yo, la verdad es que había llegado a pensar que sólo le interesaba la política y sus libros, pero no sé si por amor propio o porque realmente me quería, lo pasó bastante mal y a los dos meses, a pesar de que todos le dijimos que era una locura, que iba a ir a chirona en cuanto se descuidara, se vino a Madrid. Yo escribí a mis padres y como ellos siempre me han ayudado, pude matricularme en la Sorbonne y me establecí allí definitivamente. Luego apenas he vuelto a verle; le ví hace tres meses, cuando salió de la cárcel, en un viaje muy rápido que hice yo a Madrid y luego el día del asunto, el día del ataque ese. Me da algo de pena porque creo que es una persona valiosa y quizá no le he ayudado demasiado, pero la verdad es que poco podía hacer. Juntos lo pasamos bien y no me arrepiento del tiempo que pasé con él, pero tampoco me arrepiento de lo vivido luego. Además, ya en la última etapa estaba un poco neurótico, irascible, descontento. No estaba de acuerdo con la labor que se hacía ni sabía lo que quería. Siempre ha sido un poco utópico, se empeñaba en lograr el perfeccionismo y se ha dado muchos golpes, uno detrás de otro, porque las cosas son como son y no como a él le gustaría que fueran. Carece de sentido de la realidad y, claro, cuando salió de la cárcel, escéptico y, sin nada qué hacer, tuvo que colocarse en ese trabajo horrible y supongo que eso terminó por destrozarle los nervios.

No sé si le habrá servido de mucho lo que le he contado; poco más podría decirle, aunque si lo cree necesario podría esforzarme por ordenar los datos, para contar todo aquello con un cierto orden cronológico. De todas formas, sinceramente, una se crea defensas y hay muchas cosas que prefiero olvidar. El problema de Enrique, tal y como yo lo veo, es un problema de adaptación, de insatisfacción; supongo que usted tendrá ya bastante formada su opinión sobre el caso, pero me parece, y no sé si esto le servirá para algo, que Enrique de alguna manera quiere autodestruirse. Nunca se le ve contento; la vida con él, y quizá no debería decirlo, podía llegar a ser insoportable... No es que fuera absorbente... No. Me dejaba gran libertad, pero como se siente inseguro —¡siempre se ha sentido inseguro!— piensa que los demás quieren destruirle, que están en contra suya. Los últimos meses que pasó en París se hallaba en un estado paranoico; no sólo conmigo, sino con todos... Llegó incluso a desconfiar, a tener miedo de la gente de la organización; pensaba que estorbaba, que podían quitarle de en medio. Es una bobada. El sabe perfectamente que esas cosas no pasan nunca, que son novelerías y propaganda de la reacción, pero se sentía acosado, asustado, y se volvió intransigente y hasta moralista... Las últimas discusiones que tuvimos, antes de que yo le dijese que la cosa se había acabado definitivamente, eran siempre en torno a lo mismo: que si mis amistades eran decadentes, que si me reunía con toda la mierda de París, que éramos peores que aquellos contra los que él combatía, la escoria y todo eso. Mire usted: cuando yo me harté de la política, busqué nuevos amigos, gente más divertida, en otra onda, amigos que Enrique nunca llegó a soportar.

Me acuerdo de un día en que volvía de uno de

sus viajes, creo que de Bélgica o de Suiza y cuando llegó estaba en casa con un grupo de amigos; no pasaba nada extraordinario, una reunión normal donde quizá había alguno bebido y nada más... entró dando voces y echándoles a todos; echándoles, así como le digo, y entonces yo no pude aguantarle y aquella noche me marché con ellos; cuando volví al día siguiente, estaba más calmado, pero empezó a meterme un rollo sobre mis amigos, sobre lo que hacíamos, etc., etc., que consiguió irritarme de nuevo y le dije que si seguía así me largaría definitivamente. Debió verme muy segura de mí misma porque en seguida cambió de actitud y fue entonces cuando pensé que quizá me quería más de lo que yo pensaba, aunque quizá entonces sólo pensé que quería liarme otra vez y que lo que le fastidiaba era que su prestigio como «puro» quedaba en entredicho.

No sabe usted hasta qué punto puede degradarse uno en tales situaciones; yo, por una parte, estaba completamente decidida a dejarle, pero por otra, como sabía que en el fondo era bastante débil, me daba un poco de pena. Sin embargo, como si le culpara de esa pena que me causaba y que me impedía tomar una decisión, me volví muy agresiva y llegaron a plantearse situaciones de una gran violencia... Pero quizá exagero al recordar, porque lo cierto es que muy pocas veces estuvimos solos. Eran días de mucha actitividad, días en los que él siempre tenía que salir... me parece que fue por entonces cuando abandonó la organización y, sin embargo, nunca llegó a decírmelo, ni por qué se iba, ni cuándo se fue. Me enteré después a través de otros compañeros; tal vez por eso se volvió a España nada más terminar lo nuestro. Yo entonces casi me alegré, aunque sabía que era una especie de suicidio inconsciente; luego él me dijo, cuando me escribió —porque desde la cárcel me escribió, como antes le dije— que no esperaba que le detuvieran; pensaba que aquí se habrían olvidado de él y que ya nada tenía que hacer en París, que su sitio estaba dentro, pero yo estoy convencida de que en el fondo buscaba que le cogieran, que estaba harto. Habían sido años muy cansados y poco satisfactorios; tenga usted en cuenta que cuando Enrique abandonó el partido, lo mismo que yo, pensó que la revolución era una cosa inminente, que la nueva organización iba a suplir todas las deficiencias de la anterior, y lo cierto es que fue una experiencia poco compensadora... ¡Pero hay modos y modos de tomarse las cosas! El siempre ha sido de esos de todo o nada; cuando yo decidí salirme no me resultó un paso demasiado traumatizante, para él, en cambio, cada nuevo grupo, cada nueva decisión tomada era todo un mundo; no comprendía que las cosas las hacen seres humanos y que es lógico que tengan fallos, que no sean como a todos nos gustaría que fuesen. Yo a veces le decía que con esos berrinches, con aquellos disgustos, sólo se hacía daño a sí mismo y que en definitiva todo iba a seguir más o menos como antes, pero él ponía el alma, a pesar de que hacia afuera daba la imagen de un tipo calmado y calculador, en todo lo que hacía. Cuando algo salía mal, cuando fracasaba una acción o veía algo en la organización que no le gustaba del todo, era como un tifón y podía desplegar una actividad inaudita hasta que las cosas se encauzaban o él creía que se habían encauzado. Tenía un poco la mentalidad del cura, la del que todo lo quiere bien hecho...

Nuestra vida sexual me parece que siempre fue satisfactoria, por lo menos para mí y supongo que para él también. Nunca tuvimos problemas en este sentido, Enrique es un hombre normal y... bueno, la verdad es que pienso que éramos una pareja normal en todo. Muchas parejas se separan porque eso no marcha, pero desde luego, ese no era nuestro caso. A mí, por ejemplo, no me hubiera importado en absoluto seguir acostándome con él después de la separación, pero eso hubiera complicado mucho las cosas, porque luego viene la ternura, los recuerdos, las ganas de que todo siga como antes, y eso es el cuento de nunca acabar. Además no creo que él hubiera aceptado algo de ese tipo; le dolía en su amor propio porque la persona con que me fui a vivir, bueno, esto es un poco delicado y quizá usted no pueda comprenderlo del todo, era amigo íntimo de los dos, casi diría que su mejor amigo, y aquello le hizo daño... ¡no que me acostara con él!, nunca le hubiera importado si de hecho a quien hubiera seguido queriendo hubiera sido a él, pero sí que prefiriera al otro, vamos, que de quien realmente estuviera enamorada fuera del otro. De hecho él sabía desde hacía mucho tiempo, casi desde el principio, que yo mantenía relaciones esporádicas con él, pero sólo a raíz del embarazo y de la depresión, momento en que este amigo me hizo mucha compañía y se portó muy bien conmigo, las cosas empezaron a tomar un cariz distinto; al principio no queríamos confesarnos que la cosa había cambiado, pero en cuanto nos dimos cuenta de lo que pasaba lo único honesto que podíamos hacer era plantear las cosas con claridad, lo más pronto posible. Pero no nos atrevíamos y creo que él, Carlos, todavía menos que yo, ¡menudo trago!, pero eso a la larga fue peor porque cuando Enrique se enteró, se sintió traicionado, desplazado. Hasta entonces todos, los tres quiero decir, habíamos procurado siempre que todo se ventilase entre nosotros con toda claridad, sin tapujos, quiero decir, sin secretos y de pronto él, con esa historia, se sintió excluido y engañado. Por eso fue un golpe mayor... y, sin embargo, sigo insistiendo en que, más tarde o más temprano, habría pasado algo muy parecido.

IX

«Su mujer le define como un neurótico, con tendencia a la paranoia, y desequilibrado en la última temporada. Depresión reactiva ante un conflicto sentimental conyugal, en personalidad excitable, impulsiva, impresionable e hipersensible, con respuestas exageradas ante los conflictos.»

Respuestas exageradas ante los conflictos. Quizá sea eso; falta de control, falta de medida, incapacidad para reaccionar *comme il faut,* para aceptar que las cosas vengan tal y como son. Estás mejor. Has comido bien y te gustaría poder hablar con el enfermero, preguntarle por sus asuntos. ¿Qué tal la familia? Supongo que es usted casado, ¡difícil oficio este!... Respuestas exageradas ante los conflictos. Pilar, piensas, y no puedes imaginarla ante el médico, seria, caviladora, haciendo el balance de vuestra relación, sopesando culpas, posibles acusaciones, manteniéndose a la defensiva. Pilar, piensas.

Enrique llega cansado. Estoy algo cansado, piensas y quisieras ya desde la entrada, en esa oscura y sucia entrada del apartamento, *chambre de bonne* de la calle *Monsieur le Prince,* tenerla ya contigo, contarle: la reunión un fracaso, mucho discutir, pero en concreto nada, mucha palabrería, lo que hace falta de una puñetera vez es formar grupos de acción en el interior, nosotros en el interior; mientras sigamos así, llevando las cosas desde fuera, esto se va al carajo; volvemos a caer en lo mismo. Abres la puerta y esperas ver a Pilar tumbada sobre la cama, Pilar con el libro en las manos, dormida quizá, ¿sabe que llego hoy?... Allí están, ahí está el cuerpo de Pilar, desnudo sobre la cama, ahí está Pilar mirándote entre divertida e irritada, ahí está Carlos a su lado, que se pone de pie y te saluda. Callar ahora, decir sólo: «Aquello es un puñetero lío, la reunión ha resultado un fracaso».

Lo has dicho. Enrique, dejando la bolsa en el suelo, junto a la cama, se sienta con aire cansado junto a Pilar y Carlos. Pilar sigue desnuda y Carlos, ¿algo inquieto?, se sienta junto a Enrique curioso, apremiante: conclusiones, ¿crees que de esa reunión puede salir algo en limpio?

¿Por qué no decir nada? ¿Por qué no llorar ahora sobre el hombro de Carlos? No pasa nada, ellos pueden y deben acostarse cuando tú, Enrique, no estás... ¿Por qué no iban a hacerlo? y Enrique explica a Carlos minuciosamente los detalles de la reunión, la intransigencia de algunos miembros de la dirección, la postura de los belgas, el posible viaje a China de algunos miembros del comité; Enrique habla ahora de la necesidad de una ruptura, mientras ve las largas piernas de Pilar estirarse a su lado... Poseerte ahora, buscarte ahora, decir a Carlos: «Adiós, Carlos» y, sin embargo, de pronto aquella ansiedad se ha borrado y Enrique ya no desea a Pilar, siente un pequeño desencanto ante el cuerpo de Pilar y habla con Carlos.

Se abre la puerta y entra el médico. Hoy no vienen los enfermeros; te portas bien, eres un niño prudente, educadito, que no quieres ni intentas plantear quebraderos de cabeza; eres bueno, eres un niño bueno tumbado sobre la cama... Doctor: de nuevo tiene fiebre, creo que tiene anginas y el médico se inclina sobre tí, acerca la cucharita, la sientes aplastando la lengua, provocando la arcada, «Abre la boca, abre bien la boquita, así, sólo un momento», y tu miras la bombillita encendida sobre la frente y te gustaría cogerla... «Nada, no es nada importante. Cualquier día habrá que sacarle las anginas. Yo no soy muy partidario; lo que la naturaleza da, más vale conservarlo, pero si las coge con tanta frecuencia convendrá quitárselas».

—¿Qué? ¿Cómo nos encontramos hoy? Veo que vas mucho mejor. Empiezas a tener un aspecto formidable, un aspecto realmente bueno... Si sigues así, dentro de poco podremos darte de alta, aunque todavía falta lo principal: hay que recuperar la voz, amiguito, tú puedes y debes recuperar tu voz, pero como nos estás ayudando, como te portas realmente bien, creo que eso va a ser coser y cantar... He conocido a tu mujer; muy agradable, realmente agradable, y habla de ti con bastante cariño. ¡Os casáis demasiado jóvenes y con muchos pájaros en la cabeza! Por lo que me ha contado, ¡tenías demasiadas ideas de esas modernas metidas en la cabeza!, y ese es un mal camino para cualquier relación. Ten en cuenta que el matrimonio tal y como se entiende, el matrimonio tradicional, es una sabia institución, una institución perfectamente estudiada y perfeccionada a través de los siglos para que todo marche en orden. Por eso cuando se intentan innovaciones las cosas comienzan a no marchar; todo se deshace: la familia, la tranquilidad... Vosotros creéis que con esas ideas del amor libre, la libertad y demás zarandajas avanzais algo, pero no os dais cuenta de que es inútil, de que todo está perfectamente montado para que las cosas funcionen así y no de otra manera. Pero seguramente no te agradará que le demos vueltas a tu matrimonio y será mejor dejar el tema para otro día. Hay algunas preguntas que necesitaría hacerte de todas formas, que pueden completar el informe de tu esposa y que si no te molesta hablar de ello, podrías contestarme.

Asientes. Sí, papá, lo que tú digas, papá.

—Cuando os separasteis, ¿pasaste un mal momento?

Mal momento, separasteis, yo, Enrique, pasé un mal momento, Enrique sufriendo, Enrique desgarrado, Pilar sufriendo, quizá pasé un mal momento, eso se llama pasar un mal momento. Mueves la cabeza afirmativamente.

—¿Tú no querías separarte?, insiste, te busca los ojos, debes contestar, ¿quería separarme?... Niegas ahora y él sonríe.

—Quizá si hubieras insistido, si te hubieras puesto un poco cabezón habrías conseguido que ella no te dejara. Parece una buena chica y te ha querido... yo, diría más, diría que aún te quiere; ¡a las mujeres no hay que dárselo todo demasiado fácil! Tienes que aprender mucho, aunque ya eres un hombre tienes que aprender mucho... a las mujeres les gusta que uno las busque, que corra tras ellas...

Sonríe; tú, Enrique, le miras y asientes de nuevo, comprensivo ahora, reconciliado con él, con sus formas protectoras de hombre de mundo, que intenta ponerse a tu nivel, de hombre a hombre, para animarte, pero mientras sigue hablando dejas de ver su cara redonda, sonrosada, su cabello gris, y en cambio te ves a ti sentado en el sillón de la salita, hundido en el sillón verde mientras mamá y Aurora —¡Dios, qué de siglos que no te veía!— hablan confidenciales, picaronas, con las piernas encerradas bajo las faldas de la camilla.

—Mujer, no es lo mismo. Pero una ya sabía que no iba a ser lo mismo.

La ves soñadora, acalorada, mirando fijamente a la pared y recuerdas a Aurora inclinada, celestinesca, remolona:

—¡Qué vas a decirme a mí!... Los hombres son todos iguales pero es que Arturo era algo especial. No es fácil encontrarse todos los días con un hombrón como Arturo...

Arturo inmenso sobre tu madre, Arturo hombrón, gigantesco.

—A veces me acuerdo de él, pero cada vez menos. Una se conforma con lo que tiene y te aseguro que Julián es un buen padre.

—¡Pero tú a mi no vas a engañarme, tú a quien has querido, a quien realmente has querido es al otro!, ¡si estabas coladita por él!, y yo lo comprendo porque Arturo era un hombre como para hacer perder la cabeza a cualquiera.

Tu madre enrojeciendo, la risita nerviosa, «mujer, qué cosas dices, son cosas pasadas» y el gesto señalándote: «Hay moros en la costa, ropa tendida», y Arturo hombrón galopando sobre el cuerpo de ella... «¡Qué va a entender, se te hacen los dedos huéspedes!, ¡si es un niño!».

Arturo-Carlos sobre Pilar y tú, Enrique, buen padre, buen marido ahora, hablando de la reunión coordinadora. Pilar se levanta y puedes ver su cuerpo, ligeramente deformado ya por el embarazo.

—No me mires así; me recuerdas que estoy horrible —y se tapa con con la falda que estaba tirada a los pies de la cama y ha buscado la aprobación callada de Carlos con los ojos. Tú sabes que ese *horrible* coquetón, interrogante, no estaba dirigido a ti sino a Carlos, que debía desmentir, admirar, consolar de aquellos ojos tuyos reveladores.

—Dentro de dos meses hasta me dará vergüenza contemplarme desnuda.

El de blanco te tiende un cigarrillo. Te gustaría que se marchase ahora.

—Os meteis en un buen lío. ¡Falta de principios, falta de moral! Y no es que yo quiera venir aquí, ahora, a echarte un sermón. No se trata de eso. No, no se trata de eso, pero es que lo que está mal, está mal. ¿Fuiste feliz con tu mujer? Sé que la pregunta es un poco brusca, pero en términos clínicos podría formularse así: resultado de una experiencia: positivo-negativo. Ya me entiendes.

Han comenzado los ejercicios espirituales y a tí te toca hoy leer la meditación. Estás contento y te sientes bueno. Señor mío Jesucristo. El padre ha terminado su sermón y te tiende el libro. «Abralo por la página 27». Acerca de la felicidad en ésta y en la otra vida. Yo quiero llevar la bandera, padre, debo llevar la bandera; yo, Enrique, abanderado, yo, el elegido, el rescatado en la presentación del Santísimo.

—¿Ha dicho página 27, padre?

Y él confirma y tú lees con una voz que sabes dulce, recatada, fervorosa incluso, y piensas en la bandera y él te dice: «lea usted un poquito más despacio. Párese en cada punto. Es necesario dejar tiempo para la meditación después de cada punto».

—¿Tu mujer es de muy buena familia?

Váyase ahora, por favor, váyase ahora; Enrique necesita dormir, Enrique no se encuentra bien, la relajación después de la meditación, el silencio, ¡que se vaya, Pilar!, ¡que se vaya ahora!

—¿Qué tal te llevabas con los padres de tu mujer?

(—No te preocupes que ya están preparados. Les he hablado mucho de ti y aunque te odian en el fondo porque vas a casarte conmigo, te tienen un poco de respeto. Mi padre está loco por conocerte.

Enrique se yergue ahora, se siente seguro. Yo, Enrique, sé que voy a tener una entrada decisiva en la casa de mis «futuros» suegros. Sé que se va a producir la ruptura y desprecio su condición, su estatuto, sus debilidades.

Enrique, seguro, entra en ese gran portal de la calle Fortuny y se encoge de pronto ante el artesonado, la antigua cochera que lo recibe, el saludo servicial del portero desde su garita: ¡Por Dios señorita, la de tiempo que no la veíamos entre nosotros!, ¡menuda sorpresa les va a dar a sus padres!

—Son las dos y media. Deberíamos haber llegado un poco antes —ha dicho Pilar— a mi padre le sienta como un tiro que se le haga esperar a la hora de la comida.

Enrique contempla el rellano de madera con las dos puertas. ¿Es la de la derecha?, pregunta y Pilar, con algo de timidez, pidiendo disculpas: No. Esa es la del servicio.

Ahí está Concha con su delantal impecablemente almidonado. Es nueva —te dice Pilar al oído— y luego ese erguirse al hablarle: ¿Está mi madre en casa?, y ese plegarse de Concha: ¡Ay, perdone, señorita, con esta poca luz no la había conocido!, y esa mirada con que te recorre midiendo, tasando, ¡Así que es éste!

—¡Ingratos! La de tiempo que hacía que esperábamos vuestra visita. Tu padre dudaba ya del regreso de los hijos pródigos.

Te mira también ella mientras tú examinas su traje de seda azul, camisero, sus discretos y elegantísimos pendientes, su pelo recogido (—Mi madre te gustará. Es muy burguesa, muy comodona, pero es una tía encantadora. Ahora con sus cuarenta años todavía tiene mucho «chic», pero de joven ha debido ser la locura. ¡Fíjate que hasta temo que te enamores de ella), los dos zapatos, increíblemente nuevos, de tacón alto y ella mirándote, me mira, Enrique se sabe observado y saca un paquete de cigarrillos, le tiembla la voz mientras pregunta, algo hortera, algo corto, timorato de pronto:

—¿No le molestará que fume, verdad?

Y ella accediendo: «¡Pero hijo, si en esta casa soy ya la única que fuma como un carretero! ¡Ya era hora de que alguien viniera a acompañarme!», y Enrique nervioso, vacilante, empequeñecido por sus Celtas con filtro se los tiende ahora: «¿No fumará usted de esto?», y ha elegido ese demostrativo cargado de desprecio, pero ella no parece atender y recoge el cigarro: «La verdad es que fumo de todo, pero no sé si esto será demasiado fuerte», recogiendo el pronombre, confirmando y olvidando en seguida, mientras se mueve por la habitación, busca la pitillera de plata y la abre, deja el otro cigarrillo en el cenicero y le ofrece: «Toma de estos, te gustarán más», y Pilar pregunta, explica, y ella parece complacida: «Menuda sorpresa le vais a dar a tu padre. Te aseguro —te mira a tí ahora, quiere que comprendas— te aseguro que cuando se enteró de que Pilar se casaba y que se casaba, en fin, ¿para qué vamos a ser hipócritas?, con alguien de quien no sabía nada, estuvo a punto de darle un patatús, prometió que nunca más la recibiría en esta casa. Pero esta hija, la ingrata, nos ha tenido siempre a todos metiditos en su bolsillo, así que queramos o no, ahora vas a ser nuestro yerno y tenemos que aceptarte y quererte como a un hijo».

Comprensiva, y tú mirando al suelo.

—¿Quieres beber algo?

—¡Qué va a beber, mamá! ¡Si voy a casarme con un eremita! Si vieras, ¡es una maravilla!, ¡te juro que apenas tiene vicios!

Y ríen las dos, compartidoras, y empiezas a sentirte más cómodo.

—¿Qué me habías dicho que estudiabas?

—Física, mamá. Hace tercero. ¿No es tercero lo que cursas ahora?

—¿Y cómo van tus estudios? Supongo que desde que se os han metido todos esos proyectos en la cabeza no daréis ni golpe... ¡con la tendencia a vaguear que has tenido tú siempre!

Y hablan las dos y tú te levantas y te pones a observar, distraído, los libros de la biblioteca: —«Papá tiene una magnífica biblioteca. Creo que en total no habrá leído más de diez libros porque la mayoría los heredó, pero él por su parte se siente obligado a seguir comprando algún que otro libro de vez en cuando. Ya sabes: Gironella y esas cosas».

Compendio de Derecho Civil, Larra, obras escogidas, biblioteca de autores españoles.)

—Nunca hemos hablado de tu estancia en la cárcel; supongo que debió ser bastante traumática. Tu mujer opina que en cierto modo tú te buscaste la detención y a mí, por lo que voy viendo, me parece que no estaba demasiado descaminada.

No hemos hablado de la cárcel, ha dicho, y a ti te resulta gracioso que considere un diálogo ese monólogo en el que se desenvuelve con facilidad, en que tus asentimientos y negativas son el único punto de referencia de ti como sujeto pensante, como interlocutor dispuesto a cooperar.

Podría contarle muchas cosas de la cárcel; podría hablar durante horas y horas de aquella estancia algodonosa, de aquellos muros desconchados. Podría contarle minuto por minuto —¿existe acaso una sucesión temporal capaz de expresar esos dos años?— Soy un tipo cuerdo, un tipo absolutamente normal en este instante y sé lo que quiere que le diga; le gustaría que agachase la cabeza, gimiese, me encogiese y luego suspirase, y entonces usted sonreiría, una vez más paternal, me daría palmaditas en la espalda y soñaría con ese pobre y desamparado Enrique, allí enclaustrado, metido, encarcelado, sufriente y arrepentido, desolado, «Pobre Enrique», diría, y añadiría a continuación una fichita más a su ya grueso informe-sumario que vendría a decir: etapa dura y traumática para el paciente, sentimiento de soledad y abandono que vino a acentuar el sentimiento de desamparo experimentado tras la reciente separación conyugal.

¿Verdad que es así como le gustaría verlo? Yo, Enrique, abandonado en la celda, soñando con el paquete, con la visita de los jueves, husmeando en el refectorio, buscando a mi madre, presintiendo a Pilar, contando los días desde la última carta, fijándome plazos, acumulando pequeños recortes llegados del exterior, soñando con la salida, con el nuevo abrazo.

—¿Tampoco hoy tienes visita?

Sabes que Ignacio pretende ayudarte. Tampoco hoy, deberías decirle:

—¡Ya te he dicho que no le importo a nadie un huevo! ¿Quién coño crees que podría venir a verme?

E Ignacio, arrebatado, acercándose más, cuenta, desea hablar.

—Hoy se ha colado. ¿Sabes? Ha pasado como si fuera mi hermana y se ha colado. Aquello es una mierda; no hay quien se entienda. ¡Parece una pajarera! Casi no he podido decirle nada... ¡Pero está más buena que nunca, de eso sí me he dado cuenta, ...está como un tren! Me gustaría que la hubieras visto y me dijeras qué te parece. Es una tía magnífica, en cuanto salga...

Y tú pones cara de escuchar y él continúa: «La verdad es que antes, cuando estábamos fuera, aquello comenzaba a hacérseme pesado... Ya sabes ¡todo el día juntos!, y empezaba a estar un poco cansado. Pero aquí dentro se tiene tiempo para pensar, para valorar. ¿Cuánto tiempo estuviste tú con tu mujer?

Mirarle ahora, cambiar de tema, preguntarle por el paquete, trivializar, pelar el huevo duro, sorber la leche, cuando salga tendré que hacer algo por ti, ¡si no fuera por tí!

—Casi tres años. Dos ya casados, dices, e Ignacio se queda pensativo mientras comienza a abrir, glotón, el paquete y tú contemplas la aparición de los chorizos, el chocolate, «Esta vez no ha podido mandarme pasteles», dice triste, acongojado ahora, olvidado ya, y tú entonces cierras los ojos y te tumbas sobre la colchoneta, y él después de mordisquear el chocolate te tiende la pastilla y parece esperar de nuevo.

—¿La dejaste tú o te dejó ella?

—Pásame la leche, dices, lo que más me apetece es algo fresco, y mientras bebes piensas en lo que vas a contestar, en el posible silencio, pero él con la pastilla de chocolate en la mano espera aún.

—Creo que fue ella, dices... En realidad la cosa se había acabado.

(—Todo se ha acabado. ¿Qué quieres que te diga? ¿Para qué seguir dándole vueltas? Puedo llegar a odiarte, creo que si sigues coaccionándome, controlándome, insultándome, llegaré a odiarte.)

Salir ahora, cerrar la puerta, dejar allí a Pilar, moviendo con el pie el cochecito de la niña que quizá lloraba. Hay algo que se me ha perdido, algún momento en que equivoqué el camino.

Subir de nuevo las escaleras. Enrique retrocede, da la vuelta sobre sí mismo y comienza a subir las escaleras. Tal vez se olvide de que le toca comer, quizá no se acuerde de que es la hora del pecho. Subir de nuevo, verla una vez más sentada en la cama, moviendo el cochecito de la niña con el pie: —Si sigue llorando todo el día creo que puedo empezar a volverme loca.

—Sé que a ti ahora te parecerá una chorrada, una locura, pero te juro que en cuanto salga a la calle me caso con ella, ha dicho Ignacio y te pasa una magdalena que desmenuzas entre los dedos, antes de llevártela, pedacito a pedacito hasta la boca.

—Si yo tuviera con quién también lo haría, dices y bromeas relajado, contento de pronto por esa imagen de Enrique casado de nuevo, Enrique sonriente entrando en la iglesia, con luces, muchas luces, con la música de órgano resonando, la gran alfombra roja extendida desde el coche; Enrique arrebatador ante los fotógrafos, Enrique del brazo de Lucinda, rubísima ese día, suegra maravillosa, tentadora, ligeramente acariciante en el brazo.

Cuando bajas del coche están ya todos esperando. Sólo falta Pilar y la primera en abrazarte es Lucinda.

—Hijo, de oscuro estás guapísimo. ¡Nunca te había visto con un traje, lo que se dice un traje! Pareces otro, ¡si ya decía yo que mi yerno no debía ser tan feo por mucho que se empeñara en serlo!

Y allí tu madre también contenta, —Mira, son asuntos vuestros. No queremos saber nada y si no fuera porque los padres de Pilar parecen personas encantadoras, ¡ni acto de presencia haríamos en esa boda loca!— con eso soso y carísimo vestido estampado en flores verdes y la gran pamela, ligeramente inclinada sobre la frente.

—¿Tú hiciste boda *comme il faut?* La familia de Anita es muy católica, así que si quiero vivir con ella de una vez creo que tendré que pasar yo también por el aro —ha dicho Ignacio.

(—Mamá se empeña en montar una boda por todo lo alto. Sé que es un coñazo, pero creo que no pasa nada porque hagamos esa pequeña concesión. Ya sabes cómo es: cuando se le mete una cosa entre ceja y ceja no para hasta que se sale con la suya... ¡A nosotros una bendición más o menos nos da lo mismo!... Ya sabes el disgusto que ha pasado papá pensando que íbamos a casarnos, ¡y sin terminar la carrera!)

Estás de pie sobre la alfombra que quizá tiene grandes flores rojas. El traje lila claro de Lucinda y el estampado de tu madre: «¿No querrás que vaya a la Iglesia hecha un Cristo? La familia de Pilar es una familia de muchos humos y ya me estoy imaginando el trajecito con que va a presentarse su madre».

Ahora llega el coche negro, el Dodge con los lacitos blancos atados en las portezuelas. Miras por encima del hombro de Lucinda y allí están los otros: Ana, Gonzalo, Julio, allí están de jueces burlones, no condenadores, y tú enrojeces bajo tu traje oscuro de impecable corte: «No seas niño, si por eso no vamos a dejar de pensar como pensamos. ¿Crees tú que a mí me hace gracia tener que ceder en lo de las flores blancas? Mira, en cuanto el cura nos dé la bendición les mandamos a todos a la mierda y al mismo tiempo al azahar, a las luces y a todas las demás pijaditas.

Ana y Gonzalo se han acercado y sientes un ligero orgullo ante la blusa semidesabrochada de Ana, ante esos vaqueros que te rescatan de los abrazos, de la foto: «Una aquí, aquí antes de entrar, en lo alto de la escalera» y mientras Ana te abraza: «Menuda boda, tío. Estás hecho un brazo de mar», sien-

tes el cheque del padre de Pilar, en el bolsillo derecho, como una claudicación, veinticinco mil pesetas
que te duelen junto a Ana como el plato de lentejas
que has perdido: «Tomad, supongo que no andaréis
bien de perras. Al principio es lógico que os ayu-
demos un poco».

—Supongo que para tí fue un período difícil,
duro, ha dicho el médico y le miras abandonando las
luces, los bancos adornados con florecitas; dejas el
traje de flores grandes, horribles, de tu madre, la
mano dadivosa, concesiva del padre de Pilar; olvidas de pronto los pantalones de Ana y estás de nuevo en la celda junto a Ignacio: años difíciles, dos
años enteros de tu vida... ¿Qué le voy a contar? No
fueron de rosas, en absoluto de rosas... dos años de
mi vida, la vida de Enrique, metida allí, enlatada,
rescatada de los silencios, de los encuentros en la
escalera, del cuerpo desnudo de Pilar, de la sonrisa
cómplice y saboteadora de Carlos.

Por hoy es demasiado, piensas, necesito que se
vaya, necesito salir de esta habitación, de esta celda
blanca, de estos baldosines; nunca me han dicho que
esto sea un manicomio, por qué estoy en un manicomio; pero la verdad es que no es así como me fi-
guraba un manicomio; tengo que hablar, tengo que
decirles que me dejen salir, que me permitan bajar
allí con los otros al patio rectangular donde todos
dan vueltas; volver con ellos, porque tiene que haber
ellos, *ellos* que ustedes me han ocultado encerrán-
dome aquí entre estas cuatro paredes blancas, ellos
que se rascan la cabeza, que dan saltitos, que hacen
uuuuh, uuuuuh, muy fuerte y luego se ríen y debo
verlos, tengo que participar en esas comidas colec-
tivas, sentarme junto a Napoleón, escuchar a Theo-
dor Roosvelt, que se mete los espaguetis con la mano
en la boca y luego solloza; debo pasear por los pasillos, hacer gestos; quizá con ellos consiguiera entenderme; debo salir. En la cárcel era bueno salir,
bajar al patio, encontrarles reunidos, jugar a la pelota.

Coges el papel blanco que como todos los días
el médico dejó sobre la mesa y pides el bolígrafo.
Escribes nervioso, esperando ya el asentimiento:
«Quiero salir de esta celda. Quiero ver a los otros.
En este manicomio hay otros y quiero estar con
ellos».

Ha movido la cabeza y dice que sí.

—Está bien, está muy bien que te animes, que te apetezca ver gente. De todas formas, esto no es exactamente un manicomio, es sólo una casa de salud, una casa de recuperación en la que pronto, si pones algo de tu parte, vas a restablecerte. Tal vez sea un poco prematuro que salgas a hacer vida colectiva... Te conviene serenarte, estar preparado... Aquí hay gente de todo tipo y quizá en tu estado actual no sea oportuno un contacto inmediato con todos ellos.

Tengo que insistir, debo salir, tengo que salir de aquí sea como sea.

(—¡Si me cayeran más de dos años yo intentaría escaparme! —ha dicho Ignacio— ¿Por qué no intentamos una fuguita, algo fácil?

—Hay que tener ganas. Por mí me quedaría aquí para toda la vida; lo que siento es que voy a salir dentro de cuatro meses.

—No fastidies; todo eso son chorradas. Estoy seguro de que si entraran ahora con la orden de libertad o se muriera el Papa, darías saltos como cada quisque.

Tal vez sea así, tal vez Enrique dé saltos como cada quisque, abrace a Ignacio, interrogue al incrédulo funcionario; brinque incluso; corra por la galería despertando a los otros, interrumpiendo la reunión de estudio: Me han soltado, me han soltado... ahí os quedáis todos, ahora me largo, me laaaargo, tal vez sea así pero, sin embargo, inclinas la cabeza.

—Fuera no hay demasiadas cosas que merezcan la pena.

—No seas borde; ahora dices eso porque estás deprimido, porque sabes perfectamente que los cuatro meses que te faltan no hay quien te los quite de encima... ¡Si a mí que me faltan ocho me dijeran que salgo dentro de tres días!

Puedes ver aún la cara entusiasmada de Ignacio, soñadora, sus ojos perdidos en el techo, pensando en Anita a su lado ya, sin rejas por en medio: —Te aseguro que me caso. Estaba buenísima; te aseguro que se está poniendo... ¡y pensar que uno tiene que seguir aquí dentro!)

—Está bien. Desde mañana podrás bajar al patio, durante una o dos horas. En principio seguirás comiendo en tu habitación; luego, si todo marcha bien, podrás volver a casa. Ahora te dejo... yo todavía tengo que ver a muchos otros.

114

Y sale y le ves cerrar la puerta después de haber metido el bolígrafo en el bolsillo blanco de su bata de médico, Doctor Garriga, bordado en azul con letra inglesa, doctor Garriga, padre espiritual, padrecito que te dará el alta con sólo tres ave-marías y un firme propósito de la enmienda.

Ahora ya solo, cierras los ojos y los ves caminar a todos ellos desperdigados por el jardín: Pilar vestidita de blanco con coletas y con una cartera bajo el brazo, pero ya no es una cartera, sino un gran paquete y el paquete está atado con una cintita rosa que hace juego con los lacitos del vestido; Pilar salta ahora a la comba y tiene cuidado de no mover casi los pies, de no levantar apenas los pies, y la comba se desliza bajo ella, sin rozarla, suavecita, y Lucinda, vestida de lila, juega con un inmenso diábolo que te gustaría coger, un gran diábolo rojo y tu madre, parecida a aquella foto de los años cuarenta, se mete el dedo en la nariz o se muerde las uñas y te llama mientras le cuenta algo al viejecito, sentado en el banco y él dice que sí pero tú no puedes reconocerle y piensas que será nuevo, que tiene que ser nuevo y mañana cuando bajes, cuando por fin abandones esa pequeña habitación blanca, estarán allí todos y te dices que quizá se encuentre allí también Mariano, napoleónico en su gesto y tú, sumiso, desconcertado por el desorden que impones con tu presencia y lloras y Mariano encoge el entrecejo con superioridad crítica ante tu llanto y haces esfuerzos para que no broten las lágrimas pero no puedes impedirlo porque estás cansado y tienes sueño y dejas que te venza poco a poco hasta que todo se confunde y Mariano desata con cuidado aquel paquete que sólo contiene bombones y tu madre llama desde lejos a Lucinda que abandona sobre la hierba el gran diábolo de plástico rojo. Mañana estaré con todos, piensas aún antes de dormirte.

X

—Lo importante es saber con quién anda cada uno... Hay que desconfiar. Conviene desconfiar de todo y de todos.

Sonríes. Es un buen amigo. Miras su carita colorada, su chaqueta raída, sus uñas mordidas, sus gestos nerviosos hacia los lados.

Toda la luz del sol parece recogerse en el patio y es hermoso verlos allí, agrupados de pronto, aislados siempre, dando vueltas, jugando.

Aquí todos juegan, piensas y te gustaría jugar como ellos, dejarte llevar, ver enemigos en cada esquina, jugar a policías y ladrones.

—No puede uno dejarse impresionar... En cuanto pueden, te agarran y eres tipo muerto.

Jugar a las novelas de aventuras, hacer piruetas, mover el dedo de forma continuada y recuerdas al oso blanco del zoo de tu infancia que daba vueltas rítmicas, siempre iguales, en aquella ridícula jaula cilíndrica: avanzar primero hacia el público, mirarle fijamente unos instantes con gesto de inteligencia, girar luego hacia la derecha siguiendo la línea curva de la reja, levantar ligeramente el pie izquierdo en un curioso paso de baile dieciochesco, continuar la marcha siempre curva, volver de nuevo al centro, mirar al público fijamente durante unos instantes con gesto de inteligencia.

—Está loco, había dicho tu hermano Eduardo y se reía y le sacaba la lengua, —No hay cosa más boba que un oso loco.

Y luego, pasado el tiempo, volviste con Pilar y pasasteis de prisa, por delante de la jaula, sin verla, yendo directamente hasta el gran pilón central donde los otros dos osos blancos levantaban la cabeza, esperando el pedazo de pan clandestino —no arrojar comida a las fieras— husmeaban el aire, metían el hocico en el agua, daban vueltas sobre sí mismos, andaban de un lado a otro y luego volvían, retrocedían, giraban una y otra vez, levantaban la cabeza, esperando el pedazo de pan clandestino y mientras oías a Pilar: «Ves, esto es otra cosa... tienen espacio para moverse», pensabas que también ellos habían caído en una extraña rutina rítmica similar a la rutina del oso blanco, pensabas que todos sus pasos estaban regulados, controlados, repetidos y aunque aparentemente —la magnitud del espacio en que se movían podía inducir a error— seguían rutas divergentes y no predestinadas, también ellos se movían según leyes, leyes que pueden ser las de la locura, te dices ahora, leyes que les hacían repetirse, moverse siempre en la misma dirección, a pesar de su mayor posibilidad de maniobra.

Aquí también, te dices, aquí también esos hombres, ese hombre que mueve sin parar la mano derecha haciendo un lobo-lobito que al principio te hacía reír, se mueve según extrañas leyes propias y también fuera, piensas, también ellos fuera, aparentemente libres, aparentemente relajados, yo fuera, sin controles, se movían, nos movíamos con esa extraña sensación de libertad de los dos osos del estanque y, sin embargo, con la misma monotonía que el oso de la jaula cilíndrica, con la misma reiteración y parsimonia que el hombre de los cinco lobitos.

Jugar con ellos, sentarse en el suelo y mirar fijamente hacia lo lejos como un pequeño buda desposeído. Quizá si le hablara, piensas y te ríes sólo porque no puedes hablar y sería un diálogo mudo con un hombre que mira hacia el infinito y que probablemente nunca llegaría a oírte. El vejete te explica algo; a veces su charla se hace animada, discontinua; habla de antiguos amoríos, de su hija, esa hija que seguramente será, ¡y no me cabe duda!, una buenísima bailarina.

—Lo llevaba en la sangre... era igualita que su madre. Era igualita, pero con algo que su madre nunca había tenido: gran sentido del ritmo; era como una lagartija, desde pequeña como una lagartija y ¡menudo salero! Si hubiéramos tenido medios la hubiéramos llevado a recibir lecciones de baile. Allí en el barrio había una antigua cupletera, sandunguera, retozona, ¡menuda estaba la gachí cuando tenía unos años menos!, que le enseñó un poquito; nada, tres o cuatro cositas, unos pasos ¡y bailaba como si fuera una reina!

Y luego el viejo volvía a sus uñas y miraba hacia los rincones y empiezas a ver oleadas de hombres acechantes, esos perseguidores invisibles que se aproximan y tiemblas con él y quieres escapar, correr hacia la derecha: «Cuidado, por ahí no, por ahí aparecen los otros», las manos en alto, todos al suelo, hay que tirarse al suelo y el viejecito lloriquea, levanta los brazos, cae al suelo de bruces y tú, junto a él, perplejo al principio y luego comprendiendo, acorralado, buscando posibles defensas, armas ocultas, ¡si tuviéramos tan sólo una navaja!, si sólo fuera una navaja y él dice: «es una pena... es pena que...» y se da palmadas en la boca reiterativas, compadeciéndote, poniéndose en tu lugar.

—Yo tenía un amigo sordomudo, no sólo mudo como usted sino que además no oía nada, ni una palabra y eso, leñe, sí que es una desgracia, y vuelve a sus miedos, a sus pequeñas carreras, a su dedo temeroso, silenciador, sobre la boca «quizá logremos despistarles... ellos son fuertes, lo pueden todo, pero quizá podamos» y sonríe pillín ahora, dispuesto a revelarte su secreto y tú, cansado, deseas volver a la habitación, refugiarte en la cama blanca, olvidar las persecuciones: «Están por todas partes; pueden seguirnos, quizá nos sigan».

(—Lo que teneis todos es un miedo que os lo haceis en los pantalones. Ya está bien de ver policías por todas partes. Ni ellos son tan listos, ni nosotros tan importantes.

—Te juro que esta vez es verdad. Ese tipo me venía siguiendo; di dos o tres vueltas por calles secundarias y el tipo detrás; me metí en el metro y él entró conmigo. Si no hubiera llevado eso en la cartera hubiera estado más tranquilo, pero si me pillan con todo me la cargo; al llegar a Banco, hice como que salía y cuando él salió volví a meterme dentro, si no me hubiera sido imposible llegar hasta aquí.

Mariano está serio y te mira. Ahora parece preocupado.

—Pero entonces, ¿estás seguro de haberle despistado del todo?, y mira inquieto hacia la puerta.

—Completamente seguro. De todas formas, si es cierto que me siguen, debe ser por algo..., estos días procuraré tener mucho cuidado, si falto a alguna cita no os asusteis demasiado pero pasar aviso; cuando me siguen es que o buscan algo o alguien se ha ido de la lengua.

—Nadie se ha ido de la lengua; siempre veis es-
pías y policías por todas partes —irritación, enfado,
malhumor creciente— lo que pasa es que olvidais
las normas de la clandestinidad, es que os creeis
que esto es un juego y hablais con todo el mundo y
luego os extraña que alguien os siga; seguro que
has hablado de más con alguien, seguro que metiste
la pata.)

—Hace mucho que ya no la veo... ¡A lo mejor se
ha casado y todo!... Menuda cría era... ¡y cómo bailaba! ¡Le hubiera gustado haberla visto!

Le dices adiós ahora, adiós Quino, le dices, hasta mañana, estoy cansado, pero como él no puede
oírte se lo dices sólo con el apretón en el hombro,
encogiendo los tuyos para que entienda que ya no
puedes más, que te hubiera gustado conocer a su
hija, verla bailar, que quisieras jugar aún a policías
y ladrones pero que ahora prefieres descansar y vas
hacia la puerta del patio y el enfermero te abre y
llama al otro para que te acompañe hasta tu cuarto
y mientras avanzais por el pasillo, te habla de todos
los demás, de los que quedan allá abajo.

—Son buenos chicos; ninguno es peligroso, son
todos pacíficos, incapaces de hacer mal a nadie, por
lo menos ahora.

Y te alegra esa prueba de confianza, esa charla
que te sitúa entre los cuerdos, entre la gente normal como él mismo, entre los de fuera, Pilares pa-
seando a su perrito, mamás atentas y siempre dispuestas, Marianos inflexibles, y le guiñas el ojo com-
partidor y te gustaría abrazarle, pero de pronto te
entra una repentina solidaridad con Quino, con su
hija vestida al fin con traje de cola, con sus persecuciones interminables y miras al enfermero con
cara de no entender, alejándote de sus tonos conci-
liadores y él, sin decir ya nada, sigue andando y
tuerce en el recodo del largo pasillo, ese pasillo que
habías recorrido el primer día, y vas a su lado y te
gustaría fumar.

—Mañana sí está, pero se acabaron los paseos.
Tampoco conviene abusar al principio.

Y sale cerrando la puerta.

Cuando se va, cuando cierra la puerta tras él, Enrique se da cuenta de que tendría que haberle llamado.

Quisiera estar allí abajo con todos ellos y no aquí,
solo de nuevo entre las cuatro paredes blancas;

pero ahora sabe que ya no hay remedio, que tendrá que permanecer encerrado hasta el día siguiente, tendrá que aguardar la visita del médico, esperar la sonrisa comprensiva del enfermero cuando le traiga la comida. Y Enrique quisiera estar de nuevo junto a Quino, buen amigo Quino que acababa de conocer; estar allí con él y escuchar los comentarios apresurados sobre los otros, su distanciamiento de los otros: «Aquí todos están tarumbas pero hay tipos que valen la pena como Don Lucio. Don Lucio es un hombre respetable, todo un señor y está aquí, como lo estoy yo, en realidad, por una encerrona, porque toda la familia, ¡unos ladrones, unos cuervos!, se han puesto en contra suya, una conspiración para encerrarle... ¡Si yo te contara! No sé si puedes oírme, pero me parece que sí, me parece que tú eres de los que no hablas porque no te da la gana, porque sabes lo que haces y a mí eso me parece muy bien... Yo estuve una vez a punto de hacer lo mismo, y Quino, su nuevo amigo había guiñado el ojo, aprobando, y Enrique se había sentido bien y compadecía a Don Lucio y pensaba: ¡cerdos!, ¡encerrarle aquí!, y luego oía las larguísimas explicaciones sobre Marcelo con su cara de niño, allí sentado en el banco de piedra jugando con una piedrecita, Marcelo con su chaqueta azul de dependiente de tienda de ultramarinos, que se había tirado a dos niñitas, una después de otra, así como te lo cuento y luego resulta un sentimental, un sentimental que llora por nada... yo mismo le he visto echarse a llorar como una Magdalena·cuando el director se enfada con alguien, con cualquiera de nosotros, ya ves tarumba también él, todos tarumbas y Enrique añora de pronto aquel otro patio de piedra, aquellas carreras para desentumecerse, el juego de la pelota.

(Ignacio se frota las manos.

—Me están empezando a salir sabañones. Esta noche me he quedado de piedra.

—Yo hoy no bajo; si uno baja puede convertirse en hombre de hielo.

—Estás loco. A mi el paseíto cotidiano no hay quien me lo quite. Baja de una vez, te debo dos desquites al ping-pong.

Enrique e Ignacio bajan juntos al patio. Hay poca gente esa mañana y algunos permanecen quietos en los rincones a pesar del frío.

—Parece que van a trasladar al grupo de Bilbao. Hay tres con Consejo de Guerra.)

Consejo de Guerra, jugar ahora a correr en aquel patio. Buscar a Quino: Yo, Enrique, soy inocente, me persiguen injustamente, Quino, agáchate, los tambores comienzan a oírse con más fuerza, viene de allí, no de la selva sino de más lejos; recortar otra vez las flores, dejarlo todo limpio, todo dispuesto; soy inocente, me persiguen inútilmente, no voy a hablar, consejo de guerra sumarísimo, no, Enrique, soy inocente como Marcelo, quizá Marcelo es inocente, ¿por qué no le han preguntado si es inocente?; mejor aquí, mejor aquí Marcelo con tus piedrecitas, ellos también como niños, también yo como niño con ellos, pero yo estoy aquí con Marcelo y ellos allí con los ojos vendados, el muro al fondo; los tienen bien puestos; son unos críos, pero saben lo que se hacen; unos críos frente al muro, ahora, apunten, fuego, corre Quino, ¡por Dios!, empiezan a sonar los tambores, ¡déjalo!, ¡corre ahora!, Marcelo deja las piedrecitas, ellos van a morir, consejo de guerra sumarísimo, ¡Quino escápate, ocultáte ahora!, no podemos jugar a la pelota, se me ha perdido la pelota, tengo frío, me van a salir sabañones en los pies, sabañones en las manos y tengo frío.

(—No vas a decirles adiós?, se van esta tarde.

—¡Treinta años, son muchos años!

—Preferiría que me quitasen de una vez de en medio y listos. De todas formas se han portado; son unos tíos que se han portado. Son unos niños, dice Ignacio.)

Enrique les recuerda ahora; ve sus dos caras tranquilas al darle la mano; su seguridad al despedirse. «Quizá les maten», piensa, quizá ellos saben también que pueden matarlos, piensa, y les tiende la mano y luego baja los ojos hacia el suelo; «No os preocupéis, esto se acaba pronto», dice.

Ser como ellos, apretar con fuerza la pistola disimulada bajo la zamarra, zamarra de plástico azul, la gorra baja, metida hasta casi las cejas; salir despacio, separarse en la esquina de la calle con un fuerte apretón de manos. «Cuando oigáis el silbido, largaos todos», largaos todos, larguémonos. Yo también cobarde, cobarde siempre.

(—No puedo hacerlo.

—¿Qué quieres decir?

—Nada. Simplemente que no voy a hacerlo.

—Te das cuenta de lo que supone eso.

Enrique-Julián baja la cabeza y asiente. Mariano está frente a él, los ojos duros y Enrique tiembla, «Sí, sé lo que eso supone», dice y piensa en la expulsión, el juicio crítico, eres un cobarde, mucha palabrería y al llegar el momento te echas para atrás.

—No creo que sea necesario, dice. Pienso que es una imprudencia, un hecho aislado; las acciones aisladas no sirven para nada. Yo no soy ningún chivo expiatorio, además...

Se calla ahora. ¿Además, qué?, apremia Mariano.

—Además ese tipo de acciones me parecen un crimen. No creo que correspondan con nuestra línea, ni con lo que pretendemos; si la dirección las aprueba, que las hagan otros. Yo no estoy dispuesto.

Enrique cobarde, «Quizá era sólo cobardía», piensa, quizá era sólo miedo a sentir la presión del hierro bajo la manga, la picazón del plástico en el bolsillo. No soy capaz dice, nunca seré capaz, dice.

—Sois todos unos señoritos de mierda; unos niños de papá que os asustais en cuanto la cosa deja de ser un juego.

Enrique-Julián calla de nuevo; Mariano se levanta y los otros tres, tres muchachos que han callado también durante todo el tiempo, miran a Enrique, de algún modo acusadores y de algún modo cómplices. ¿Lo harían ellos?

Enrique sabe que podría haberlo hecho. Ahora, tumbado en la cama, se imagina corriendo por el campo, huyendo entre los postes de telégrafos. Llegar al primer pueblo, entrar, llamar a la primera puerta, buscar quizá el cuartelillo y los otros afuera.

El coche, ¿habría coche?, espera afuera. Están dentro los otros dos, ¿quiénes serían los que me acompañasen? Llegar hasta la puerta del cuartelillo, llegar hasta dentro, pillarles desprevenidos, asustar, tirar la propaganda, salir corriendo, no disparar, no herir a nadie, entrar después en el Ayuntamiento, no hay que temer: amedrentar, sólo se trata de amedrentar.

—No puedo hacerlo y no pienso hacerlo.

Nos persiguen ahora, nos persiguen de nuevo; corre, Quino, tirémonos al suelo, dejémonos caer junto a esta mata; ¡ha estallado!, un error de cálculo, el Ayuntamiento, pequeño Ayuntamiento de piedra, por el aire, la hija del portero, la hija del conserje, por el aire. No puedo hacerlo, corre Quino,

no voy a hacerlo, es mentira, no vuela nadie, es sólo
para amendrentar, pero todo se reduce a que tengo
miedo, con tipos como yo, con tipos como nosotros
no se puede hacer nada, corramos Quino, ocultémo-
nos ahí en la zanja; estoy algo cansado, creo que
van a expulsarme, me echan por cobarde, me ponen
de patitas en la calle; pero no, ¡yo dimito!, ahora
dimito...

Había que formar un pequeño comando, un pequeño comando que entraría por los Pirineos... quizá era esto lo que intentaba contarte; todo eso del
Ayuntamiento son pamplinas, nunca habló Mariano
de cuarteles, ni de Ayuntamientos; te estaba enga-
ñando Quino... Era otra cosa, era pasar a la acción
como decía Mariano; los del exterior teníamos que
entrar por la frontera; era sólo una incursión pro-
pagandística, una incursión armada pero sin víctimas; eso nos dijeron y yo, de pronto, tenía que ir al
«frente», debía tomar pueblos, vivir en la sierra...
con eso yo había soñado desde el sesenta, había
aprendido a dormir en las cunetas, a reconocer a los
animales, a escuchar el ruido de las pajas..., con
todo eso había soñado y ahora se trataba de entrar
por el Norte, esproncediano también yo. ¿Conoces,
Quino, aquella entrada del Campesino?, aquella locura del Campesino... pues yo tenía que repetirla,
tenía que avanzar sin alejarme mucho de la frontera
al mando de un grupo, unos críos, treinta años,
treinta años y un día si no había víctimas, la cárcel
para toda la vida si conseguíamos no herir a nadie,
si todo salía bien, si conseguíamos que los carabine-
ros se doblegaran, se rindieran ante nuestra sola
presencia y quizá la muerte, allí sobre la carretera
a la entrada del pueblo, si algo fallaba; yo y otros
cuatro; sólo debíamos ser cinco; había que repartir
las fuerzas... ¡Una locura, Quino!, una auténtica locura y yo tuve miedo; tuve miedo por mí y también
por ellos, sólo entonces comencé a darme cuenta de
hasta qué punto era responsable de los otros; ellos,
tan críos como yo lo era hacía tan solo unos años,
tan entusiastas, tan dispuestos a lo que fuera. Debo
llorar Quino, porque todo lo que te digo, todo lo
que te estaría diciendo si estuviera ahí contigo en el
patio viendo jugar a Marcelo con las piedrecitas,
es un cuento, es una forma más de ocultar mi miedo
a la muerte, mi miedo a matar, pero ahora sé que
ese miedo es también falso, porque ya al fin, pero
no te voy a contar nada de esa mancha roja inmen-

sa, de esos pelos flotando, de mi propia muerte, ¿tú nunca has pensado en quitarte la vida?... En realidad, yo tampoco... Mira, a veces, cuando la tierra parece que se pone de un gris suave, tan suave que casi parece blanca, cuando los gritos se hacen tenues y puedo escucharme a mí mismo —deberías escucharte a tí mismo en alguna ocasión, oír el zumbido de cada dedo, el rozar de tus pies, que no se mueven, sobre la alfombra— entonces, parece que todo es muy sencillo, que basta con dejarse llevar, con apretar el gatillo, con abrir la espita; yo siempre he preferido lo de la espita como más limpio, más estético... te contaría muchas cosas, Quino, te contaría cómo también esto es mentira, cómo no puedo, cómo no pude hacerlo y cómo tuve que bajar la cabeza, inventar nuevas cosas para empezar a oir otros ruidos, para relajarme, para evitar ese vértigo que podría llevarme a no sé dónde; poner el tocadiscos, salir a la calle, ir al cine, tomar una copa; todo es mentira, Quino, porque en el fondo, Quino, me encanta todo eso, me gusta la gente; creo que la gente es maravillosa... tú mismo eres maravilloso, Quino, tienes razón, vamos a correr, debemos correr, ellos vienen, agachémonos ahora, juguemos a policías y ladrones, juguemos al rescate, una vez más, a tú-la-llevas...

*La ola de la alegría se rompió
contra la roca de un tedio infinito.*

Novalis

I

La última en llegar ha sido Pilar. Mamá —se la ve cansada, algo desarreglada y quizá harta— ha sonreído de oreja a oreja y la ha abrazado. «Ya estamos todos otra vez» ha dicho y me ha guiñado un ojo coquetón, satisfecho, un ojo de recuperación que me hace encontrarme bien ahora entre todos. Les miro con cara todavía alelada o imagino que es así como deben verme. Papá, de nuevo Don Julián, tranquilo ya, bonachón, se ha levantado al entrar Pilar y ha puesto cara de suegro amantísimo; Eduardo y Julián, mis queridos hermanos, han dejado sus vasos sobre la mesa, ponen expresión de sorpresa que pretende demostrar alegría y se levantan también uno tras otro.

—¡Qué barbaridad! ¡Qué de tiempo que no te veíamos!

Ahora Pilar va a acercarse a mí, pasará su mano por mi hombro, quizá me bese con un pequeño roce amonjado sobre la frente, fraternal, y diga, dirá: «Tienes muy buen aspecto; me alegro de que todo haya pasado».

Pilar —es curioso el contraste de sus pantalones de pana, gastados en las rodillas, con la enorme piel que cuelga sobre los hombros, larguísima, ahippyada— se acerca a mí y parece tranquila. Me sonríe. Ha saludado a los demás; ha dado un cariñoso abrazo a mamá que ha exclamado acogedora y entusiasta: «Te sienta bien París», otro a papá que dice distanciador, reverencioso y familiar: «¿Qué tal, hija? Parece que todo se va arreglando», y luego, todavía en silencio, ha tendido su mano a Julián y a Eduardo, que siempre reverentes y educadísimos dicen tan sólo: «¿Qué hay? Estás más guapa».

—Hola Enrique, dice Pilar ahora, tienes muy buen aspecto y se inclina cariñosa, dudando un momento, vacilando, para después, decidida, darme un beso en la mejilla hermanal y despegadamente.

—Pareces otro; casi me atrevería a decir que hasta vuelves más guapo, tu también. Aquello te ha sentado de miedo: vacaciones pagadas... y ahora desenvuelta, centelleante, deja caer el abrigo-chaquetón y se sienta en el sillón cruzando las piernas bajo el culo como un viejo yogui antes de iniciar la meditación. Me mira y todos la miran a ella. Mamá parece que va a decir algo, pero vacila; quizá se siente violenta. Creo que esperan que sea yo el que diga algo. Me quedo callado y aguardo. He respondido al beso de Pilar con un acercamiento de labios que también pretendía ser cordial y distendido.

—También tú estás bien; cojonuda.

Tal vez sabía que iba a saltar, que iba a dar un ligero saltito sobre sí misma, desdoblando las piernas: «¡Caramba! ¡El resucitado! Llegué a pensar que te habías quedado sin voz para toda la vida y cuando me escribió mamá —la mira complacida, agradeciendo una vez más el detalle, concediéndole con el apelativo una reverencia y un afecto que la separación debería haberle negado— contándome que por fin habías vuelto sano y salvo, no quería creérmelo. Han sido muchos meses; casi seis meses sin saber nada de ti, sabiéndolo todo a través de ese horrible psiquíatra o psicoterapeuta o lo que fuera —siempre me hago un poco de lío con eso de la psiquiatría—, pero de verdad que te encuentro magnífico. Te encuentro muy bien, muy bien... quizá un poco más delgado, ¿no es verdad mamá que ha adelgazado un poco allá adentro?»

Y las dos protectoras hablan de mí, proyectan, me encarrilan: «todo ha sido mejor así... no hay mal que por bien no venga, últimamente había hecho demasiadas tonterías, ¿quién sabe si ahora?», y sé que en ese ahora de mamá mirando fijamente a Pilar, buscándole los ojos, hay una cierta esperanza picarona, un cauce para la posible reconciliación y sé también, aunque no puedo verla de frente, que Pilar va a mantener la mirada, no va a negar, va a dejar que el juego de expectativas se desarrolle con un ya-se-verá, todo-es-posible, las-cosas-desde-luego-han-cambiado-mucho, que las introducirá en una serie de consideraciones prácticas sobre mi futuro trabajo, mis treinta años descarrilados, «salir de allí es como nacer de nuevo»... Ni yo misma puedo creérmelo; me lo han devuelto que parece otro, parece el Enrique niño, aquel que desgraciadamente llegué a pensar que tenía que dar por muerto».

Sonrío y acepto. Ellas me contemplan y están alegres. Papá pone cara de Nochebuena, de gran reconciliación, y sé que tendremos que escuchar alguna de sus bromas, de sus grandes frases de domingo coreadas por Eduardo y Julián con grandes carcajadas celestinescas, tal vez algún chisme político, algún chanchullo más al descubierto y sé que estoy preparado para sonreír también, para darle una palmadita conciliadora en el hombro. Papá habla ahora.

—Ya sabes que hemos conseguido meterle en una cosa oficial: en el Ministerio de Información, en el despacho de un amigo; al principio no tendrá que hacer casi nada, puro papeleo, y luego unas oposiciones sencillas, coser y cantar, ¡sobre todo teniendo yo al amigo ese que me debe bastantes favores!, y ya puede contar con un puesto seguro y sólido para toda la vida. Porque a éste una de las cosas que le hacían no sentar la cabeza era la inseguridad económica. Eso no hay quien me lo discuta a mí: inseguridad económica y complejo de dependencia —nuevas miradas, acusadoras pero dulces, hacia Pilar que agacha los ojos, sonrojándose, comprendiendo, con aire de que ella no tenía la culpa, que el dinero al fin y al cabo no era suyo sino de su padre—, y en seguida cede la tensión brevísima y Pilar dice: «Yo también estoy buscando trabajo; voy a instalarme aquí. Lo más probable es que monte un negocio, una tienda con unos amigos. No sé, cualquier cosa: figuritas, ropas, o lo que sea, aunque lo más probable es que me decida por una galería de arte. No entiendo mucho de arte, pero teniendo amigos la cosa está tirada y hoy día la pintura vuelve a ser negocio, vuelve a valorarse», y en seguida mamá, interesada, aplaudiendo: «Magnífica idea. Alguna vez tenía que llegaros a los dos el momento de sentar la cabeza. Una tienda ata mucho, pero si te propones desde el principio no ser esclava podrás manejarte bastante bien. Julián sabe que siempre me hubiera gustado a mí montar una tiendecita; cualquier cosa, un herbolario, por ejemplo... en el fondo toda mi vida he sido una vendedora frustrada y además la gente, el público distrae mucho..., de verdad que distrae mucho. A mí me parece mejor lo de la tiendecita. El mundo del arte, hija, es más complicado, más pretencioso, con más humos, y se puede meter fácilmente la pata, se puede ir todo al garete en cuanto uno cometa un error; se pinta mucho pero hay también mucho pintor mediocre y hay que arriesgar mucho dinero».

Mamá se acuerda de mí, de pronto, porque me he levantado para coger un cigarrillo, y simula una expresión trágica que le he visto prodigar en los últimos días cuando se trata de ser madre complaciente en plan hijo recuperado: —¿Necesitas algo?, no conviene que te muevas, y luego volviéndose explicativa hacia Pilar: —Porque, hija, no vamos a engañarnos, desde luego bien está, bien, lo que se dice bien, está, pero tampoco hay que pensar que ya está todo pasado. El médico me lo advirtió antes de darle el alta: tranquilidad, Enrique necesita tranquilidad, nada de emociones fuertes... descanso. Ha sido un momento difícil ¡Menos mal que el Señor ha acabado por ayudarnos!

Y mira al suelo y luego levanta los ojos hacia las alturas, resignada y agradecida y sé que Pilar quizá esté pensando, ¡vaya coñazo!, pero pone también ella expresión angelical, ligeramente preocupada, y dice categórica:

—La verdad es que ni yo misma creía que todo iba a terminar tan de prisa. Ha sido una pesadilla, una auténtica pesadilla. Ni cuando lo detuvieron lo pasé tan mal.

Y entonces, ahora que las dos han representado bien su papel, papá se ve obligado a pasar a un primer plano, a poner la nota optimista, relajante, a dar una alternativa a la situación de modo campechano.

—¡Vamos! ¡No os pongáis fúnebres, que este nos va a meter a todos en la tumba! ¡Menudo ha vuelto!

Y me hace un gesto de inteligencia, que transmite también a Julián y a Eduardo, un gesto ya en plan hombres y ellos asienten mientras deben imaginar orgías impensadas a las que tal vez decidan acompañarme, puterío y alegría ahora que todo ha pasado y yo entonces, aceptando, sabiendo que he de colaborar de algún modo, intervengo:

—¡Es verdad! ¡Basta ya de poner las dos caras de reinas doloridas! Al que vuelva a citar la soga en casa del... le retiro la palabra.

Y todos ríen ante eso que consideran un chiste, síntoma indudable de mi curación, él, tan hostil, tan poco amigo de bromas, tan serio siempre, ha vuelto tan cambiado que no le reconocerías...

Estoy curado, pienso, estoy curado y por eso quisiera que toda esa escena desapareciera, que se eclipsaran las sonrisas y los achuchones y presiento a Pilar tumbada a mi lado, a Pilar olvidando, retozona, e imagino sus largas piernas encogidas, y la oigo hablar bajito, sin tapujos ya, sin vergüenzas, diciendo quizá obscenidades en mi oído y pienso que nuestra relación en el fondo siempre fue demasiado pura, una relación demasiado *comme il faut* y ahora —quizá el optimismo, la curación, las vitaminas, tanto tiempo sin ella— me descubro un lado morboso al imaginarla, al pensar en el momento en que va a quitarse cuidadosamente, no ya con descuido sano como siempre, sino con un cierto pudor, con eso que mamá llamaría sin duda recochineo, los pantalones que van descendiendo poco a poco, quedándose detenidos en la rodilla y ya caen y puedo ver sus dos muslos, sentir su piel, tan cerca, y ella juega a escurrirse, se me escapa como noche tras noche en la cama del hospital cuando me parecía tenerla ya, poseerla en un descuido pero ella corría, desaparecía y estaba allí Carlos acurrucado, acechando y los dos reían y Pilar larga, estiraba las piernas y parece, parecía que me hacía señas, gestos, guiños, quizá muecas y sé que ahora como entonces, como noche tras noche, es el deseo y la tengo, la abrazo ahora, recorro su cuerpo despacito, dejando que la lengua descanse en todas las llanuras, en cada una de las pequeñas oquedades y ella se ríe, me haces cosquillas dice, deja, me haces cosquillas y siento que su piel se eriza, se le pone de carne de gallina y está sumisa y...

—¿Realmente estás decidida a trasladarte definitivamente a Madrid?— pregunta mamá sin que le importe demasiado la respuesta.

—Sí. Decididamente nos venimos a Madrid. Carlos ha conseguido aquí un trabajo y parece que por ahora no va a tener problemas.

Y mamá interesada, europeísima, pregunta por el posible trabajo de Carlos, indaga sobre ese nuero prestado que convive descaradamente con esa fulana, como habría dicho unos meses antes. Y Pilar explica: «No, no es una cosa muy interesante, trabajo de oficina, algo relacionado con la fábrica de mi padre... Ya sabes que él no llegó a terminar

Económicas, pero los tres años que cursó le sirven de mucho... cosa de empresas, técnica comercial... algo de eso. Papá le quiere probar; no tienes ni idea lo que ha cambiado mi padre ¡al principio no quería ni que se le nombrase a Carlos!, pero... una hija siempre es una hija, y mamá sonríe cómplice y entendedora, aplaudiendo el gesto magnánimo del consuegro tan al día, y a veces me mira de reojo, reguladora, y yo siempre sonrío y asiento complaciente y apruebo y ella dice: «No, si a mí Carlos siempre me pareció un chico majo... uno de los mejores amigos de este gandul, de los más sensatos. ¿Verdad, Enrique que era el que mejor me caía? Se le notaba un chico responsable, trabajador... Claro, como todos habrá pasado una época mala, seguro que le liarían como liaron a este tonto que siempre ha sido muy influenciable, pero la verdad es que se notaba que era un chico serio, bueno, en una palabra» y Pilar corroborando: formal, trabajador, magnífico muchacho, a mí, al principio, cuando le conocí, no me caía bien pero luego se ha portado siempre bien conmigo, en los momentos más difíciles, y pone cara de terrible dolor al evocar esos momentos, momentos en los cuales yo, Enrique, haciendo de Menelao, entraba en el cuarto allí en la *chambre de bonne* donde ella era consolada, tranquilizada, rescatada por ese gran amigo, que ya ves hay cosas, a veces pasan cosas, hay golpes, yo no sé, que diría el otro, y veo sus piernas enlazadas no a las mías peludas y ligeramente oscuras por el vello, sino a las piernecitas —¡Dios mío, qué delgado estás, parece mentira que con esa fecha puedas llegar a gustar a nadie!—, blanquecinas y rubias de Carlos y creo que voy a levantarme e inicio el movimiento, movimiento captado inmediatamente por mamá, siempre alerta y solícita, increíblemente atenta a cualquier contratiempo sufrido por el hijo, que se levanta también y me pone la mano sobre la frente.

—¿Qué pasa? ¿Estás cansado? Claro, es demasiado, demasiadas emociones seguidas... No conviene abusar; llevamos aquí más de una hora dale que dale y Enrique todavía no está preparado para esto.

Y Pilar, muy en su puesto de visita cumplidora, se disculpa: «Es verdad, llegué a olvidar, viéndote tan bien, que has estado enfermo. Creo que debo irme. Hasta había olvidado que me esperaban a las cuatro. Es para un asunto del negocio ese; unos amigos que se empeñan en meter algo de dinero si me decido por la Galería. La verdad es que me tienta, pero es todo un poco precipitado, porque tengo que contestarles antes de volver a París.

Y se recompone, recoge el abrigo, elegantísima de pronto, tan de mundo, y mamá le besa una vez más en la mejilla y se va a acercar a mí de nuevo y quiero tenderle la mano, decirla adiós Pilar, hasta la vista Pilar, pero me levanto y le doy otro beso, también en la mejilla, y ella pone la otra, conciliadora, pidiéndome disculpas.

—¡Tú no seas tonto! ¡No seas tímido! ¡Cuando te estemos molestando como ahora nos mandas a todos a la mierda! ¡A ver si va a ser verdad que te han dado la vuelta y te han convertido en un santo!

Y se ríe despreocupada y la voy a decir: «No te vas ahora Pilar, te quedas aquí conmigo; quiero que te quedes conmigo, no me dejes ahora» y sé que voy a decírselo y está desnuda, mimosa a mi lado y digo solamente: «Si tienes algún rato libre, repite tu visita; me hace bien ver a la gente» y ella concesiva y amistosa: «Desde luego. ¡Como te descuides no te me vas a quitar de encima! La semana que viene llega Carlos, que está deseando verte. ¡No sabes cómo se puso cuando se enteró de lo tuyo!, y yo asiento, amigo fervoroso, ¡qué de tiempo que no le veo!, y luego, decidido, en voz baja: «Quisiera que te quedaras un poco más, que me contaras cosas de París, cosas tuyas, pero allá adentro» y encojo los hombros para que sobreentienda todo un mundo de desconexiones, de interrupción, un mundo desprovisto de noticias, de parece-que-Ignacio-se-ha-salido-lo-ha-dejado-todo-y-se-ha-salido y Pilar compañera, amiguísima dice: «Si tú quieres me quedo un rato más; si crees que puede hacerte bien me quedo. No me importa en absoluto darles plantón a esos porque no sabes el coñazo que resulta hablar horas y horas de dinero y cosas de esas», y yo entonces miro a todos con un cierto desafío y digo, ya en voz alta:

—Si no os importa, Pilar y yo vamos a charlar un rato a mi cuarto. Tenemos muchas cosas que contarnos.

Y la cojo, amigo una vez más, por los hombros, empujándola hacia allí, dejando a los demás que intuyo que ya aprueban, que van a cuchichear y a aplaudir mi alarde en cuanto desaparezcamos y Pilar se vuelve y bromea: «Si tardo, venid a rescatarme. Este eremita parece que se ha propuesto raptarme» y todos estamos muy bien, muy contentos ahora.

Sé que todos se sienten contentos mientras avanzamos por el pasillo y llevo a Pilar bajo mi brazo y sé que podría abrazarla allí mismo, rescatarla de todo aquel tiempo sin palabras bajo aquellas paredes tan blancas y ni siquiera aprieto su hombro mientras me dice: «Sabes, Carlos ha pasado también un mal momento, una crisis... ha estado muy desanimado, lo ha abandonado todo... Ahora en París las cosas han cambiado mucho. ¡Bueno!, cuando tu estabas allí, ya habían empezado a cambiar, pero si los vieras ahora, ¡en dos años la gente parece otra!», y se ríe mundana, ofreciéndome todo un campo de posibilidades, de renovadas aventuras y le digo: «Sólo sé que estás más guapa que nunca» y ella desliza un gesto de sorpresa, de pudor, un gesto de vaya-no-te-conozco y se deja conducir y sé que tendremos que sentarnos el uno frente al otro contenidos, seriecitos, que tendremos que atravesar toda una serie de consideraciones previas sobre el tiempo transcurrido, los amigos, la niña, la vida con Carlos y cuando entra en el cuarto dice: «Está demasiado impersonal; tendré que venir yo a ayudarte a decorarlo. Este mueble es horrible» y se ha sentado sobre la cama, «Uff..., ha dicho, creía que no íbamos a poder charlar solos ni un momento» y se levanta y se acerca hacia mí y me da un besito rápido, cariñoso, como de encuentro y voy a retenerla pero me estoy quieto, «la verdad es que creía que nunca volvería a estar entre vosotros», digo, «Ha debido ser horrible», repite ella e intenta un ligero dramatismo que en seguida descarta y se ríe: «De todas formas prefiero que ahora no te acuerdes más de eso; ahora que Carlos y yo vamos a trasladarnos a Madrid tendremos que hacerte volver a la vida», y se ríe prometedora, «Hay que tomarse las cosas de otra manera, hay que ser realistas; lo que no se deja cambiar, no hay que cambiarlo, y no por ello vamos a destruirnos». Está seria, explicativa, y quisiera acercarme un poquito, decirle: «no hables ahora, ven conmigo ahora» y ella: «No podemos dejar que las cosas de fuera, lo que se nos ha dado hecho, pueda con nosotros; hay un mundo mucho más rico, un mundo interior que podemos rescatar... a nosotros nos has ayudado mucho, yo, ya podrás verlo,

creo que soy distinta» y mientras la oigo, me parece
que empiezo a entender por dónde va y pienso que
quizá tenga razón, que quizá se pueda buscar la sal-
vación hacia dentro, la mística y el zen y todo eso
que sólo unos meses atrás me parecían chorradas,
y me doy cuenta de que no puedo decirle: quiero hacer el amor contigo, o quizá sí, quizá es eso lo que
espera, pero yo soy consciente de que debo elegir
el planteamiento adecuado, que no basta con que le
diga te he deseado e imaginado durante meses, te
quiero mucho Pilar, que no es suficiente que la deje
primero desahogarse y hablar sobre mi hombro,
porque algo que todavía no capto con claridad me
hace comprender que de ese modo todo quedaría
estropeado, que no es esa precisamente la técnica
oportuna con esa Pilar que habla tendida en mi
cama, y entonces digo resueltísimo y desconocido:
«Creo que voy a tirárteme aquí, ahora mismo», y
ella sonríe y percibo su coquetería, su ofrecimiento,
y estoy sobre ella y escucho desde lejos sus no seas
bestia, espera, que me vas poner perdida, espera,
te digo, espera un momento, no seas bruto, ¡qué
bárbaro!, no te reconozco, ya no te reconozco, mientras siento unas ganas incontenidas de morder, de
desgarrar esa carne que se me presenta morena
—hemos pasado unos días en Ibiza, no sabes cómo
está aquéllo, tenemos allí muchos amigos, amigos
que debes conocer, gente maja, gente que sabe por
dónde se anda— y mientras muerdo ese hombro, ese
cuello, me doy cuenta de que todo va a a ser de otro
modo y la oigo hablar seriecita, sentada frente a mí,
de ese mundo por ella descubierto, y los no seas
bruto por mi imaginados y prevividos se confunden
con ese relato algo monótono sobre amigos encantadores, fumar es una delicia, es como retirarse,
llegar a las alturas; seguramente a ti te habría venido bien entonces pero eras demasiado puritano, demasiado intransigente; seguro que ahora estás ya
más preparado para comprenderlo, para darte cuenta, ¿sabes?, nosotros al principio entramos allí con
mucha desconfianza, con mucha curiosidad, pero
ahora creo que no podría prescindir de ello... el
mundo de fuera, eso que llamamos realidad, eso que
tanto nos preocupa es pura ilusión, no es nada; la
verdad está en otra parte... ¿Sabes?, dice, he hecho
un descubrimiento a lo largo de estos dos años, he

hecho un descubrimiento fundamental: he descubierto mi cuerpo, he perdido el miedo a mi cuerpo, y la oigo hablar ahora de aquellos polvos nuestros despersonalizados, en los que, según parece, no era ella la que se entregaba, sino un cuerpo prestado, un cuerpo constreñido que actuaba no como debía, sino como creía que debía actuar, «no sabes cuánto se puede aprender, hasta qué modo se libera uno», y la imagino en inéditas orgías, arrolladoras, en las que Carlos corre tras ella, la desnuda y la asalta con la desvergüenza del cisne en un ámbito de aquelarre que yo puedo contemplar desde fuera y sé que en este momento mi deseo de Pilar está pasando a segundo plano, mientras ella sigue narrando las delicias del descubrimiento; «un cuerpo a pesar de sus deformidades puede ser increíblemente hermoso, puede moverse sin prejuicios... teníamos intuiciones, dice, todo aquello nuestro de París, aquella camaradería, aquel no importarnos el compartir la pareja eran intuiciones pero aún demasiado infantiles... ahora sé que el cuerpo es algo para ser gozado, para ser ofrecido» dice y habla de baños desnudos en la playa, de grupos maravillosos que intercambian vestidos y mujeres en increíbles y novedosas camas redondas en las que no hay obscenidad, donde falta la malicia ancestral, donde sólo hay juego, lo lúdico en un primer plano, y la imagino ahora moviéndose en un brillante desfile de cuerpos sobre la arena, cuerpos asexuados en una especie de happening preconcebido y planificado y me siento paleto, desplazado de ese mundo tan «rico» que describe porque es a ella, a la Pilar de antaño, a la que busco, y ella sigue: «mira, el primer día en que tuve que desnudarme delante de los otros me daba vergüenza, pero fumé y al fumar me di cuenta de que todo eran prejuicios, antiguos complejos, de que si no me desnudaba era en primer lugar por orgullo, porque me daba rabia ser comparada, pensar que mis pechos eran menos erguidos, mi tripa menos firme, en fin chorradas de esas y, sin embargo, cuando me decidí a hacerlo, cuando me fui quitando una tras otra las piezas que llevaba, no por erotismo, no por sexo —nadie pensaba en eso en aquel momento, puedo asegurártelo— fue como una liberación, como un renacimiento, como si recuperara la pureza original... lo importante es haber estado ante los otros como hemos venido al mundo, superar de una vez el trauma del nacimiento, libres ya de tapujos, de vestiduras» y yo ya escucho y más allá de sus palabras quisiera recuperar a aquella otra Pilar recordada, liberarla de esas nuevas imágenes que pretende comunicarme y la contemplo con aire bobalicón y ella afirma: «Estoy segura de que te sentirás bien entre ellos, es un mundo no represivo, no convencional» y yo al oírla percibo que algo no encaja del todo en esa convicción y es quizá un convencionalismo más madurado, más sabio, y cierro los ojos y no veo la piel que cae sobre sus hombros, no oigo ya sus palabras, ni sus descripciones de aquel mundo feliz, sino a la Pilar deseada día tras día cortada de pronto, insegura, niña y ella se da cuenta de ese silencio, tiene que darse cuenta porque viene hacia mi como si adivinase que algo no funciona y su voz se hace más dulce, más sugeridora. «Hace tiempo que estás sin una mujer, ha dicho, tal vez te resulte absurdo lo que voy a proponerte; quizá prefieras que sea con cualquiera menos conmigo pero la verdad es que para mí sigues siendo el de siempre y me gustaría hacer el amor ahora contigo», y yo abro los ojos y la veo quitarse el abrigo y avanza hacia mi desabrochándose ya la cremallera de los vaqueros y sé que es como un regalo esperado, como un regalo que no voy a rechazar tras años y años de espera y la dejo que se acerque y sé que no voy a ser bruto, que ni siquiera voy a ser tierno, sé que la voy a amar sencillamente como tantas veces había imaginado cuando todo quedaba reducido a un juego de piernas sobre un somier que crujía en una *chambre de bonne*.

Echaba de menos tu cuerpo, ha dicho, y se ha recostado caliente aún sobre tu pecho. Yo, Enrique, he dormido de nuevo con Pilar, Pilar, Pilarcita, deseo mío, maravilla, Pilaaar repetido por las noches sobre la cama blanca; cuerpo imaginado, transformado, prefigurado, consolidado; Pilar entregada de nuevo, borradas ya las huellas de suplantadores emboscados, de amigos traicioneros, de sobresaltos a media noche y, sin embargo, sé que en ese orgasmo, descargador, completo por otra parte, hay algo que yo no he puesto porque una vez más —quizá es la esquizofrenia— he hecho el amor como si estuviera escindido, como si el Enrique jodedor, amantísimo, apasionado, se viera contemplado desde las alturas por un Enrique algo cínico, que analiza con curiosidad los avances eróticos de una Pilar que indudablemente ha ido aprendiendo, refinándose, perfeccionando cada movimiento en esos dos años de amor libre, sex-pol y consideraciones existenciales sobre la decadencia de un mundo cuyo único y posible refugio es Eros frente a la muerte, y por eso, mientras el Enrique juez contempla con sorpresa y una cierta admiración la sabiduría de ese giro apenas perceptible de la lengua en el oído, o la sutileza del dedo acariciador, con una insistencia casi profesional, sobre el costado, o recorriendo paulatinamente —primero despacio y luego con un rápido devaneo contorneador— la espalda, para producir ese escalofrío, ese deseo que queda como colgado, con esa realización, ese cumplimiento que sólo puede realizarse allá en lo genital, el Enrique activo y amoroso se dejaba arrastrar a uno de los más apasionados, más vibrados y sentidos polvos de su vida, sintiéndose ahora más cerca de esa Pilar experta, que a veces simula timideces y pequeños arrumacos pueriles y a veces jadea, presintiendo ya posibles orgasmos con una impaciencia que también era inédita, tanto para el Enrique amoroso como para el Enrique juez que puede contemplarles desde arriba.

Echaba de menos este cuerpo, se ha repetido Enrique, o ha sido más bien un trasvase de datos de una de sus dos personalidades hacia la otra, sabiendo que en el jadeo, en ese reposar luego, de Pilar a su lado, en ese descansar de ella, se ha cumplido de nuevo todo el rito, no sólo ya el de la entrega, la reconciliación, el volver a estar juntos, sino también el del entierro de todo un proceso que desde aquel tiro, o quizá desde aquella vez en que las piernas de Carlos y de Pilar dejaron de ser amigas para convertirse en esa dualidad cerrada que le excluía, no había cesado de reproducirse... ¿Cómo saber si aquello era sólo el instinto de la posesión, el desatarse de lo irracional, resquicios de los arraigados sentimientos pequeño-burgueses que tan «sentidamente hemos mamado», o unos celos enloquecidos, una enorme tristeza ante la pérdida concreta de un cuerpo que hasta aquel momento, a pesar de las repetidas veces en que fue compartido, consideraba, considero, el famoso reposo del guerrero, la mujer fuerte de la Biblia, el vaso de oro que debe recoger el preciado semen, cuerpo mío al que he echado de menos durante meses, cuerpo de Pilar que de repente vuelvo a sentir como inédito, como vacío de ese yo Pilaril que tanto conocía?

Pero empecemos de nuevo. Volvamos al principio.

Pilar empieza a quitarse con parsimonia el abrigo con esa gran piel que la sitúa junto a las más famosas «girls» del cine americano de los años veinte. Enrique, yo, espectador, la contemplo sin sentir todavía la hinchazón del sexo, sabiendo ya, sin embargo, que ella espera ser querida deseada —mujer recuperada tras dolorosos, do-lo-ro-sí-si-mos años de ausencia no querida— y en vez del deseo siento una curiosidad próxima a la del espectador del «streaptease» que sabe ya de antemano que ha pagado para que los estímulos, adecuadamente provocados, le devuelvan esa sensación de hombría que podrá saciar o bien pagando de nuevo —carreteras, moteles americanos, escaparates de Hamburgo, mujeres de la calle Clichy— o bien consolándose a sí mismo en el aburrimiento premeditado del cuartito de soltero, curiosidad que hace que me sitúe en una perspectiva inédita en mis relaciones con Pilar, porque hay en la parsimonia, en la coquetería de mi «ex», un posible cuerpo de mujer que no conozco, cuerpo sofisticado que presiento con hermosos pantis de colores y encajes nunca usados y sé que ella es también consciente de la necesidad de prolongar el momento en que de nuevo, «Dios mío cómo me has puesto, estoy loco por tí, deseaba tu cuerpo, de qué modo deseaba tu cuerpo», la poseyera dejando a un lado visiones macabras, «no vamos a hablar de eso, para qué vamos a hablar de eso», visiones de perros despanzurrados, de pasillos interminablemente blancos, de rejas, de manifestaciones, visiones de un Carlos rubicundo, saltarín sobre el cuerpo de ella y por eso, mientras se desnuda, sigo sentado, sabiendo que esta vez será ella quien tomará la iniciativa, quien va a acercarse, moviendo, con un encantador aire de vodevil, las caderas que ahora reconozco como más gruesas, menos de niña, y ella empieza a bajar la cremallera del pantalón y la cremallera parece engancharse y ella se inclina y durante todo el rato habla y habla y dice bajito, pobre Enrique mío, sé que has sufrido, sé que has tenido que sufrir mucho, te quiero, en realidad te quiero mucho, es verdad que he querido a Carlos, que quiero a Carlos, pero a tí siempre te he querido. Echaba de menos tu cuerpo, ha dicho, y es en esa personalización, en ese desplazamiento de lo tierno, de lo sensible, lo anagnórico, hacia lo meramente físico cuando percibo intensamente que la deseo, que la he deseado durante dos años seguidos, sabiendo quizá que ella estaba tumbada con su *nonchalance* de niña «progre» sobre la cama del apartamento, *chambre de bonne* de Carlos en París, y ese deseo acumulado de meses ha revivido de pronto al resonar de la palabra cuerpo en mis oídos: he echado de menos tu cuerpo, personalizado así el abrazo antiguo, reconocible, desplazando en el posesivo otros posibles abrazos intermedios, ladrones de lo que irremediablemente sentía como mío, de modo que esas solas palabras han logrado lo que ninguno de los gestos anteriores: cremalleras, pieles caídas, encajes rojos apareciendo, habían conseguido, y era el que me situara de nuevo, el que tú, Enrique, te situaras de nuevo en ese momento justo en que el cuerpo de Pilar podía enroscarse al tuyo con la inexperiencia de sus veinte años, aquel momento en que se volvía hacia ti, tímida, y decía, tras esa forma suya de hacer el amor que tenía algo de gimnástico, de deporte, cada día te quiero más, y tú te quedabas meditabundo sobre la posibilidad de que su goce fuera cierto porque te sorprendía e intrigaba verla pasar de los más apasionados gemidos y saltitos —tenía siempre algo de salto esa manera suya de dejarse penetrar por tí— a la más seria y comprometida de las conversaciones, haciendo que se produjera una ruptura entre tu cansancio real, tu decaimiento real sobre la cama y esa aparente desenvoltura suya, que le permitía levantarse inmediatamente, pasar a la cama de Carlos, por ejemplo, azuzarle, bromear con él, seguro que a ti también te apetece ¿verdad, que ahora te apetezco yo un poquito?, y así mientras tú dormías con esa pesada y ¿bienhechora? tristeza *post coitum* definida de antiguo, ella era capaz de enredarse en un juego casi infantil con el amigo, tapándole la boca con la almohada, correteando por el cuarto, trepando a las sillas o bien enrollarse en una larga y repetida conversación sobre el movimiento obrero, la traición de los intelectuales, el necesario viaje a Bélgica, y entonces alzabas la voz, todavía somnoliento, e imponías un pretendido orden: «jo, sois pesadísimos, así no hay quien duerma» y entonces ella, completamente despierta, recuperada del todo, se vestía y proponía largos paseos, posibles adquisiciones de cucuruchos de patatas fritas: «el amor me da hambre, si nadie me acompaña me largo sola, pero necesito tomar algo con urgencia; el estómago me duele. Creo que me voy a morir si no como algo ahora mismo».

Echaba de menos tu cuerpo y es entonces cuando ese deseo retenido, postulado, esperado por ella, se ha realizado y la has tumbado de nuevo sobre la cama esperando reconocer en cada uno de sus gestos, en cada uno de sus movimientos, a esa Pilar que ya creías perdida, y hay algo de pérdida en ese cuerpo que no controlas, que actúa de modo diferente al de la Pilar recordada y esa mano directora que exige primero largas y repetidas caricias, esa Pilar que habla del «women-lieb», mientras tú sólo deseas penetrarla ahora, en este mismo momento, morder su cuello, dejar pasar despacio tu lengua por cada uno de sus pechos, esos pechos de Pilar de pronto recuperados, pechos ya sin aquella blandura del post parto que tanto la hizo sufrir. «He descubierto que me gusta mucho que me acaricien» dice ella, pero lo dice bajito, susurrante, «no es que no me guste dentro, sabes, claro que me gusta contigo, me gusta llegar al tiempo contigo, pero espera un poquito, acaríciame» y mientras ella, como si quisiera compensar esa espera que se te impone, rebusca cada rincón de tu piel y sientes su lengua bajar hasta la cintura, avanzar más, pararse despacio sobre el sexo y es una sensación nueva que, inconscientemente, a pesar del placer que te proporciona, tiendes a rechazar, no por moralismos, no por que pienses que esté mal sentirte nadar en su boca, sino porque esa Pilar niña, gimnástica, que recuperas, se aleja un poco de esta mujer que sólo busca el goce, que sabe proporcionarlo a su vez, pero que te está imponiendo en el momento del coito pautas de conducta distintas, pautas quizá ensoñadas, deseadas por ti desde hace tiempo, pero que no son, en modo alguno, las que esperabas recuperar en ese abrazo concreto y ha sido eso quizá lo que ha impuesto la dualidad entre un Enrique cada vez más enloquecido, un Enrique besado y recorrido por Pilar y ese otro Enrique contemplador que a pesar de todo añora, añoraba un abrazo rápido y distinto, quizá menos placentero, pensarás luego, pero abrazo soñado tras los muros blancos, tras las rejas primero, soñado incluso cuando Pilar aún no tenía nombre en aquellos años de estudiante en que tú mismo hubieras vedado cualquier imagen que se apartara del hacer el amor como algo que tenía mucho que ver con una lección de cultura física.

II

Supongamos que todo esto me lo he inventado yo. Supongamos que Enrique no fue jamás ese pobre enfermo, imbecilizado, que contempla la escena sin demasiado entusiasmo. Enrique no fue nunca ese estudiante, quizá tímido, masturbador precoz y arrepentido, que se encogía de sorpresa ante las ligas negras de la hermosa mujer desnuda; Enrique no fue tampoco ese muchacho dubitativo, amante de la justicia y deseoso de libertad que fue pasando sucesivamente por varias organizaciones clandestinas para después, tras un largo y no demasiado morboso episodio carcelero, acabar despanzurrando a un perro de coquetón nombre anarquista ante la presencia irritada de una mujer con la que había hecho —y había soñado hacer— el amor tantas y tantas veces.

Enrique el mudo no sería entonces más que un pretexto de este otro personaje, ¿más real?, más aburrido, que decide plantearse cómo contar de una manera algo romántica el puñetero lío de esa vida —y de esa muerte— a la que desgraciadamente no le encuentra demasiado sentido. Por eso Enrique, sentado ahora, es decir, ese Enrique que soy yo y que daba la resurrección sufrida podría prescindir de todo ese pasado que pudo o no pudo ser mío y plantearme este presente y desde luego el querido futuro como una sensata contemplación desapasionada donde todo lo anterior no son sino posibles anécdotas a recordar con un «¿y aquella, vez?, ¿recuerdas, aquella vez?», que sirvan para amenizar cualquiera de esas reuniones interminablemente aburridas —¿será el aburrimiento el motor de toda esa reconsideración de un pasado aventurero (pequeñas aventuras a la española) la que lleva a un personaje, mi propio personaje a quedarse sin palabras?— aburrimiento que hace que ese Enrique sentado sobre agradabilísimos cojines —¡siempre tuvo gusto,

Laura, para la decoración!— abra la boca y contemple a los demás semidormidos pensando que quizá todo lo otro, todo lo vivido o no vivido por ellos concluye en esa desconexión, se reduce a ese estar ahí en silencio, tan en silencio como durante su larga estancia entre las cuatro paredes blancas —aquí el contorno tiene en cambio algo de colorista, moderno y orientalizante con esa nota cálida y al mismo tiempo evasiva que ha sabido imponerle la dueña de la casa— silencio roto, sin embargo, por una machacona música de fondo que bien pudieran ser los Pink Floyd, una vez más.

Por eso la Pilar distendida junto a Enrique, ese Enrique que sigo siendo yo, capaz de revolcarse morosamente, con ademán de privilegio adquirido, con una Pilar distinta, tiene algo de presencia sin descifrar, que ni siquiera le inquieta, me inquieta, sabiendo que en esta reunión, como en la de ayer, como en las de todos los demás días anteriores y posteriores a este que estoy viviendo, nada de lo que suceda tendrá ningún sello definitorio y, por tanto, el hacer o no el amor (estados amatorios adquiridos falsamente tras el sueño y el despertar: «yo, ya ves, te aseguro que nunca siento tanto como cuando estoy fumado») no tendrá más relación con todo lo demás que la de ser un paso más en ese camino de aburrimiento que de algún modo empieza a inquietarme.

—Pásamela otra vez.

—Esta parece más fuerte. En la otra habías puesto demasiado tabaco.

—¿A tí no te ha hecho mucho efecto?

No. Quizá esto todavía no sea el efecto. O quizá sí, quizá debido a ese *efecto* buscado, sacralizado en la pregunta de Pilar, que adopta ese tono de iniciada que tan molesto me resultaba los primeros días, me siento ahora como un individuo sin agarraderas, un individuo incapaz de ser otra cosa más que este puro momento, este estar, mera presencia, aquí, atontado —¿no es esto un atontamiento?— moviendo la cabeza hacia los lados, con los ojos semicerrados, mientras oigo esa música que tiene algo de inconclusa, de delirio.

—Sí. Creo que me ha hecho algo.

Y ahora Pilar, que se siente creadora y quizá charlatana, tal vez porque el hábito adquirido convierte ya a su «efecto» en un volcarse hacia afuera, haciéndola extrovertida y machacona, feliz o aparen-

temente feliz y descriptiva, habla: Pues, ya ves, yo
he tenido un momento en que me parecía que el
cuadro, porque eso de ahí enfrente es un cuadro,
¿no es verdad que es un cuadro? pues como te digo
me daba la impresión de que el cuadro se movía,
que no estaba pegado a la pared y durante unos instantes no podía veros a ninguno, sólo veía a la música, te juro que sólo veía a la música y si ahora
puedo contároslo es precisamente porque ya empieza a pasárseme el efecto y necesito tomar otra chupada porque me siento maravillosamente bien, no
sabes hasta qué punto me he sentido bien esta noche», y Enrique, yo, contempla, contemplo la risa bo-
balicona de Pilar tendida hacia Eduardo, ese Eduardo que ha resultado un «maravilloso anfitrión; Laura
ha encontrado un chollo, es un encanto, un encanto
total ese Eduardo», que tocaba la flauta con insistencia y ensimismamiento mientras la música de los
Pink Floyd se hacía, se hace sugerente y casi inaudi-
ble y Pilar le guiña un ojo y adopta esa postura de
yogui que tanto utiliza en los últimos tiempos, tocando casi su frente, de pronto meditativa, sus dos
piernas dobladas y Enrique sabe que si da solamente otra chupada todo eso empezará a ser hermoso y
el cuadro quizá, acompañando a la descripción insistente de Pilar, perderá sus límites, y Enrique tras las
rejas podrá ser de nuevo aquel amigo al que no llegué a conocer, aquel amigo que pudo estar en Gua-
temala mientras los yanquis la bombardeaban, «mira, mira, parece que se oyen los bombardeos sobre
la ciudad; nos están bombardeando» y Pilar sale de
su aislamiento repentino y me sonríe y las bombas
se han convertido en algo suave que zumba sobre
nuestras cabezas, bombas de pronto que se confunden con lo bucólico, con el ronroneo de las moscas,
«es increíble, casi se puede oír el ruido de sus alas»,
y cierro los ojos y dejo que la música me entre y
luego, olvidado de todo, olvidado de Pilar y de la
flauta que sigue tocando Eduardo, y que oigo a pesar de todo con una precisión extraordinaria, sé que
puedo volver atrás, sé que soy de nuevo ese Enrique
aunque nada de lo que Enrique ha sentido o ha
realizado parece como propio y le veo alejándose,
confundiéndose, había una vez un niño, y oigo la risa
de Pilar que reclama otra chupada y todo está bien,
y por eso me dejo llevar esperando que tal vez sea
el sueño la respuesta inmediata a ese flotar y deseo

ese sueño pero sin tensión, sin prisas, y los oigo moverse a mi lado aunque sé también que ya no están ahí; están sólo las imágenes, quizá un perro que pudo ser un perro amarillo, mira, mira, no es amarillo, tiene flores, es un perrito de colores, un perrito de peluche de colores y, sin embargo, el perro va desapareciendo ante un Carlos que se me acerca muchísimo, con un vaso lleno de ginebra en la mano, «ya sabes que a mí el alcohol siempre me ha sentado muy bien», y quiere hablar y me veo obligado a realizar un pequeño esfuerzo para escuchar lo que dice y parece que él intenta volver hacia lo concreto y asiento estupidizado cuando dice ya me ha contado Pilar y quiere hacer bromas y entonces siento unas irreprimibles ganas de reír y me río, dejo que la risa me suba y se me escape por las narices, por los ojos, por cada fibra de la piel del rostro y siento cómo la piel se estira, se relaja, y luego vuelve a recuperarse para encogerse de nuevo y es algo que parece que nunca podré contener y Carlos ríe también ahora, contagiado ya y Pilar dice «mira, ¡y eso que no te había hecho ningun efecto», triunfante, satisfecha y yo digo: «¿Sabes?, hay algo en esa música que me recuerda algo pero... ¡Calla!, ¡ya sé!, ¡ya sé!» y cierro los ojos y no explico nada y Carlos dice «cualquier día vente por casa, tenemos muchas cosas de qué hablar», y yo sigo con el rollo de la música, me estoy enrollando, creo que me estoy enrollando y él se ríe y dice: «estás magnífico, te encuentro magnífico, y se tumba a mi lado y se siente filósofo facilón y cuenta cosas extrañas, cosas que quizá a mí, a Enrique le parezcan, me parecen ingenuas y le hacen aplaudir, asentir, es fantástico, realmente fantástico y se habla ahora de la transmigración o a Enrique al día siguiente le parecerá que ese yo suyo flotante habló durante horas y horas de esa posibilidad maravillosa que teníamos, que él tenía de ser quizá flor o mariposa, y Carlos riéndose: tú mariposa y Enrique volandero insistía, sí mariposa, antes era una de esas mariposas marrones, ¿cómo se llaman esas marrones, esas que sólo salen de noche? ¿Pilar, cómo se llaman esas mariposas que te gustaban tanto que sólo salen de noche?, y Pilar fruncía el entrecejo y se pone seria y parece recordar muchísimo, cara de tenerlo prácticamente en la puntita de la lengua y luego dice: nocturnas, mariposas nocturnas y Enrique, yo, felicísimo, ante el descubrimiento repito, repetía una y otra vez nocturnas, mariposas nocturnas...

¿Pero era esto lo que pretendía contar?... Por qué no hablar de ese otro Enrique que se despierta al día siguiente junto a Pilar o quizá junto a Laura o junto a Ana, ese Enrique que abre los ojos con la confortable sensación de haber descansado mientras Laura, Ana o Pilar, según las noches —esas noches que se repiten desde el día en que Pilar dijo, me dijo: «ya verás como todo es distinto; son gente majísima, gente sin problemas, gente con ganas de vivir»— se mueven a su lado y abren también los ojos interrogantes, despistadas, intentando recordar lo mismo que Enrique los últimos momentos de esa noche que habían desembocado en ese despertar no sobre los cojines, sino sobre la cama ahora deshecha del cuarto «para invitados», que tan amablemente cede Laura; Ana o Pilar que abren los ojos, diciendo por ejemplo: «estuvo bien; fue una noche simpática» o «Eduardo estuvo genial, ¿verdad que estuvo genial, Eduardo?», mientras recordaban retazos de las aburridas —en aquel momento, deliciosas— discusiones sobre las aguas termales, las avellanas, las patatas fritas o los pollos muertos que parecen más muertos, de verdad mucho más muertos, muertos de una manera distinta cuando se contemplan bajo ese nuevo ángulo.

Por qué no volver sobre ese Enrique que no siente pesadez en el estómago, ni dolor de cabeza porque no ha bebido —es mucho mejor que el alcohol, al día siguiente te despiertas como nuevo—, ese Enrique que, desorientado, quisiera rescatar las últimas imágenes de un pire que le traían, le devolvían los banderines de colores de su habitación de la infancia, o el olor penetrante de un vino que no consigue localizar, un olor que le parecía sentir muy próximo, fundido con rostros que no eran del todo reconocibles, caras que presentaban rasgos mezclados en un curioso «puzzle», que desbarataba y confundía personas y lugares; ese Enrique que sabe que empieza una mañana en la que debería ir a ese trabajo, maravilloso trabajo conseguido por su padre, al que tampoco hoy voy a ir, y se da cuenta de que si se queda así, si no hace nada, si no me levanto en este momento y lo mando todo a la mierda, si no corro, si no escapo de nuevo volverán las antiguas angustias, volverá esa irrefrenable sensación de fracaso, de tiempo muerto, pero ya entra, ya está entrando Laura —el día en que es Laura la que se despereza a su lado y dice por ejemplo: «estuviste bien; para mí fue uno de los polvos más curiosos de mi vida. Te juro que fue rarísimo; sentía muchísimo, pero en cambio no reconocía las sensaciones como mías»— trayendo en la mano la cafetera y en la otra un cigarrillo encendido: «Eduardo lo ha preparado para ti, pero advierte que no seas egoísta, que es un poco para todos»; ese Enrique que por un momento vacila, que va a decir: «No, gracias, yo no fumo, ahora me iba a trabajar», pero que en seguida da las gracias a Laura y bebe el café mientras saborea y se extasía en la primera chupada. «Está cojonudo», dice y después comienza a llegar ese bienestar, esa pérdida de todo lo que parecía que podía volver a asediarle, a asediarme y estoy bien de nuevo, entontecido de nuevo, dispuesto a enrollarme con Pilar que aparece para comunicarme que Carlos, pobrecito, ha tenido que salir pitando para la fábrica y tú, vago, más que vago, en cuanto te fumes ese cigarro tienes que salir corriendo para la oficina y Enrique, yo, la atraigo hacia mí, atraigo a esa Pilar que deja que sus pezones floten bajo la camiseta blanca y medio dormido, todavía medio dormido o de nuevo medio dormido, comienzo a acariciarla despacio, tan despacio que parece que el rito podría durar todo el día: primero ese pie pequeño, ese pie que nunca había acariciado antes y que —es un efecto más— me hace ahora detenerme en cada dedo, repasando despacio la uña, el ligero vello sobre el dedo gordo —cuando me depilan siempre me olvido de decir que tienen que quitármelo— subiendo después mi mano a través de su pierna morenísima —este verano he conseguido que por fin me pegue el sol; tengo una piel que es una pena—, alcanzando los muslos, buscando, deteniéndome, esperando sus reacciones, presintiendo ya su mano que también despacio —no seas egoísta, pásame una chupadita— empieza a recorrerme y ya sé que todo va ser igual, que Enrique, yo, va a hacer el amor con esa Pilar experta que salta sobre mí, que se detiene, que a veces se ríe de una manera disparatada, presintiendo el orgasmo, que me hace demorarme —no ahí no, más a la derecha, espera, más suave, no seas bruto, me haces daño, así me haces daño— y yo, Enrique, sé que después de eso volverá Laura a interrumpirnos, a decir: «Vaya pues sí que os poneis pesados; teneis que salir del cuarto porque ha llegado la asistenta y como siga viendo estas cosas se me larga», y tendré que levantarme, dejar allí a Pilar que se demora remolona, todavía desnuda sobre la cama y que habla ya con Laura en plan-mujeres-juntas de la Galería o del pobre Eduardo que está en una depresión que no se tiene, o sobre Ana que no sabe lo que quiere, estoy segura de que no sabe lo que quiere, y mientras Enrique, yo, las oigo hablar, siento que todo vuelve a empezar de nuevo y tengo ganas de escapar, de dejarlas allí, de olvidar ese cuerpo de Pilar que empieza a ser indiferenciado, intercambiable con el de Ana o el de Laura, de llegar corriendo hacia... y al llegar a ese hacia, a ese correr, veo enfrente esa mesa de madera donde, gracias a los enchufes de mi entrañable y recuperado papá, puedo estarme sentado durante horas y horas pasando a máquina los diferentes despachos que han de salir de esa horrible oficina en la que estoy metido y sé que no voy a poder, sé que a pesar de todo hay algo que me retiene junto a Pilar, junto a Carlos, junto a Laura y a Eduardo y es quizá esa capacidad suya para dar la impresión aletargante y suave de que nada sucede, de que todo está en orden y realmente es así: nada sucede, todo está en orden bajo esos muros encalados, arreglados con pequeños objetos importados de todo el mundo, donde se puede oír música olvidado de aquello, de lo que nunca haremos ninguno de nosotros, de eso que está ahí fuera y que probablemente es mentira, eso que quizá nunca existió y, por eso, me reclino en los cojines, «jo, a este no hay quien se lo quite de encima», dice Laura quejosa y ya sonríe mientras Eduardo vuelve a tocar la flauta y Pilar comienza a hablar —le ha brotado una curiosa capacidad narrativa— de diferentes líos que yo, dadas mis repetidas e involuntarias ausencias, debo desconocer: «pues no creas que a estos les ha ido bien; Laura se aburría miserablemente con Antonio, pero, claro, había muchos intereses por medio, mucha rutina; jamás Laura se atrevería, se habría atrevido a dejar su estatuto de niña bien si Antonio no le hubiera garantizado una renta sólida, algo que le permitiera seguir viviendo sin trabajar como ha hecho toda su vida; pero, claro, Antonio estaba harto, creo que al final aquello era imposible, luego, Laura cada día estaba más encabronada, porque Antonio llegó a llevarle los ligues a casa, y Laura, aunque ahora la veas tan evolucionada, tan por encima, no podía tragar, ¡Si vieras lo que ha pasado la pobre!, ¡lo que he tenido que escucharla llorar y lamentarse! Porque, ¿sabes?, cuando las cosas les comenzaron a ir mal se vinieron a París a reunirse con nosotros, al fin y al cabo Laura y yo siempre hemos estado muy unidas y creo, fíjate, que aquella temporada pasada con nosotros le vino muy bien, le vino genial porque le hizo evolucionar, la hizo menos posesiva y luego cuando empezó a estar con Eduardo fue Antonio el que no tragaba y se dio cuena de que era demasiado tarde pero, claro, él era el que tenía la sartén por el mango por la cosa del dinero y Laura tuvo que ponerse dura porque sino en una sociedad como ésta, y no es porque yo sea mujer, siempre se lleva las de perder, así que yo le aconsejé a Laura que llevase la situación al terreno legal y aunque Antonio fue luego diciendo que ella se había portado como una puerca yo creo que era la única salida que le quedaba porque si no iba de culo y él —bueno, ella conservaba algunas pruebas; cartas y eso e incluso alguna foto— y tuvo que aceptar que era culpable ante el juez y por eso ahora la pasa una renta. De todas formas fue una época muy mala para Laura porque además de todos los jaleos burocráticos papeleos y eso y de lo desagradable que resulta de por sí cualquier asunto en cuanto andan metidos los abogados, se vio obligada a vivir sola, a no ver a Eduardo prácticamente durante cuatro meses porque si no todo aquello se le podía volver en contra» y mientras Pilar declama, explica, mueve los brazos para hacer más ostensible su indignación, su comprensión o su pena, yo Enrique la veo, nos veo sin forma, desdibujados en un marco que me resulta familiar como si fuera Pilar un micrófono y yo un receptor de datos que carecían de interés y coherencia, pero que me veía, me veo obligado a registrar contestando a Pilar, intresándome incluso, interviniendo con un «Ah, por eso», comprensivo que le anima, le animaba a continuar o a cambiar no de tema sino de pareja como si en ese archivo de nombres y de caras que yo Enrique apenas podía, puedo recordar, ella, Pilar, hubiera realizado una perfecta ordenación cronológica, tamizada con apreciaciones que, no puedo negarlo, resultan, resultaban de indiscutible intuición psicológica: «Pues los que tampoco son mancos son Luisa y Angel. ¿Te acuerdas? Ella siempre tan autoritaria, tan en su sitio, tan intratable... ¡pues si la vieras ahora, no la conocerías! Yo, te aseguro, que a mí me da mucha pena porque y eso ella misma se da cuenta, se lo ha buscado porque Angel no es ningún tonto y no iba a estar toda la vida atado a sus faldas y mientras estuvieron juntos en la organización con la lucha y todo eso, la cosa iba bien pero, ahora, desde que se salieron, no puedes figurarte los líos que han tenido. En primer lugar por el trabajo, porque Angel nunca ha encontrado un trabajo serio que le convenciera y estuviera bien pagado y, en cambio ella, ya sabes como es en todo, yo diría que inaguantable con ese sentimiento de estar por encima y su sentido de la eficacia, pues era más o menos la que le mantenía y claro, mientras todo fue bien, no se plantearon problemas, pero cuando empezaron a darse cuenta, sobre todo Angel, de que se aburrían juntos, la cosa empezó a ir de pena. ¡Si vieras qué cosas llegaron a decirse! Te parecerá mentira pero yo creo que ni mis propios padres y fíjate si son egoístas cuando se trata de dinero, hubieran sido capaces de decirse las cosas que yo le he oído a Luisa decirle a Angel. y además, sin ningún respeto, delante de todo el mundo, como si Angel —y él siempre ha sido un tipo muy orgulloso— pudiera tragar sin rechistar que le humillase como le humillaba casi a diario; pero, claro, yo creo que al final la que ha salido perdiendo ha sido ella, que se ha quedado más sola que la una y Angel, en cambio, pues ya ves, ahora está con Concha que no es que valga mucho, a mí siempre me ha parecido un poco tontona, un poco que no se entera, pero da la impresión de que le quiere y se les ve felices; creo que cualquier día de éstos podíamos pasar a verlos», y mientras Pilar termina con esa invitación al encuentro con lejanos amigos, vuelvo a pensar que ya no soporto más, que debería largarme, que no es posible que todos, que la vida de todos se haya reducido a esa especie de retahíla en la que se confunden intereses y trivialidades que me sugieren el discurso de mi madre sobre sus amigas y, sin embargo, acepto una vez más la chupada del cigarro que ahora me tiende Eduardo directamente y sonrío amable mientras Pilar, satisfecha por el momento, habla ahora de citas y trabajo, de tener que marcharse, de cuadros buenísimos que deben ser comprados, de cenas con pintores que a veces tienen enorme interés y a veces son pobres muchachos que, ya ves, no es que valga mucho lo que hacen ahora, pero hay que ayudarles, y mientras se dispone a salir —si llama Carlos dile que si no voy a cenar a casa me encontrará aquí hacia las doce— siento, Enrique siente que ha llegado el momento de decir adiós a Laura y Eduardo porque hay algo, quizá hay algo que todavía puedo hacer, pero la nueva chupada brindada por Eduardo —se puede aprovechar, queda poco pero es aprovechable— me traslada en seguida a un mundo de música reconfortante, un mundo en el que las voces de Laura y Pilar desaparecen, en el que desaparecen incluso la flauta de Eduardo, las paredes blancas, el despacho siniestro, y cierro los ojos y me recuesto sobre los cojines y así pasa el tiempo —¿cuánto tiempo?, y Laura ¿dónde estaba durante todo este rato?— regresa de la calle y veo que la asistenta coloca la mesa y Eduardo dice por pura rutina: «Tendrás que pasarnos una subvención cuando te hagas rico, porque nos sale caro alimentarte» y yo sonrío bobalicón y digo sólo: «Pues esta maldita hierba, por cierto que la de hoy es buenísima, ¿de dónde la has sacado?, me ha abierto un hambre terrible» y Eduardo: «Te preparo unos canapés mientras Laura se debate con la comida», y mientras Laura habla a voces en la cocina y puedo oír su voz gritona sin sentirla agresiva: «y aunque parezca que no nos enteramos, una no es tonta, y a mí, ya se lo he repetido muchas veces, nadie me toma el pelo, porque no hay por qué confundir la bondad con la tontería y no crea que a mí me da miedo meterme en la cocina, la aseguro que, aunque tenga que pasarme una semana sin nadie que me ayude» y Enrique, yo oigo el «ayude» en diferentes tonos un ayuuudeee languideciendo en la e final, como si quedara en el aire, y le sugiero a Eduardo: «Pon ese que me gusta tanto de Walter Carlos», y Eduardo hace un esfuerzo y dice: «¿La Naranja Mecánica?», y niego: «No, no la Naranja Mecánica, pon el de Bach», y Eduardo asiente bonachón —chico majo este Eduardo, quizá demasiado joven, yo, al principio, fíjate si soy mala, llegué a pensar que trataba de chulear a Laura, a vivir del cuento vamos, pero luego la verdad es que ha resultado un muchacho encantador, no sabes hasta qué punto es una delicia... Laura desde que está con él parece otra. Le hace mucha, pero que mucha compañía— y Eduardo me implica ahora invitador: ¿Por qué no me acompañas al Galileo? Ponen una que no está nada mal, y yo, Enrique, sabiendo ya que acabaremos sentados en el cine como casi todas las tardes repito mecánicamente: «No tengo ni una perra», y él se encoge de hombros: «Laura nos la dejará, y yo, Enrique, asiento y ya acude Laura, guapísima con esa larga falda de flores marrones y esa blusa negra que deja la mitad de la espalda al descubierto y me guiña un ojo familiar y cómplice: «Voy a tener que regañarte; ya sé que estás en plan de recuperación, pero creo que te vendría bien hacer alguna cosa», y entonces Enrique, yo, empiezo a explicarle sin demasiado convencimiento que en el fondo soy un fracasado, un fracasado, pero, ¿quién no va a sentirse fracasado?, le digo, con un trabajo tan aburrido, tan burocrático, tan de sonrisas como el que me ha proporcionado mi padre», y Laura asiente comprensiva: «Yo creo que todavía estás a tiempo de acabar la carrera, ¿por qué no te propones acabar la carrera?», y Enrique piensa en sus dos cursos ya terminados y me encuentro bien y mientras acepto el canapé de foie-gras que acaba de traer Eduardo en una bandejita de colores, planeo el matricularme de nuevo y digo: «En realidad tres años se pasan en seguida; cualquier día de estos me acerco por la Facultad y me entero de lo que hay que hacer para matricularse por libre», y Laura, animadora: «Total, no es nada, ahora tienes treinta y, en tres años, ¡la edad de Cristo!, ya puedes tener el título en el bolsillo», y de pronto como ayer, como antes de ayer, como hace una semana, ellos hablan de mi futuro, de esas asignaturas que voy a aprobar con sólo aparecer por clase dos o tres veces al año, total, tú ya tienes ahora más experiencia, ¡si te lo tomas en serio!, y Eduardo ha cambiado el disco y vuelven los Pink Floyd y me ofrece un nuevo cigarro y sé que voy a aceptar porque me siento sobrecogido ante esa representación de mí mismo moviéndome por los pasillos de la Facultad y me da miedo y le digo a Laura: «Una mañana de estas me acompañas, tengo que enterarme», pero sé que nada me importa ya la Física, pero quizá, en plan medre, aunque, me digo, aunque sólo sea para tirar para adelante como Carlos en la fábrica, como Pilar en la Galería..., aca-

bar la carrera ahora podría ser divertido y ya estoy
dando la segunda chupada y Eduardo habla de los
sintetizadores de sonido y ya estamos en lo de los
aparatos electrónicos y Eduardo —que entiende un
huevo... No sabes cuánto entiende de buena música— me explica que, pero en realidad tampoco escucho ya a Eduardo, me llegan sólo, de vez en cuando, palabras suyas, palabras sueltas de un discurso
que quizá podría interesarme, un discurso que va
de música, que insiste en Walter Carlos todavía y
entonces —¿pero quizá eso no es hoy?, ¿quizá era
mañana o quizá fue hace dos días?— Eduardo repite
que ha pensado que en vez de ir al cine podríamos
tomarnos una, que ha conseguido una dosis y que
le han asegurado que es muy puro, que es auténticamente puro y yo, Enrique, le decía, le digo, le diré
que me da mucho miedo porque nunca lo he probado y él afirma, afirmaba, afirmará sonriendo padre-
de-la-caridad que prepara para unos ejercicios, que
no pasa absolutamente nada. Te aseguro que no pasa
nada; pero lo importante es elegir muy bien el momento y desde luego la gente que nos acompaña y
dice, ese Eduardo paternal que parece crecer a mi
lado, que él, desde luego, está dispuesto. si eso me
da confianza, a no tomarlo él o a tomar una dosis
pequeña, sólo un poquito, y el disco ha terminado y
le digo, mientras pienso que ha llegado el momento
de probar, que ¿por qué no hoy?, que haga el favor
de cambiar el disco, de darle la vuelta, vamos, y entonces entra Laura y Eduardo, bajando la voz dice:
«Enrique va a tomarlo hoy, ¿a ti te apetece?», y ella
contesta que no se siente con fuerzas y que además
mañana tiene que hacer, «tengo que ir de papeleo,
un rollo, cosas burocráticas: pagar la luz y eso y no
me apetecerá salir si lo tomo ahora», y entonces
buenísima, expertísima, se ofrece para cuidarnos
—¿no sabes la de veces que Laura ha hecho de enfermera?— y yo me encojo ante esa palabra enfermera, hospital, paredes blancas, palabra que me alerta, que me habla de posibles peligros, complicaciones imprevistas y oigo fortísima la música y cierro
los ojos apretando mucho los párpados y Laura,
preocupada ya, en su papel ya, me coge la mano y
dice tranquilizadora: «No seas memo; no va a pasar
nada», y de pronto recapacita, recuerda, me contempla, contempla al Enrique esquizoide del hospital y
vacila: «Aunque, no sé, quizá a tí no te convenga

todavía, quizá es demasiado deprisa. Ha pasado poco tiempo», y yo, liberado, digo que tiene razón, que quizá aún no me sienta con fuerzas y Eduardo, decepcionado ya, abandonado a su experiencia, insiste una y otra vez en que son chorradas: «¿Pero qué cuernos iba a pasarle? Mira por donde nos ha salido la madre que todos llevamos dentro, ¡pero si este jeta está mejor que tú y que yo!, ¡apuesto a que mucho mejor que yo, por lo menos!, ¿pero qué coño de peligros va a haber?, ¡pues sí que no conozco yo el paño!», y rezonga conocedor y Laura retrocede ante su ataque dialéctico y concede magnánima: «En fin; es él quién tiene que saber lo que le conviene; en último término la decisión es cosa suya», y me mira ahora, ya apaciguada e intentando apaciguar, cambiando la voz: «Mira, la verdad es que yo, que lo he tomado ya tres veces, puedo asegurarte que, desde luego, riesgo, lo que se dice riesgo no lo hay. Ahora que, ¡allá cada cual! Yo no se lo recomendaría a nadie si él no estuviera previamente convencido de que le apetece tomarlo, porque si lo tomas con miedo, ese mismo miedo puede actuar de forma negativa y acasionar un mal viaje; pero si te encuentras bien y estás entre amigos, entre Eduardo y yo, por ejemplo, no pasa absolutamente nada..., quizá algún momento de tensión porque es la primera vez, algún momento en el que se sufre porque, aunque esto, no creas, no siempre pasa, se pierde un poco el sentido de la realidad. A una amiga mía, no la conoces, le ocurrió algo así y le duró bastante rato. Ya no quiere tomarlo más, pero son casos raros, excepcionales, que yo pienso que se deben siempre a problemas internos..., claro, depende fundamentalmente de cómo te encuentres, pero si te encuentras en buena disposición, te juro que es una maravilla».

Ahora Laura mira convincente hacia Enrique, iniciadora de nuevo; yo Enrique, aturdido ya, convencido, con la música gritándome dentro, pienso que, ¿por qué no hoy entre estos dos amigos?, y es Laura la que modulando el tono, preocupada y mimosa, da un giro a la situación, recordando a Pilar: «De todas formas lo mejor sería que lo tomaras con ella, cuando esté aquí, por lo menos», y ayudadora me habla del «encuentro», de la indescriptible comunicación: «La primera vez que lo tomé con Eduardo fue increíble, verdaderamente increíble... jamás me he sentido tan unida a él como en

ese momento. Yo creo que las parejas debían tomarlo siempre juntos... de verdad, algunas se pueden
ir a la mierda porque todo, todo se ve con una gran
claridad pero la *couple* —dice, cultista, de pronto—
que resiste la prueba, te juro que ya no se rompe,
no puede romperse nunca, ¿verdad, Eduardo, que
es algo maravilloso?, ¿verdad, que fue una experiencia intransferible, imborrable, que imprime ca-
rácter?», y Eduardo dice que sí con la cabeza, aburrido del tema, olvidado ahora de su afán anterior
por convencer y dice: «Coño, no te enrolles; él sa-
brá mejor que nadie si le apetece tomarlo o no. Ya
le hemos explicado que merece la pena hacerlo. Tampoco se lo vamos a dar a la fuerza», y yo sonrío des-
dramatizando, conciliador, víctima de nuevo dispuesta para la iniciación pero sé que sigo teniendo
miedo y todavía insinúo, insinuaba, insinuaré ante
Laura y Eduardo: «¿Pero hay gente que se queda
colgada?», y ellos quitando importancia: los periódicos, el bulo, el asustar, millares de experiencias
confirmadoras de lo contrario, Thirnoty Leary
—¿Quién sabe si a ti mismo en aquella mala época,
en la época de la clínica, quiero decir, no te hubiera
venido bien tomarlo?— y Laura se explaya sobre las
dotes curativas, insospechadas, sobre las experiencias psiquiátricas, sobre los resultados nunca logra-
dos por el psicoanálisis «y es natural, yo lo entiendo
perfectamente, porque si se trata de que salga a flo-
te de una vez el puñetero inconsciente, yo te aseguro
que con el ácido es facilísimo. Yo en uno de los viajes reconstruí, viví, mejor dicho, toda mi infancia,
como si estuviera transcurriendo de nuevo: podía
ver los lápices, ¡hasta los papelotes que hacía!, y
creo que hasta el pupitre que tenía manchas de tinta. Siempre me he preguntado después por qué vería con tanta claridad los lápices aquellos; uno era
muy cortito, todo mordisqueado..., creo que era
rojo y el pupitre de esos de madera fregada y siempre sucia y lo curioso es que después, ahora mismo,
vuelvo a verlos como si los tuviera delante... Pero es
que además sé perfectamente que para mi debieron
ser decisivos todos aquellos años del colegio, más todavía que los de la primera infancia, no sé por qué,
eso ni con el ácido he llegado a saberlo, pero estoy
convencida de que muchas de mis cosas proceden
de aquellos cuatro o cinco años míos: la timidez, la
introversión, todo eso...», y mientras Laura habla,

Eduardo, que ha decidido por sí mismo que hoy no va a ser, que por ahora debe conformarse con encender un nuevo cigarrillo, se acerca y me lo tiende, malamente liado, y sin mirarle le doy las gracias con la cabeza y fumo, dejando que penetre despacio, dejando que poco a poco el rollo lauriano-colegial y psicótico se diluya y sólo queda de nuevo frente a mí el rostro de Laura, compungido a veces, cálido otras, evocador, y la sonrisa, sin expresión ahora, de Eduardo que mueve la cabeza siguiendo la música mientras tamborilea con los dedos sobre la mesa; a veces, mientras le observo me parece percibir extraños cambios de expresión: gestos, indicaciones que no deben ir dirigidas a mí, ni tampoco a Laura, gestos que acompañan a la música, que parecen señalar algo, detenerse en un pasaje, borrarlo luego, y permanezco absorto contemplando sus manos que de pronto quedan suspensas en el aire, esperando, su expresión alelada, su asentimiento que también es el mío cuando la música se hace aguda, penetrante, casi insoportable, y oigo, desde muy lejos, a Laura que dice: «Jó, de todas formas cuando le dais tan seguido, esta casa se convierte en un velorio», y se mueve por la habitación, busca libros, ordena figuras, contesta al teléfono...

Y luego será la cena —no tengo ganas de guisar así que tomaremos cualquier cosa; en la nevera debe quedar algo de embutido— y comienzan, comenzarán a llegar los otros; vendrá Ana, exótica y sugerente, vendrá Carlos también —qué día, qué cosa; no sé si voy a poder aguantarlo— vendrá Encarna que se aburre —la casa se me cae encima; os juro que en cuanto dan las diez se me cae encima— y quizá algún otro, cualquiera de los muchos iniciados, amiguetes amantísimos que al entrar en la casa encogen la nariz, husmean y preguntan: «¿Hay algo?», y yo, Enrique, sabedor, adentrado con todo derecho en esa casa que he tomado como mía —te hará bien quedarte en casa de Laura, en casa de tus padres se te va a hacer inaguantable— me muevo por la cocina ayudando a Laura a sacar los vasos, a preparar el café, mientras Carlos o Eduardo o Encarna hablan a un Enrique, yo, que bosteza meneando la cabeza. «Estás que no te enteras», dice Carlos y le oigo explicarme un asunto «y a mí mi suegro, mejor dicho el tuyo en este caso, por mucho que quiera pringarme, te juro que en esta no me coge. ¡Asuntos laborales, no! ¡Hasta ahí podríamos llegar!», y le miro fiel y consolador, aprobando: «Claro, tú no debes meterte; ten cuidado porque en cuanto te descuides estás metido hasta dentro», con un estilo lúcido y fluido que no sé de donde ha podido salirme y él se lamenta: «¡Qué quieres que te diga! Hay ciertas cosas en las que no se puede ceder. Hay asuntos, desde luego, que son de mi competencia, pero eso no, en lo laboral que no me meta» y Encarna idiotizada interviene ahora: «Anda que como sigas así te vamos a ver reprendiendo a los obreros con una porra en la mano», y a Eduardo le divierte la idea, se queda con ella, la vapulea, la trastoca, juguetea, la convierte en miles de Carlos blandiendo porras, Carlos rígidos en la puerta, ¿De qué color os le imaginais vestido?, y Encarna dice, de príncipe de Gales, creo que estaría muy en su papel con un traje de príncipe de Gales, Carlos guapísimo de príncipe de Gales a la entrada de la fábrica, ¿no sería genial? Carlos, no te enfades pero en serio que sería genial y Carlos permite sin complicarse: no os pongais pesados, ¡mira que cuando os da el rollo!», y entonces yo, Enrique, lucidísimo, capaz, le digo: «Todo es cuestión de enrollarse» y empiezo a hacer una maravillosa disertación, aplaudida por todos, sobre esa palabra genial, nuestra palabra, la que marca esta década.

«Cuestión de enrollarse. Eso ha sido lo nuestro: estar en el rollo. Jo, no te enrolles; tienes rollo para rato. ¿A ver quién encuentra más acepciones? Todo lo nuestro es cuestión de rollo, ¿que os apostais? En el sesenta y cuatro cuando alguien estaba en el ajo, en la cosa de la lucha, decíamos: ése también está en el rollo y, ¿qué decimos ahora, qué decís ahora cuando alguien le da al asunto: ese conoce el rollo, la gusta el rollo. Todo es cuestión de rollo, nuestro propio rollo. ¿Cuál de vosotros no se ha enrollado nunca? Todo lo mío ya sabeis que es enrollamiento», y entonces Ana interviene y dice: «¡Vaya, menudo rollo le ha dado a este ahora», y todos ríen y ella juega a enrojecer, a «me habéis cogido», y todos participan: «anda, que rollo no te falta», «aquella cosa, hombre, ese rollo de los zapatos», y cada uno añade una frase y Laura ingenua vuelve de la cocina y dice: «Jo, se os oye desde allí, menudo rollo os ha dado, ¿de qué va el asunto?», y de nuevo carcajada general y yo, de pie, emocionado y audaz inicio otra charla sobre el enrollarse o no enrollarse, esa es la cuestión, y el que no se enrolle que tire la primera piedra y me da de pronto como depresivo y me pongo a hipear, Enrique hipea diciendo lo que pasa es que se nos está acabando el rollo, lo malo es que cualquier día de estos se nos termina el rollo; habrá que inventar nuevos rollos y yo, amigos míos, digo declamatorio, os juro que estoy ya harto de enrollarme, ¿crees Carlos que podríamos vivir sin enrollarnos?, y me da como triste, como pesado, al pensar que hay rollos bonitos y rollos molestos y que algunos rollos son más compensadores, más «enrollantes», más apetitosos y otros, en cambio, son rollos pobretones a los que se les acaba la cuerda en seguida y lloriqueo, gimo casi y todo es broma aún, pero Enrique se da cuenta lejanamente de que algo pasa, de que eso del rollo, mi propio rollo, es necesario y de que uno no hace más que buscarse nuevos rollos para seguir tirando, pero este rollo, nuestro rollo de ahora, es una mierda, es una pura mierda y lo malo es que cuando se nos acabe, ¡ni eso!, porque ya no tengo ganas de seguir enrollándome más, ya no puedo enrollarme más y hay una cierta tensión en la sala y Encarna trivializa, juega con la palabra y yo insisto en dramatizar y Laura interviene mediadora: «Oye, ahora en serio, no te enrolles que parece que va para largo; con eso, si no, puedes tirarte toda la noche», y Carlos añade: «además tienes razón, hay rollos y rollos, como dices, pero el tuyo de ahora es de puro pelma», y los demás se ríen, relajados de nuevo y yo asiento divertido, hay rollos y rollos y callo ahora pensando en esa frase: «cuestión de enrolle» y lo veo con toda claridad: cuestión de enrolle y mientras los demás hablan ahora de las guindas que ha colocado Laura sobre la mesa para que pique el que quiera y se detienen admirados —cosas del efecto, diría Pilar— en cada uno de los matices —«mira este rojo, este trocito casi naranja»— y lanzan exclamaciones de sorpresa y descubrimiento, acompañándose, mientras ellos se enrollan de nuevo con esa chorrada yo sigo dándole vueltas a la palabra y pienso que sería bueno escribir un grueso tratado sobre un término tan significativo para toda una generación, para la nuestra, y le digo a Carlos, voy a escribir un libro sobre el tema, y él aplaude mi idea, me reconforta, dice, dirá, repetirá una y otra vez: «cojonudo», porque él sabe que debe, que tiene que favorecer mis propios enrolles para que su enrolle más modesto, pero bien asentado, se consolide, y no se tambalee, y se presta a ayudarme, a cooperar en la redacción incluso y me sugiere posibles títulos altisonantes: «El enrolle y los del sesenta», «Enrollarse o no enrollarse», «estar en el rollo», «la rollera», y me gusta eso de la rollera porque de pronto me suena a sudamericano y recuerdo que no lo hemos sacado antes: «Joo, no seas rollero», repito y él dice que le parece un poco, ligeramente chuleta y así hablamos, Enrique y Carlos hablan durante mucho rato mientras Encarna, Ana, Pilar y Laura, coreadas por el silencio contemplativo de Eduardo, se recrean en las cerezas, las comparan, las alejan de sí y luego las aproximan para que destellen y estamos contentos y sé que todo va a repetirse, cuando Carlos responde a Eduardo: «No, nosotros nos retiramos pronto porque mañana trabajo y estoy agotado. Yo no fumo más» y Pilar dice: «A mí sí me apetece fumar un poco; en todo caso vete tú antes y yo a lo mejor me quedo a dormir con Laura» y Carlos me mira y me guiña un ojo, compartiendo, cediendo y yo recuerdo aquel jergón de la *chambre de bonne* y le digo sin venir a cuento lo comido por servido y él dice: te ha dado sentencioso esta noche y nos reímos y Pilar picada quiere intervenir: «Seguro que me estáis repartiendo como si fuera un pingo» y Carlos consolador le hace caricitas en el cogote —porque ¿sabes?, tiene una manera especial de hacerlas, como unos pellizquitos que son mágicos y que relajan mucho— y ella se ablanda, se derrite, se encoge entre las rodillas acogedoras de Carlos y sé que ahora Enrique no siente aquel cosquilleo, aquella inquietud, aquellas ganas antiguas de arrancar a Pilar de las rodillas de Carlos, de llamarla puta-ramera con rabia, Enrique ya no siente nada ante esa Pilar acurrucada entre las rodillas de Carlos y eso le decepciona, le irrita y piensa que quizá ahora pudiéramos al fin vivir los tres juntos como siempre pretendió ella y sabe, Enrique intuye que sería muy aburrido, tan aburrido como este rollo en el que estamos metidos, tan aburrido como esta noche y le gustaría, me gustaría tener capacidad para desear de nuevo, para salir de la apatía que se prolonga hasta el sexo y sabe que, allá en la cárcel, que allá entre las cuatro paredes blancas después, las cosas parecían suceder, seguir existiendo, uno pensaba que afuera seguía el rollo, que había cosas que se podían esperar, cosas que recuperar, cosas que ahora, ya afuera, se convierten en ese transcurrir abúlico de las horas en casa de Laura, en ese andar sin rumbo por las calles de Madrid, aceptando ya sin lucha todo lo lo que antes hubiera considerado como la *merde* que hay que desterrar, que todo se reduce a ese contemplar a una Pilar acurrucada entre las rodillas de Carlos que ya no produce inquietud, ni escalofríos.

A

¿Cómo narrar el ácido de Enrique? Es algo intrasferible, nos diría él, algo que transcrito pierde valor; podría intentarse contar al mismo momento del transcurrir, decir, por ejemplo, siguiendo sus propias imágenes: las luces ahora, los grises entre los puntos que brillan cada vez más, ese verde que se impone y te tapa la cara, no puedo verte ahora por culpa de ese verde, pero eso nos daría una visión parcial, deformada, en absoluto descriptiva, porque aunque Enrique pasó momentos en los que estuvo volcado hacia el exterior, momentos en los cuales hablaba y hablaba intentando transcribir a los demás sus sensaciones y sobre todo sus impresiones en un lenguaje articulado en el que faltaban las conexiones lógicas, también es cierto que la mayor parte de esas doce horas, y sobre todo durante esas dos horas culminantes en que se mantuvo en el llamado «punto álgido», guardó silencio, un silencio que inquietó a Pilar, atenta, en todo momento a su lado, enfermera eficaz, capaz de apretar la mano en los momentos difíciles, de decir palabras cariñosas de te-queremos, ya-sabes-que-siempre-te-queremos— cuando el rostro de pronto contrariado de Enrique parecía desbordarse por sentimientos —¿por visiones, quizá?— que asustaban e inquietaban un poco, un silencio que hacía pensar en un regreso hacia sí mismo, hacia sus propios terrores, momento que si luego hubiera descrito él al día siguiente —como desde luego intentaría hacer— habría quedado plasmado en estas palabras: Era impresionante; no sé bien si he tenido un buen o un mal viaje, no sé bien si lo que predominaba entonces era la angustia o era simplemente la alegría, el bienestar... desde luego, momentos buenos fueron muchos y muy intensos, sobre todo durante la primera y la última parte, cuando ya los efectos comenzaban a disminuir; no podría explicaros ahora de dónde provenía esa sensación de calma, de plenitud... era algo que tal vez no había sentido antes nunca en mi vida y que quizá no vuelva a experimentar». Declaración aprobada por todos los demás con gestos de asentimiento y por Laura y Eduardo con un ya te decíamos que fue rápidamente cortado por Enrique al añadir y, sin embargo, creo que no sería capaz de repetir la experiencia; creo que nunca me atrevería a tomarlo de nuevo y supongo que la explicación de este convencimiento, de este miedo se halla en esas dos horas —en realidad si vosotros no me hubierais contado que sólo fueron dos horas las que pasé absolutamente callado, sería incapaz en este momento, como era incapaz entonces, de saber cuál fue el tiempo real transcurrido, cuál era el tiempo real; no tenía noción alguna del tiempo: mover el dedo de una mano, verlo levantarse ante mis ojos, podía suponer un tiempo interminable, que yo hubiera pensado en horas, mientras que a una velocidad vertiginosa, a un ritmo que desde luego no puedo transmitiros mediante ningún símil, mediante ninguna imagen, podía revivir, presenciar etapas enteras de mi vida; ritmo que ocasiona que gran parte de lo sentido y visto se haya borrado luego y sea incapaz de rescatarlo ahora.

Pero si es el propio Enrique el que cuenta al día siguiente lo recordado de su experiencia, experiencia a la que al fin se decidió tras la insistencia de Pilar y de Laura, habría partes que quedarían en suspenso, partes que él mismo no recuerda, gestos de sus brazos moviéndose deprisa como espantando telarañas, carcajadas incontenibles que una vez más asustaron a Pilar —Dios mío, le ha dado muy fuerte, se va a volver loco— o pequeños gimoteos de terror que revelaban angustias, miedos, terrores incluso, que hicieron que, en un momento dado, todos, incluidos aquellos que también habían tomado, pensaran en la necesidad de llamar a un médico.

Y, sin embargo, no fue malo, diría él al recordarlo; la sensación predominante es de paz, de reconciliación, es algo que me gustaría rescatar y conservar hasta el fin de mis días, y los demás inquirían, preguntaban por aquellos miedos, aquellos terrores, y Enrique intentaría transmitir con palabras poco expresivas, aquellos monstruos que en realidad no eran visibles, no eran discernibles, aquel miedo al abismo, aquella constatación de la abso luta soledad y al mismo tiempo de la total nimiedad de lo vivo, nimiedad que al final tranquilizaba, devolvía la paz; sabía que, de pronto, no era nada y era todo, estaba fundido con los demás, con vosotros también; os he sentido próximos, diría, quizá más próximos que nunca a pesar de que he visto de nuevo cada una de vuestras limitaciones, nuestra pequeñez, pequeñez que perdía importancia para quedar reducida al hecho de que todos somos uno y lo mismo. Te ha dado panteísta reiría Pilar y Enrique insistiría: es un sentimiento que de alguna manera había tenido antes, un sentimiento que...

B

Había habido sólo un momento de duda, un rostro aún vacilante ante la cabezonería de Eduardo, vacilación vencida cuando Pilar cariñosa había dicho: Yo que te conozco bien, estoy segura de que no te va a haber daño; yo no voy a tomar y yo te cuido, y entonces todo el rito se había iniciado: las risitas nerviosas de Laura que se repetían en cada nueva toma, sabedora ella, experimentada, orgullosa de que fuera su casa el lugar adecuado, la cripta, el ámbito ideal deseado para la ceremonia, con las advertencias distanciadas y no demasiado remolonas de Eduardo, sus «no hay que darle demasiada importancia: tampoco vayas a creer que éste es un paso fundamental, un gesto que hay que diferenciar de los demás. Tú ya has fumado mucho, ¡y para el caso!», y su encogimiento de hombros concesivo como desmintiendo los atropellos, los cuchicheos, las risas aceleradas y distendidas de Ana y Encarna que esa noche también iban a tomar, pero-en-realidad-no-es-la-primera-vez-a-mi-no-me-da-miedo-porque -no-es-la-primera-vez—; Enrique fastidiado-convencido tomó aquella diminuta pastilla —son cristales muy puros, con que tomes medio tendrás bastante— con un cierto escepticismo (tampoco será para tanto) y manteniendo oculta una desconfianza y una evasiva que sólo la risa confortadora de Pilar parecía disipar. «Por lo serios que os ponéis parece que esto es algo así como una comunión», y los demás habían recogido la idea alargándola, exagerándola: es tu auténtica comunión, la confirmación, decía Encarna, para mí vino a ser como la confirmación.

No era ya la música y los colores, no eran las luces más brillantes que nunca, ni los gestos que se borraban y transformaban. Quizá lo más nuevo, lo más inexplicable, lo intransferible era ese estar de lleno en el vacío, ese vacío tan conocido por él, tan intuido, ese vacío que se convertía en un todo y él disuelto como flotando, como flotaban también los demás, pequeños ahora; esas risitas de Laura, la mano de Pilar que, a pesar de todos los presagios laurescos, a pesar de «la *couple* se consolida, no te haces idea de lo maravilloso que es tomarlo juntos» se disolvía y quedada centrada en unos dedos cada vez más largos, esqueléticos, despersonalizados, unos dedos que en los momentos de angustia apretaban y resultaban incordiantes, unos dedos que, de pronto se hacían acusadores y borraban la imagen de la mujer para convertirse en garras primero, en raíces luego, raíces como de cuento, que crecían, crecían y él, Enrique, como Blancanieves abandonada en el bosque, corría entre unos matorrales desnudos, unos matorrales que se entrecruzaban y se hacían espesos formando muralla, barrera y que al final no se abrían; no había claro en el bosque, ni casita, sólo negrura, una negrura que al día siguiente apenas recordaría, pero que, sin embargo, coincidía en el tiempo con ese instante en que Pilar, despierta y a su lado, podía notar como desencajamiento, terror —lo está pasando mal. Me parece que le está dando un mal viaje. Me da miedo. Después de todo lo pasado me da miedo—. Pero no era miedo lo que pasaba Enrique; no podría definirse como miedo esa confusa sensación de desprendimiento, esa ausencia, ese cerrarse de las cosas, parecido a aquel cerramiento experimentado ya por él, simbolizado por él en su silencio de meses en un hospital. Pero ahora Enrique en cambio no pensaba: era un galopar de formas, un disolverse, un sentirse estar en todo y en nada a la vez, que podía sobrecoger pero que era incapaz, hubiera sido incapaz de formular con palabras.

Aquellas sendas que luego no eran sendas, por donde no avanzaban monstruos como otros le habían contado, sino más sendas que a su vez, cuando parecían definirse, esclarecerse, dirigirse, estaban de nuevo recortadas por miles de caminos, formando retícula, en la que no había sino orden, un orden como de microscopio, se diría Enrique, que ni siquiera se veía a sí mismo caminando, que no vivía la necesidad de recorrer aquellos caminos como suyos, sino que los sabía ahí delante, sintiéndose a la vez paseante en medio del laberinto y camino que debería ser recorrido, entrecruzado a su vez por otros miles de caminos. ¿O no era exactamente esto lo que sentía Enrique? ¿Cómo expresarlo? ¿Cómo narrar cuando ni siquiera él podría hacerlo, su deseo imprevisto, paranoico de que todo aquello: las luces, tan agudas, la música, la cara plácida de Pilar, el gesto de Eduardo, se recompusiera de otra manera, porque la imagen resultaba detonante y hería, como si no fuese aquel el orden requerido? ¿Cómo describir ese momento difícil, captado por los otros —algunos incluso llegaron a asustarse como el mismo Eduardo —en el cual apareció un Enrique que podría ser agresivo, un Enrique que parecía intentar borrarlos a todos, incluso de forma violenta, gesticulando ahora, tapándose los ojos, llorando?

Cuando Enrique lloraba Pilar inquieta corría hacia Laura, pedía consulta: lo pasa mal, tiene un mal viaje y Laura: no exageres, ya sabes que él siempre ha sido un poco extremista; está en el momento de la subida... luego todo irá mejor.

Y todo fue mejor luego cuando esa soledad, esa pérdida de la orientación, esa ausencia del propio cuerpo, esa inquietud paranoica, esas imágenes de siglos que se agolpaban —¿conocimientos adquiridos, lenguaje de colegial, cultura de especie transmitida?— comenzaron a desaparecer, cediendo el lugar a esa otra impresión más calmada, más repetible y narrable que Enrique sí sería capaz de recordar; momento en que la mano de Pilar, mano de nuevo y ya no garra, apretaba cariñosa, dando ánimo, momento en que los demás descansando dijeron: parece que está más tranquilo; momento en el cual la música y las luces —«maravillosos los colores, increíbles las luces», diría Enrique al día siguiente— volvieron a ser gratas, discernibles; momento en el cual las experiencias de soledad y de todo y nada simultaneizado, que había tenido anteriormente, pervivían pero transplantadas a un nivel en el que volvía a intervenir lo racional imponiendo un sentido, de forma que al evocarlo al día siguiente, al decir: un sentimiento panteísta, un sentimiento al mismo tiempo destructivo, Enrique se remitía ya a ese estadio posterior, estadio del descenso en el cual las cosas, perdida su acritud, retornado el misterio volvían a ser encantadoras y capaces de llenar durante otras varias horas el tema de una larga y buscada charla.

¡Ven, pues, tristeza,
dulce tristeza!
Cual si fueras mi hija te meceré
                    [en mi pecho.
Pensé en abandonarte,
en traicionarte,
pero ahora, por encima del mundo,
es a ti a quien más amo.

J. KEATS

I

... Y ahora parecería que todo está en paz. Podría pensarse que este mar tiene un azul de agua
tan evidente y tan sereno como los mares soñados,
podría pensarse que yo aquí sentado con esta hermosa mujer con aire de estar de vuelta, estoy viviendo uno de esos momentos plácidos, maravillosos de la vida. Y quizá es así, quizá el mar es hoy
más sugestivo que nunca, Pilar más serena, más
penetrante; esta ginebra en el vaso, esta brisa de
verano que se acaba tiene todos los ingredientes
de un marco para un final feliz, el marco adecuado
para, por ejemplo, esa reconciliación paciente, ya
madura, en la que Pilar, reclinada en mi hombro,
me dijera: «Qué tontos hemos sido», en la que yo
no fuese este Enrique algo cansado, quizá aburrido
y sin demasiadas perspectivas, que escucha tranquilo el discurso, monótono hoy, de esta Pilar recién llegada —«Madrid no hay quien lo aguante.
Cada vez que vengo a Ibiza, aunque sea sólo por
un fin de semana, me quito diez años de encima»—
que tras los primeros saludos, tras los-te-debes-cui-
dar-muy-poco, te-encuentro-flaquísimo, hecho-una-
mierda, narró durante horas las vicisitudes de
aquel mundo —«te juro que siniestro, inaguantable; cualquier día mando la Galería y todo lo demás a hacer puñetas y me vengo aquí»— que acababa de dejar atrás, después de un vuelo rapidísimo
—«cada día me da más terror el avión, es una cosa
que no supero; creo que terminaré por preferir venir a nado en vez de montar de nuevo»— que la había depositado a ella y a Carlos en casa de Marta,
Andrés y Luis («Son gente maravillosa. Vete a pasar una temporada con ellos y dejas de una vez
este agobio de trabajo. Este Madrid insoportable
que de un momento va a acabar con todos nos-

otros», había dicho a Enrique tan sólo hacía dos meses).

Enrique, yo, pienso que ni siquiera estoy emocionado, que su llegada, lo mismo que las llegadas y partidas de los incontables amigos de Marta y Andrés —«Venimos a desintoxicarnos; venir tres días aquí es como recuperar el Paraíso perdido»— no serviría para cambiar en nada esa monotonía de las jornadas ibicencas y oigo el rollo pilaresco, algo moralista ahora, que intenta ser regañón, pero en plan dulce: «Te quieres destruir; no sé por qué, pero estoy convencida de que te quieres destruir. Me lo han contado; me han dicho que estás todo el día fumando, que te estás convirtiendo en un inútil, en un...», y sonrío al ver la vacilación, la duda que hace más suave su voz, algo más tímida cuando termina la frase: «en un gorrón que pretende vivir a costa de los demás..., y ten en cuenta que los demás tienen poca cuerda, que los demás, que yo misma, porque me es fácil ponerme en su caso, tenemos, tienen poca resistencia y que, llegado el momento, todos somos muy egoístas y, claro, a nadie le importa —al contrario, yo que conozco bien a Marta y a Andrés estoy seguro de que al principio estarían encantados de tenerte con ellos—, a nadie le importa, digo, tenerte una temporada en su casa porque sí, por puro gusto, solamente porque son tus amigos y saben que has pasado un mal momento. Pero, claro, todo tiene un límite y cuando pasa el tiempo y se dan cuenta —y que conste que no es porque me lo hayan dicho, te juro que ella no se ha quejado ni me ha dicho nada— de que te propones seguir toda la vida sin hacer nada y que andas por ahí todo el día sin una peseta, pues...», y escucho tierno sus advertencias maternales, su pequeña dureza que pretende ser convincente, y pienso que tiene razón, que así no puedo continuar, que me pongo algo pesado, un poco cara, que debo plantearme el «recomponer» mi vida, y miro el cielo, que se agrisa ahora sobre los barcos, mientras Pilar continúa hablando y pasa de la dureza al halago: «Vales más que todo eso; es absurdo que no te convenzas de lo mucho que vales», y yo llamo otra vez al camarero y le pido otras dos ginebras con hielo y pienso que es una lástima que se me haya acabado ayer precisamente lo último que me quedaba y la interrumpo ahora para decirle: «Es una pena. Ayer me quedaba un poquito, una migaja, y me lo fumé por la noche, glotonísimo; ahora nos vendría bien tener un poco», y ella se indigna, se encabrona de nuevo: «Es increíble. Yo aquí como una idiota dale que dale y no te importa... ¡Todo te da igual! Voy a pensar que los demás tienen razón, que te estás idiotizando, que te estás convirtiendo en un inútil, que no tienes capacidad para escuchar a los demás», y vuelve a bajar la voz, a modularla, a adoptar el tono mimoso-convincente, el tono de «no seas niño; Carlos y yo te queremos mucho y nos da pena ver que te empeñas en destruirte, que no se puede hacer nada para ayudarte, que si te lo propones, como parece que te estás proponiendo, puedes acabar contigo», y yo saboreo la ginebra y veo el gris bajo los barcos y sé que me gustaría bañarme ahora de noche, en cuanto anochezca, y le digo a Pilar: «Podríamos coger el coche y acercarnos a las Salinas a darnos un baño», y ella pone cara desencantada, encoge los hombros con gesto de no-sirves-para-nada-eres-una-calamidad y dice: «Hace algo de frío, yo ahora no me metería en el agua por nada del mundo», y quiero insistir, insisto ya para que me acompañe mientras yo me baño, y ella se deja convencer, recuerda aún que Marta ha dicho que esta noche pensaba montar una pequeña fiesta, que no volviéramos muy tarde, que la tendríamos que ayudar, y yo cedo y veo tranquilizado que el giro pilarino se dirige ahora hacia nuevos asuntos, hacia nuevas caras, olvidado de mí momentáneamente, y ella: «¿Qué tal van esos? A mí me parece que Marta y Andrés son una pareja indisoluble», y yo encantado, queriendo que todo se dirija por ese camino, digo que sí, que desde luego, que nada ni nadie podrá separarlos y ella se dispara en unas consideraciones sobre su vida, sobre la vida en general, sobre que somos una generación jodida, «hay pocos que se encuentren bien, ya sabes, parecen trivialidades, pero una se pregunta muchas veces qué sentido tiene todo esto, que si merece la pena seguir viviendo y yo, ya ves, a pesar de que sé que a ti ahora resulta difícil convencerte de ello, pienso que sí, que a pesar de todas las putadas, de todos los chascos cotidianos y generales, hay que tirar para adelante, que sí, que ya

sé que no hemos hecho nada de lo que pretendía-
mos, que sé que tienes perfecto derecho a decirme
eso, que queríamos arreglar el mundo entre comi-
llas y nos hemos quedado aquí, en esto, en darnos
un baño al anochecer y en trabajar horas horribles
en una Galería, como yo, por ejemplo, un trabajo
que en el fondo odio, que me aburre, que me aburre, que no me satisface, pero que al fin y al cabo...», y yo, Enrique, escucho a esa Pilar-filósofa
que intenta situarse en la que piensa mi postura en
ese momento para luego, tras haber compartido y
comprendido, ayudarme a salir-del-bache, «porque
en realidad, por muy mierda que sea todo, por
muy disparatado que resulte, la vida, esta vida,
nuestra vida es lo que único que tenemos», y tras
esta afirmación categórica, existencial, que ha sido
hecha por Pilar en un tono de pronto demagógico,
efectista y convincente, recalcando cada palabra como el buen orador en el momento cumbre de su
discurso, viene una nueva bajada de voz, un volver
hacia atrás que parece deducirse de esos postulados evidentes, postulados que en su definitud anu-
laban todos los precedentes, todas las negativas anteriores, y así escucho ahora, cuando ya pensaba
que el tema martiano y el de las parejas en general
podía conducir la conversación por otros derrote-
ros, a una Pilar contenta de lo bien montado de
sus argumentos que susurra, comedianta casi, a mi
oído: «Por eso, porque la vida, eso tan simple, es
lo único que tenemos, hay que vivirla, hay que sacar de ella el mejor partido posible y te aseguro, por
propia experiencia, que cuando uno se deja llevar,
cuando uno no pone trabas para ser feliz y procu-
ra extraer lo mejor de cada momento, la vida puede llegar a ser una maravilla», y luego, tras esta
nueva afirmación cargada también de énfasis convincente, se pone mimosa y algo coqueta para, pasando de lo general a lo particular, enrolarme en
ese momento concreto, momento de Enrique y Pilar, en esa tarde «realmente increíble, tardes de Ibiza que echo de menos en aquel Madrid horrible»,
junto a un mar «que es un mar especial, un mar
que me pone como romántica», momento que, como verás, como ya estás viendo, puede ser perfecto solamente con que dejemos atrás los «rollos»
negativos, los masoquismos, los deseos de destruc-

ción, solamente con que nos olvidemos de que hay, y entonces en una lista que parece borgiana, por lo descuidada, pero sabiamente elaborada, Pilar describe con una frialdad de calendario todos esos «horrores» que nosotros, conscientes y felices, debemos olvidar y se detiene así en las guerras, en la incomunicación, en las zancadillas, en el contexto internacional, en la maldita explotación del hombre por el hombre, «porque soy consciente de que todo eso sigue ahí, sé que no se borra por un mero acto voluntarista. Ya. No vas a decirme que eso es autoengaño, no es autoengaño, pero, ¿cómo vivir si uno tiene presente en cada instante que está ahí lo otro, lo oscuro, lo que no debería existir, acechando, si uno se da cuenta de que las gentes se matan, de que los imperialistas, de que aquí en España, de que los amigos, ¿cómo vivir?...», y yo, Enrique, aterrado ante ese descubrimiento del mundo soterrado que Pilar quiere borrar con este mar maravilloso, con este estar tú y yo aquí y ahora en este coche que corre mucho hacia una playa donde quizá —nunca se sabe cuándo van a aparecer los civiles— podremos bañarnos desnudos, porque eso sí, a pesar del frío, si pudiera me bañaría desnuda, porque estoy contigo, porque ha sido bueno poder hablar tranquilo después de tanto tiempo. Y Enrique, yo, le digo: «Déjalo, estamos bien», y ella, rematadora, persistente: «Prométeme que vas a cambiar, prométeme que vas a hacer algo. Ya sé que los trabajos que se encuentran por ahí son terribles, ya sé que el que te proporcionó tu padre no había quién lo aguantara, pero siempre se puede intentar alguna cosa. Todavía no tienes treinta años; eres un crío. ¡Aún hay muchas cosas que se pueden hacer! Yo, aunque sé que no es una proposición muy tentadora, te invitaría a que colaborases con nosotros en la Galería. No hay mucho trabajo y no te podría pagar mucho, pero algo sí, lo suficiente para que no te conviertas...», y ahora no lo termina, pero Enrique sabe que quiere insinuar en un *clochard*, en un vago que vive a costa de los demás, y entonces interviene, intervengo, machista y reparador: «No creas; las cosas no me van muy bien, pero sé cómo puedo conseguir algo de dinero bastante fácilmente», y ella, dramática ahora, detiene el coche en medio de la carretera y muy seria me busca los

179

ojos, recrimina y veo ese brillo de indignación que ya esperaba: «Entonces tenía razón Marta; entonces es verdad que andas con gente de esa que te va a meter en un lío en cualquier momento. Porque no te creas que por fumar la gente ya es maja; que aquí hay mucho golfo, mucho lumpen, mucho mangante que está a la que salta, esperando encontrar a tipos como tú, ingenuos, destruidos o que se empeñan en destruirse, dispuestos a sacarles las castañas del fuego, trayéndoles lo que ellos no se atreven a traer, para que si hay algún riesgo el que la pringues de nuevo seas tú, como te has pringado toda tu vida por idealista del carajo», y cada vez la veo, Enrique la ve más enfadada, asustada casi, e intento calmarla: «¡Hombre, si no es nada! ¡Si total sería una cosita de nada, pero que me daría un dinero fácil!», y ella, Pilar, Pilarcita, casi llora: «No seas memo, Enrique, no te dejes liar otra vez. Todos se aprovechan de ti. Eres un niño; sigues siendo un niño», y Enrique, tranquilizador, algo harto de pronto, le dice, le digo: «No seas tonta; era una broma, una bobería. Todavía sé cuidarme, aunque en realidad —y ahora bromeo distendiendo— eso de vivir *pericolosamente* no deja de tener su *charme*, los tipos como yo, ya sabes, necesitamos el riesgo, la acción», y me pongo en plan telefilme, agigantándome, haciendo muecas de detective que se las sabe todas, y ella ahora ríe, está calmada y de nuevo mimosa: «Es que mira, con lo que ingenuo que eres, con lo idealista, sé que si te lías con esa gente vas a acabar mal», acabar mal, acabar mal, repito varias veces, y ella: «A veces pienso que todavía te haría bien pasar otra temporadita en el sanatorio», y yo confirmo la idea y digo: «Allí se estaba muy bien; aquello era tranquilo y el mundo parecía a la medida de uno», o quizá no lo he dicho y sólo lo he pensado, y ella: «De verdad que me preocupas; siempre has sido una persona muy sensible y ya sé que las cosas aquí, en general, no están como para animar a nadie», y Enrique se repite como una cantinela: acabar mal, ¿qué cosa es acabar mal?, y le dice a Pilar: «He pensado que podría escribir mis memorias. A veces juego a que escribo sobre una persona, sobre una vida cualquiera que luego resulta ser la mía. He pensado que contarlo podría resultar divertido, pero me falta

siempre el final... Me gustaría que me ayudases a
encontrar un buen final para mi posible novela.
Todo es cuestión de final: acabar mal o acabar
bien; se trata sólo de eso, sin pretender hacer te-
leología», y ella se anima, participa, da ideas: «Podría estar bien una novela cíclica en la que tu protagonista al final se hiciera escritor, escritor de su
propia vida, de forma que cada vez, al llegar al
final, el escritor volviera a escribir sobre sí mismo
como en esos espejos que se repiten y en los que
pueden verse mil caras simpre iguales», y me parece bien, «bonita idea», y mientras bajamos del coche y miro el mar sé que ya no me apetece meterme
en el agua y que ni siquiera voy a ponerme el traje
de baño, y ella se sienta en la arena a mi lado y dice: «Cuéntame tu argumento», y la acaricio ahora:
«Tampoco te lo tomes demasiado en serio; en realidad nunca he escrito ni una sola línea, aunque a
veces pienso que podría ser divertido, que tal vez
sea lo único divertido. Allí en el sanatorio, cuando
escribía los informes para el médico, me lo pasaba
bien hurgando en las cosas viejas», y callamos y
Pilar se ha recostado sobre mi vientre y es uno de
esos instantes en que el universo parece suspen-
dido, como colgado, y ella dice: «Deberíamos volver a tener diecinueve años», y yo la siento como
cerca y sé que todavía hay finales y bromeo:
«¿Quieres, de verdad, que te cuente mi argumento?», y ella: «Yo te prometo que si la escribes te
la paso a máquina» y planeamos ambos sobre esa
posible novela de mí mismo y empiezo: «Mira, el
personaje, yo, Enrique, porque puede llamarse como yo, porque es un nombre que me gusta, lo ha
pasado jodido, bueno, tú ya lo sabes... Luego, la
droga y esas cosas. Le cogemos en el preciso momento en que se encuentra con su ex mujer —¿te
parece que debemos insistir en que la ha querido
mucho o en que todavía la quiere?—». Pilar se ríe,
coquetísima, y me da un besito dulce en los labios,
agradecida al ser protagonista, amor siempre perfecto, y sé que así todo va bien, que ése sería un
bonito final un poco de novela rosa y repito: «Los
cogemos entonces en el momento en que en Ibiza
se han encontrado de nuevo y ella descubre, horro-
rizada, que él se empeña en autodestruirse. ¿Qué
tal así?», y Pilar pone carita de escuchar un cuen-

to, de decir: sigue, sigue, eso va muy bien, y continúo: «Enrique, que está sin un céntimo, que no cree en nada y se aburre miseraaablemente, decide meterse en un negocio sucio con unos amigos, gente rara, maleantes, si quieres, cosa divertida de pronto... gana mucho dinero, su mujer le desprecia, pero él, impasible, apasionado con su nueva vida, va de aventura en aventura y al final, eso es a elegir, es agarrado o no por la eficiente poli, terminando un ciclo. De todas formas, chocamos de nuevo con la indecisión al llegar al The End, que debe ser brillante», y Pilar se ríe mucho, niega con la cabeza y opina que eso es demasiado fácil, demasiado simple, una chorrada a lo Godard, pero a la española, que siempre es más cutre, que así no se pueden acabar las novelas, que es mentira que la gente acabe así, que ese final literario no le convence, y me da besitos en los labios y estamos bien, y propongo que nos demos un baño y ella inmediatamente, tras mirar hacia ambos lados, deja que su vestido caiga sobre la playa y desnuda corre hacia el agua y Enrique, yo, suspendiendo por un momento mis divagaciones literarias, corro tras ella y ya en la orilla, desnudándome también, me sumerjo con ella en una agua que ya es casi negra.

—Estaba helada, pero me ha sentado de miedo. Soy otra. ¡Dispuesta a todo!

—Si quieres, antes de volver a casa de Marta tomamos otra copa. Estoy bien contigo y no me apetece mucho ver de nuevo a aquella gente.

—No seas misántropo. Marta y Andrés son encantadores y nos están esperando. Si quieres, paramos un momento en el puerto y tomamos algo, pero hay que llegar a cenar. ¡Habíamos prometido ayudarle!

Enrique conduce ahora y sabe que le gustaría prolongar, quedarse en el agua fría, bautizarse de nuevo con una Pilar que parece interesada en lo que pueda contarle. Acelero. Pilar se ha recostado sobre mi hombro y la siento temblar. «Me he quedado helada», ha dicho.

Enrique, yo, hablo ahora:

—Ultimamente duermo mal. Hay un sueño que se repite todas las noches y me obsesiona un poco.

—Tendrás que contárselo al psiquiatra.

—Es un sueño que tiene algo que ver con la realidad. Es sólo un cuerpo de mujer que cae, creo que desde una ventana. Sólo veo al cuerpo por el aire y luego en el suelo, tapado con una sábana. Tiene que ver con algo que vi de niño.

—Es un sueño macabro; no me extraña que te descentre. Toma tranquilizantes, somníferos, cualquier cosa.

La mujer que cae por el aire y se engancha en los cables de la luz; parece blanca de pronto y a veces es roja, inmensa, con unos zapatos ridículos caídos bajo la sábana; la mujer que quiere gritar, que quizá ya está gritando y que no oigo; ese grito que queda congelado, Enrique, Enrique, basta con querer, sólo con abrir la boca, pueden oirte, la mujer por el aire nadando entre las sábanas blancas, los dos zapatos que a veces tienen un tacón chato, regordete, un tacón femenino a pesar de todo, y a veces un fino tacón afiladísimo; zapato de mujer que no puede corresponder a esa Pilar que te acompaña, masculinos ahora, grandotes y reconocibles, zapatos que denuncian la posibilidad de tu cuerpo bajo aquella sábana que se vuelve rosa, con un color de plástico pringoso, un color falso que nada o casi nada tiene que ver con la sangre.

—Debo estar algo cansado. Es un sueño muy raro, puedo verlo ahora como si estuviera dormido.

—¡Jo! ¡No te pongas pesado de nuevo! Estabas encantador hace sólo un momento. ¿Te apetece que les llevemos alguna botella a estos?, y ya olvidada del sueño, recompuesta, habla Pilar a tu lado y la escuchas sobre un fondo que no tiene que ver con el de ese paisaje bastante repetido de postes y árboles que se pierden a lo largo de la carretera. «Me gustaría hacer tantas cosas todavía», has dicho, y ella, cariñosa, comprensiva, siempre al quite: «Todavía es pronto; estás en la mejor edad, tienes, como diría mi madre, toda la vida por delante... Mira, tengo un buen final para tu argumento; algo romántico y novelesco a la manera del diecinueve: encuentra a su mujer, se reconcilia con ella y son pero que muy, pero que muy felices». «Y el amigo, el buenísimo amigo que tanto les había querido a los dos, concluyo yo la historia, se queda así con dos palmos de narices». Y Pilar, mohína, falsamente enfadada: «Malo, no seas malo, no seas injusto.

Carlos es una maravilla. Nunca, ninguno, ni tú ni yo, podremos hacerle daño a Carlos. Estoy segura de que no es posible. Oye, sin divagar ahora, en serio, si un día, por lo que fuera, tú y yo decidiéramos volver a estar juntos, estoy segura de que Carlos comprende desde el primer momento y se retira sin quejarse... Le conozco aún más que a ti y sé que preferiría hacer cualquier cosa, borrarse del mapa, por ejemplo, antes de llegar a ser un obstáculo para nadie», y yo, sin hacer caso, vuelvo sobre mi final y lo recreo casi declamando: «Tiene que ser algo más dramático o más heroico —digo, entusiasmado con esa proyección de mi vida que al plasmarse en un papel y adquirir un orden se convierte en elegible, apostable—, un final más heroico, repito, más reivindicativo... ¿Qué te parece si de pronto yo, enloquecido, sabiendo que nada merece mucho la pena, un poco a lo personaje de Dostoyeski, me enrolo para defender, a pesar de todo, la revolución en cualquier sitio..., en Perú, por ejemplo. Me apostaría a que lo de Perú no va a durar demasiado. Bueno, pues suponte que en Perú o en cualquier parte la derecha, los militares, dan un golpe de Estado y entonces Enrique, heroico, parte como un miliciano más, un número, a luchar por esa revolución en la que, sin embargo, ya no creía demasiado. Puedo morir incluso. Quizá ese final le diera fuerza: muero justo en el momento en que comienzo a comprender que hasta este gesto podía resultar una patochada... O quizá no, quizá Enrique muere en el instante en que se da cuenta de que, como buen personaje sartriano, aquel fusil en las manos ha dado una justificación a su vida. Quizá es así como me gustaría que terminase. Lo que pasa es que no me lo creo demasiado.

También tenemos otro final más soso, pero quizá más realista: Enrique se reconcilia con su mujercita, el amigo de ésta (desde luego, no me refiero a Carlos, estamos en la pura ficción, querida mía) se retira por el foro y Enrique toma a su cargo los importantes y lucrativos negocios de su querido suegro, con lo cual volvemos al punto de partida. Enrique, gordo y satisfecho, alejado el infarto y las preocupaciones, puede escribir su propia novela desde su madurez con esa nostalgia tan encantadora que adquieren los burgueses cuando de jóvenes han vivido mucho, algo malrauxiano y definitivo. Creo que éste va a ser el final por el que me decida. ¡Creo que es el más probable y, aunque algo cutre, el más rentable!»

—«Siempre eres un aguafiestas, dice Pilarcita adorable y seriecita mientras reclina otra vez su cabeza en mi hombro y vuelve a darle vueltas a la idea de comprar las botellas, aunque en realidad, mira, hoy es una noche tan especial, tan privilegiada, tan como debe ser, una de esas noches que ya casi nunca tiene uno, que no me importaría fumar un poco. Ya sabes que cada vez me gusta menos, que no lo busco si no lo hay, pero hoy contigo, ahora, no me importaría fumar un poquito. Si Marta tiene, se lo podemos pedir y nos vamos los dos a algún sitio elegido y lo fumamos juntos. ¿Te apetecería tomar un poco esta noche, pero sólo conmigo?», y Enrique ya desliteraturizado, sintiendo frío, acoge la idea con entusiasmo y dice: «Creo que no sirvo para escritor..., todos los finales que se me ocurren son pobretones, repetidos o demasiado triviales, o demasiado dramáticos o simplemente inverosímiles, aunque el de "Enrique empresario" no deja de gustarme del todo y además podrías tú ayudarme a escribirlo. Yo te dicto y tú la escribes, y luego, cuando se te ocurra algo original, novedosísimo, me interrumpes, lo discutimos y puede dar para largo», y luego, mientras la veo dirigirse a la tienda para comprar las botellas —creo que es mejor, Marta encontrará estupendo que tengamos un detalle—, se me ocurre de pronto y se lo digo, quizá cuando ya ella no me escucha dudando entre Paterninas, Alellas y Prioratos que abarrotan los estantes: «¿Sabes una cosa? Tal vez fuera bonito terminar la novela con ese sueño. Sobre todo si pudiera describirlo tal y como lo veo. Es muy sencillo: un cuerpo que cae, una sensación de vacío al dar las vueltas por el aire y luego el golpe sobre el suelo... ¡Ah! ¡Y los zapatos! Creo que lo más importante es el detalle de los zapatos».

II

Suponte que salimos ahora otra vez. Suponte que cogemos de nuevo el coche, que nos largamos, en una palabra, que dejamos a toda esta gente con su juego y tú, reclinada de nuevo sobre mi hombro, te dejas conducir a ese lugar a donde siempre soñé llevarte. Supón también que en este día de Ibiza con demasiado alcohol, con un poco, no demasiado, de hierba (últimamente, y creo que se debe a tu presencia, ni eso me basta) nos marchamos, te digo, a ese lugar en donde se alza la torre; suponte que desde allí, en ese marco inédito que tantas veces he pensado describirte, en ese marco en el que tú y yo podríamos tener el contexto adecuado para un final feliz, yo te contara uno tras otro todos mis sueños, todos mis fracasos. Suponte que... (¿A dónde quieres llevarme ahora? Estás borracho. No me apetece que conduzcas tú. Déjame que lleve yo el coche... Además, se estaba estupendamente allí dentro. Hoy es una de las mejores noches desde que he llegado aquí y la única en que te he visto menos introvertido, más simpático, quitando aquella del día de la llegada. Estabas hoy como en tus mejores tiempos.)

Suponte, digo, que todo esto no era más que una trampa, suponte que Enrique, taimado, ha estado jugando a niño bueno y quiere raptarte, aunque en realidad, también es cierto, ¿por qué yo, Enrique, habría de raptarte a ti, Pilar, mi mujer, tan estupenda, tan al día, tan buenísima con ese aspecto que has adoptado en los últimos tiempos? Y, sin embargo, a veces pienso que todavía estaríamos a tiempo, que basta con querer, que podríamos mandarlo todo una vez más a hacer puñetas y encerrarnos en una casa pequeña, en plan virgiliano, con nuestros libros, plantando flores o calabazas; tendríamos que aprender horticultura; yo nunca he entendido nada de plantas y me temo que tú, querida mía, para todo lo que sea cuidar cualquier cosa, eres un auténtico desastre.

—¿Se puede saber a dónde vamos? ¡Estás rarísimo! ¡Si sigues sin abrir la boca, como todo este rato, te juro que me largo!

—Te voy a enseñar un sitio muy bonito; un sitio al que suelo ir a pasear. El sitio de la torre, el sitio del campanario.

—Ahora no se verá nada; prefiero que vayamos mañana por la mañana. Además, tú no estás para conducir en ese estado. Estás borracho.

Y ahora te beso, ahora te beso como en «los mejores tiempos» y te digo cositas semidulces acarameladas, de esas que sé que esperas, te digo por ejemplo: «Me encantaría ir allí contigo ahora. Siempre he soñado con hacer allí el amor contigo. Es una torre, una torre en ruinas, fantasmal, que está en medio del campo. No sé qué es, pero es un lugar maravilloso», y ahora te beso despacio y tú, Pilar, te pones restregona y sé que te vas a dejar conducir, sé que vas a pensar, como yo, que el tiempo quizá no ha pasado, que estamos tumbados como entonces, entre los pinos, y me huele a pino ya, pensándote en aquel momento, y digo.

—Hace una noche espléndida. Huele a pino.

Y tú dices: «No. Sólo huele a mar; el mar huele muy fuerte esta noche», y sé que para ti la imagen se ha estancado, que no se ha producido la anagnórisis, que no te sientes, como yo, sentado junto a ti en aquel semibosquecillo junto al Paraninfo, mientras te recorría y oía tus quejidos, se me clavan, las agujitas éstas se me clavan, yo aquí no puedo, no seas pesado, aquí no puedo. Ahora también huele a pinos. Suponte que lo de las verduras fuese posible, suponte que tú y yo y quizá hasta Carlos, ¿por qué no?, también Carlos con nosotros, feliz de nuevo, dejando de una vez esa fábrica siniestra de tu padre, empezando todos, creyéndonos todo. Verduras, tal vez lo de las verduras..., lejos de todo, abandonando las poses y los rollos definitivamente, en una Icaria que sí debe existir, que tiene que existir para nosotros o que al menos podría existir si nos lo propusiéramos, pero tendrías, tendríamos que renunciar a lo demás, al *savoir faire*, al mundo de relaciones encantadoras, de gente encandiladora en que te has metido. Carlos tendría que renunciar a ese estatuto de ejecutivo moderno que no le cae tan mal. Para mí es más sencillo, tal vez porque no tengo nada, porque no «soy» nada, porque he destruido uno tras otro, sucesivamente, los papeles que he ido asumiendo para poder volver a las verduras, al olor a pino.

—¿Te acuerdas de aquel olor a pino?

Y ahora tú quieres saber de qué pino se trata, de qué escena romántica ya olvidada, que hoy —¡Oh, Enrique, vuelves a estar estupendo! Cuando me vuelva a Madrid tienes que volver conmigo, la niña, que no para de hablar de ti, me ha hecho prometer que tengo que llevarte conmigo— me atrevo a rescatar para ofrecértela entre la borrachera y yo, Enrique, pienso en las verduras, en las gallinitas, y luego me preocupa el pensar que quizá te aburrieras, quizá, Pilar, volverías a aburrirte y yo también, porque las cosas son así, sin demasiadas complicaciones, y dices: «Sí, quizá vuelva con vosotros. Esto de Ibiza empieza a resultar inaguantable», y Pilar rezongona se acurruca bajo mi axila y yo sé que quizá ya es tarde, pero pregunto: «¿Por qué no nos vamos al campo? ¿Una casita?», y ella se ríe: «A los tres días habríamos acabado como en una película de Peckinpah o de Losey, algo de mucha violencia», y me temo que sea así, que nadie puede, que no podemos inhibirnos, dice ella, que está lo del aburrimiento, lo que pasa fuera, lo que no pasa fuera, y digo: «De todas formas, podría intentarse», suponte digo, pero en realidad hablo para mí mismo como si asumiera aquella costumbre de interiorizar el diálogo tras meses y meses de hospital, suponte que sin embargo fuera posible, una islita, quizá solos los dos o también Carlos, y he debido hablar realmente porque ella interviene: «Os acabaríais matando los dos por mí», y yo: «¡Qué chorrada, a nuestra edad!», y ella: «Cualquier comuna, por pequeña que sea, está condenada al fracaso. Somos todos muy puñeteros No podemos. Estamos educados de otra manera: somos posesivos. Todos, y yo la primera, ¡que conste!, somos muy posesivos, y tú y yo acabaríamos odiándonos de no saber qué hacer. Yo te miraría con rencor pensando que había perdido mi vida por encerrarme allí contigo y tú llegarías a hacer el amor conmigo como quien se acuesta con un palo. Creo que no se puede. Hay que plantearse la vida realistamente, partiendo de lo que se nos da», y me temo que empiece a teorizar sobre los placeres de una vida «serena en medio del tumulto», sobre las compensaciones de una Galería de Arte, sobre esa paz interior que preconiza, capaz de devolverme la tranquilidad en un mundo de agresión y antes de que comience, antes de que se enrolle, la beso y digo: «Déjalo ahora. No te pongas seria, que empezaríamos a aburrirnos ahora mismo», y se relaja y todo vuelve a estar bien y hablo de mi torre: «Creo que debe ser prehistórica», le digo, y ella: «¿Pero no dices que tiene campanario?», y yo contesto que sí, que creo que sobre una construcción ciclópea —la base— han construido después, quizá en la Edad Media, preciso, una torre, no sé si de vigía, tal vez una capilla que ahora ya no existe, una capilla de la que sólo quedaría el campanario. «Es como de cuento», le digo, y ella: «¡A lo mejor hay brujas!», y ahora reímos de las brujas, de las fuerzas infernales, la trascendencia, el más allá, y ella recomponiéndose, discursiva: «Yo creo que hay muchas cosas que se nos escapan, creo que existe una trascendencia, así como lo oyes, que hay fenómenos naturales, no discuto que sean naturales, pero que de hecho se escapan a nuestros sentidos», y yo, Enrique, dejo que se adentre por ese camino y habla de sus supersticiones, de la premonición, «¿sabes?, dice, cuando aquella historia, cuando lo del perro, hacía poco tiempo que había pensado que ibas a matarme, o que de hecho me estabas matando. Quizá lo soñé, quizá por eso me asusté en aquel momento como si ya antes lo hubiera vivido», y dice mimosísima, apoyada en mi hombro: «¿Era a mí a quien querías matar o al pobre Bakunín, que no te había hecho nada, al que ni siquiera habías visto antes?», y yo la muerdo ahora y digo: «¡A ti, hermosa mía! ¡Yo, vampiro frustrado, quería matar a la nenita, quería matarla para comerme su sangrecita, y como de noche no podía, como era imposible hacerlo a mordisquitos, poquito a poco, pensé que la única solución era engullirla toda de un solo trago!», y Pilar se retuerce de regocijo y me besuquea y me llama vampirín delicioso y de todas formas eres un auténtico peligro, un peligro social;

190

habría que tenerte sujeto, y yo la mordisqueo en el cuello y le digo: «Aquí, en el coche», y ella: «No, mejor donde me has contado: en la torre. ¿Es posible subir al campanario?», y yo le cuento lo de la escalera de madera medio destruida, los peldaños rotos, pero aún capaces de soportar el peso de un cuerpo y más aún el tuyo, fragilísimo, hermosísimo cuerpo, que ligero como el junco, continúo teatralizando, y ella: «No seas idiota, se me olvidaba que cuando quieres puedes llegar a ponerte cursi», y yo apremiante: «Si quieres, aquí ahora y luego allí de nuevo», y ella tentadora: «Presumido, seguro que ya no puedes, estás viejo», y yo picado: «¡Hasta cinco podría!», y ella juguetea y ahora me acuerdo de una botella de Rioja sin abrir olvidada en el asiento de atrás del coche y digo: «Espera» y paro el coche y rompo el cuello de la botella contra la ventana y el vino me salpica y Pilar refunfuña, conyugal: «Ya has bebido bastante. Parece mentira que necesites beber de esta manera. Te pones insoportable; no sabes gozar de las cosas si no estás bebido o fumado. Eso es lo que te pasa, que necesitas continuos estímulos, que estás acabado. ¡Ni hacer el amor puedes si no estás bien bebido o bien pirado!», y sin hacerle mucho caso le paso la botella: «Mira, bebe por aquí, pero ten mucho cuidado. No vayas a cortarte. ¡Pon mucho cuidado!», y ella, enfadadísima ya, frustradísima de pronto, comienza a lamentarse: «¡Ya sabía que acabarías por joderlo todo! Me has sacado de allí donde estaba tan estupendamente, ¿para qué? ¡Para esto!, para traerme al coche, donde se está incomodísimo, y cogernos una curda como tontos aquí parados en medio de la carretera», y dice que va a volverse, que le deje mi sitio, que yo así, y sobre todo si pienso seguir bebiendo, no puedo conducir, que no está dispuesta a matarse conmigo, que odia el alcohol, «estoy empezando a odiar el alcohol... Al fin y al cabo, cuando fumas te atontas un poco, pero no te dan estos impulsos de «accionismo desenfrenado», y dice que nada es tan bonito, que la torre sería mejor verla mañana: «Mañana nos levantamos pronto, si tú no estás con otra de tus malditas resacas, y nos venimos a verla. Te prometo que mañana venimos a verla en cuanto nos levantemos», y ahora me pongo cabezón; Enrique insiste, lloriquea, no seas mala, dice, quería enseñártela hoy, es un sitio maravilloso, dice, es mi sitio, puede ser nuestro sitio, y ella molestona: «No conocía esa vena tuya, ese romanticismo a flor de piel», y yo, Enrique, asiento y le pido que beba un poquito conmigo, que la quiero mucho, que tengo ganas de que sea allí y ahora mismo, que luego ya se verá, y ella empeñada en que no, en que sería mejor allí en el campanario, convencida de pronto, deseando llegar, bebiendo despacio para no cortarse: «Lo que te pasa es que te gusta emborracharme, dice, ése es otro de tus grandes descubrimientos. Me he dado cuenta de que te gusta más hacer el amor conmigo cuando estoy algo bebida... No sé por qué, pero es así y quizá es cierto, quizá es que entro más en el asunto con unas copas», y tristona de pronto: «Eso es lo que nos pasa, envejecemos..., ya no me deseas ni yo te deseo si antes no hemos bebido un poco», y yo que no sea tonta, que cada día me vuelve más loco, que está buena, buenísima, que lo paso ahora mucho mejor que antes, y ella, conocedora: «¡No! ¡Si ya sé que he aprendido mucho!», y me viene el olor a pinos y la quiero besar, pero antes me lleno la boca con ese vino rojo —no es nada malo; es barato, pero es un Rioja estupendo— para después llenar la suya, y ella tose y se atraganta y se queja riéndose: «Así no vale, así puedes ahogarme, así además me lo trago todo muy de prisa y al momento estoy como para que puedas hacer conmigo lo que quieras», y le digo pillín-sátiro-comilón que eso es precisamente lo que pretendo y sé que ahora provocará, que jugará a que le gusta ser libre, hacer el amor como un acto de libertad, cuanto más conscientes y más iguales mejor, el amor tiene que ser de esa manera, dice, y yo le contradigo. Enrique hombrón, absorbido por el momento y olvidado de huertas y del olor a pino, dice que no, que a él le gusta poseer, sentir que posee y por tanto cuanto más objetivada, cuanto más entregada, cuanto más para él, más gozo y más te hago gozar, querida mía, y ella, ya doblegada, encantada de esa prueba de hombría, de cosas-en-su-sitio, se deja caer sobre el asiento, incomodísimo, abriendo la puerta para que quede más espacio, y Enrique dice que no, que tiene que ser fuera y ahora sé que quizá pueda llegar a hacerle

daño, sé que la deseo de pronto como hace tiempo
no deseaba ningún cuerpo y sé que precisamente
en ese doblarse de ella, en esa sumisión, reside la
fuente de mi deseo y sé que ella se dejará llevar
por mí hasta donde yo quiera, hasta donde sea preciso, y gime debajo, me haces daño, me estás haciendo daño, y sin embargo sé, intuyo que Pilar,
esposa mía, acepta y goza; la tengo para mí, es mía
y ahora casi llora y sé que todo se deshace en ese
instante en que puedo llegar a escupirla, a morder-
la hasta casi hacerle sangre, y oigo de lejos su voz,
eres un bruto, un sádico, me haces polvo, no seas
bruto, me estás haciendo daño, y quisiera rasgar-
la, hacerla llorar de verdad, sentirla de pronto como una cosa, como Pilar capaz de reaccionar, capaz de sentir placer o dolor porque yo se lo pro-
porciono, y ella lloriquea y luego dice ahora, ahora,
no puedo más, te quiero, te quiero, cómo te quiero,
y sé que ya todo ha pasado y que ha sido bueno,
que la he tenido como jamás hubiera soñado hacerlo y está a mi lado y me sonríe ahora: «Ha sido
una delicia, dice, eres un bruto encantador», feliz
de haber asumido su papel de mujer capaz de so-
meterse a un hombre, y yo me siento bien y tengo
sueño, y Pilar acurrucada a mi lado sugiere: «Deberíamos acercarnos a la torre», y yo que se esté
allí a mi lado quietecita, que podríamos hablar de la
huerta, pero que tengo sueño, y ella bromea picarona: «¡Ya! ¡Para que se te desencadenen allá en soledad esas tendencias sádicas que no sospechaba
y que me dan miedo!», y entonces le dices que podéis intentarlo, es lo único que nos queda, Pilar,
intentarlo de nuevo, porque ya no resisto, porque
todo es una mierda, porque estoy hasta las narices
de esta puñetera mediocridad, de esta gentuza, de
tanto mito y tengo ganas de llorar, porque ya no
sirvo más que para eso», y Pilar intenta consolar-
me: «Es el vino, dice, has bebido demasiado. Deberíamos volver», y tú insistes señalando de nuevo la
botella, no hagas caso, no es nada, soy un pesado,
dame un traguito más, sólo un traguito más y te
juro que te llevaré a ver la torre; no puede pasar
esta noche sin que te lleve y además allí te prometo que otra vez, ya vas a ver, y todavía mejor,
te juro que mejor todavía, y Pilar aduladorcísima,
entregadísima, me parece difícil, dice, te juro que

13

ha sido el polvo más extraordinario, más maravilloso de mi vida, y sabes que deberías contarle muchas cosas, decirle por ejemplo: deseaba matarte, ahora sé que la muerte es precisamente el instante álgido de la posesión, esa descarga que sólo llega, que sólo se alcanza en el momento de trascender los límites o mediante esa sustitución liberadora que es el orgasmo, y sabes que has podido hacerlo, te das cuenta de que en ese momento de deseo y destrucción, en el que la necesidad de dominar y poseer llegaba hasta el límite, había también una búsqueda, esa búsqueda de la ruptura de la normalidad, la necesidad de que aquello, aquella mujer por lo menos, se te entregase por entero, como la muerte, como aquel perro despanzurrado sobre el piso; momento que no llegaste a concretar ni siquiera a trasladar al pensamiento, pero en el cual intuías, intuyes ahora, que podías hacerlo; aquel perro como testimonio sobre el piso y el cuerpo de Pilar debajo, jadeando, confundiendo en un polvo increíble el dolor que recibía de ti con el goce, goce esperado, presentido como prolongación del placer, al interrumpir el dolor que llega a ser la antesala del mismo y se convierte a su vez en deseado.

Dominio, piensas, pero no dices nada, sino sólo: «Creo que allí será de nuevo». Ella se acurruca y dice que le da miedo enamorarse otra vez de ti como si tuviera quince años, como si tú, Enrique, y ella, Pilar, acabarais de conoceros y que todo es bueno a tu lado, que te quiere así, fuerte, capaz de seguir transformando lo demás y desear las cosas, desear las personas. «Creía, a pesar del montón de veces que hemos hecho el amor últimamente, que hasta para eso habías perdido las ganas», y tú dices que no, que siempre lo has querido, pero que es así como deseabas repetir una y mil veces el rito de la posesión-destrucción, destrucción concluida sabiamente en un orgasmo, y ella: «A veces me das un poco de miedo, a veces me parece que te estás volviendo loco», y yo, Enrique: «La torre está muy cerca, pero antes quiero que me acompañes, descansar, prepararme para el momento de subir arriba», y le ofrezco un poco de vino a Pilar, que lo rechaza, «no, ahora ya no quiero más, y sería mejor que tú tampoco bebieras», y digo que sí, que voy a beber, que necesito beber sólo un poquito, y Pilar, recostada ahora sobre mi vientre, dice que tiene sueño, que le da miedo que nos durmamos allí, que nos quedemos allá toda la noche, y te juro que vamos a quedarnos helados.

Suponte, quisiera decirle, que nos quedamos, suponte que aquí se acaba todo, en esta calma, en este olivo, en este pedacito de cielo que apenas podemos distinguir sobre nuestras cabezas, suponte que todo lo realizado —soy finalista, hermosa mía— estaba destinado a conducirnos a este momento junto a esta carretera, con esta paz, tras este polvo, donde ya no hay voces, ni gestos ni nada más que este estar aquí los dos sin deseos, sin aspavientos.

¿Qué brazos bondadosos, qué hora hermosa me devolverán esa región de donde vienen mis sueños y mis menores movimientos?

A. RIMBAUD

I

Deja que todo se reduzca a este estar tuyo aquí junto a las zarzas. Debería estudiar agricultura, saber por ejemplo que en esta zona, claramente mediterránea, de clima suave, temperado por el mar, es fácil encontrar olivos.

Bajo el olivo quizá debería hablarte, sentirnos clásicos pensando que tal vez la aceituna podría recogerse sólo a mano, aquí en esta tierra semiseca lo mismo que en aquella otra lejana donde el viejo se paseaba adorando a los niños, contemplándoles con esa mirada tierna que sólo Bogarde, Dick quiero decir, podría llegar a igualar. Piensa en el viejo, por ejemplo... Paseaba como tú y como yo entre los olivos, se dejaba llevar por la belleza, contemplaba y hacía hablar; era sereno, con esa serenidad que yo quisiera ahora para ti y para mí bajo este olivo, sintiendo que uno puede llegar hasta las cosas, que las cosas pueden callarse, cerrarse en uno mismo y ser uno. Quizá fue incluso agradable lo de la cicuta. Piénsatelo sentado evocando aquellos gestos, quizá aquel momento único, irrepetible del abrazo, hermoso muchacho rubio que ni siquiera Antinoo llega a superar, bajo el olivo. Todo pasaba como ahora bajo el olivo, junto a un mar tan azul como éste, tan transparente y rico como éste. A veces sueño que tú y yo aquí en Ibiza podríamos vivir de otra manera; pero ya no es posible, ya esto se parece demasiado a lo que allí hemos dejado y nosotros no somos más que esos mismos seres impotentes que se manejan por las calles de un Madrid sucio, creyendo que pueden cambiar su imagen con sólo refugiarse bajo el olivo, junto al mar, sintiendo el aire y el sol mucho más próximos. Es imposible borrar en esta Ibiza ciudadana y falsa —perdona, querida mía, pero esa es la imagen de esta ciudad sucia y abarrotada de tristes como tú y como yo—, es imposible, digo, borrar el olor de calamares fritos, hacinados de ese Madrid que nos ha agotado, el olor a viejo de las ramblas, de esas ciudades, la cuna de Occidente, la mierda, pero piensa en el viejo..., piensa de nuevo en ese instante en que sereno, rodeado por todos aquellos que quiso y le quisieron, empieza a experimentar esa dureza precursora, ese silencio de la sangre, ya no savia, que le sube despacio desde las piernas. Piensa en la muerte dulce del viejo corruptor y date cuenta de que el olivo es quizá aquí el curso de la historia... Podríamos empezar de nuevo, dejar que los estímulos, que la savia subiera poco a poco por cada uno de nuestros miembros para llegar después serenos, repito, serenos definitivamente a ese lugar en que la tierra se junta con el cielo en una calma que sólo, una vez más, podrá ser mediterránea.

Es divagar todo esto. Es divagar pensarme bajo este árbol contigo, hablando de lo que pudo ser, sintiendo que aún es tiempo y ellos, los discípulos amados, asintiendo, admirando, sabiendo que ya nada es posible porque se les va. Habría que volver hacia atrás, recuperar siglos y siglos de historia martilleada. Y ahora ya es tarde; es tarde para nosotros bajo este olivo que seguirá retorciéndose, dando sombra a nuestra impotencia..., quizá el viejo no sentía la impotencia, quizá su jerga era sólo un truco, una representación más para no desear aquellas piernas que se le vedaban, aquella fragilidad del efebo al que ya no podía alcanzar, quizá era sólo la resignación del viejo. Quizá la cicuta llegó a tiempo, quizá bastaba con querer, con decir «ahora todo ha acabado», para que la inmovilidad real y física fuese una confirmación más de aquella impotencia anterior ante las cosas, ante el mundo, ante esa belleza que tanto había amado y se le escapaba... Debería decirte todo esto; tal vez, Pilar, ahora pudieras entenderme. Tienes razón, quizá mi pire constante no es sino la cicuta del viejo, pero con la esperanza aún de que al despertar todo haya cambiado; la cicuta de mi impotencia, Pilar, aquí, junto a este olivo, porque las cosas, Pilarcita, no son como uno quisiera y ya sé que toda la historia es inútil, que amar así como tú y yo no sabemos amarnos, no es más que prolongar esa sensación de fracaso cotidiano, fracaso ante una realidad que no nos gusta, como diría el otro, pero también fracaso ante uno mismo... A veces pienso que sería hermoso dejarse llevar como los niños, creer que cada abrazo es definitivo, que cada sol es el único y que este olivo, por ejemplo, está aquí puesto sólo porque tú y yo nos tumbamos abajo. Pero lo natural, Pilarcita, es lo otro, lo natural es su tronco seco e indiferente ante la tristeza o la ignorancia absoluta del viejo, sólo sé también yo que no sabemos nada, que de nada sirve saber algo cuando la mente, mi mente, Pilarcita, que a veces quiere desvariar, está presa en un todo que se rebela, en un mundo que no es a la medida del hombre... Está bien filosofar de vez en cuando, dejarse tumbar bajo el olivo y pensar en que la gran imprudencia cometida es creernos distintos, es no admitir nuestra impotencia frente a un tiempo que no es a la medida del hombre, repito, porque me temo, Pilarcita, que nos han engañado, que todo se reduce a un estar, a un pasarlo fatal para luego llegar a ese punto en que todo de nuevo se nos arrebata.

Te sienta bien dormir a mi lado. Es así como te quiero, dormida a mi lado. Alguna vez volveré a empezar mi historia desde el principio, la contaré para ti como intenté contármela allí dentro, entre las paredes blancas del hospital. Te haré ver la rigidez de mi madre, la semihombría chulesca de mi padre, la mediocridad; te haré ver también lo otro: el gesto de poder de Mariano, mi desesperación ante la que no cambia; te haré conocer el miedo. Sentir el miedo y sentir la impotencia como el viejo otra vez. ¿Tuvo miedo el viejo? Tal vez no, quizá era sólo la indiferencia, la convicción de que había un mundo alrededor, en donde lo santo y lo bello eran sólo categorías dignas de ser amadas por unos cuantos. Pero la polis, Pilarcita, era más humana, los olivos más jóvenes y, sin embargo, estaban allí los otros, los jueces implacables, la guardia civil, el juicio sumarísimo, la estulticia; quizá sea eso, quizá todo se reduzca a la estulticia. Me siento cerca del viejo de pronto, me gustaría, como él, elegir el instante en que Enrique se convierta a su vez en árbol, en olivo quizá, en que Enrique revierta definitivamente a ese silencio. Tú podrías intentar entenderlo, podrías darte cuenta de que todo es un juego, pero a veces, Pilar, los juegos se repiten y resultan tremendamente aburridos, los juegos dejan de ser apasionantes y uno se ve, como yo ahora, sentado bajo el olivo, sabiendo que todo se reduce quizá a esta elección, a esta cicuta por fin definitiva... Me gustaría poder decirte que Enrique nunca fue ese niño tímido, religioso y enamorado de sí mismo que se masturbaba clandestinamente con una gran dosis de mala conciencia, que Enrique nunca fue ese personaje literario que soñaba con transformar las cosas, con transformar incluso la dureza burocrática de Marianos inflexibles, que Enrique no fue nunca ese compañero complaciente que te veía dar saltitos erotizantes sobre la cama de Carlos, un Carlos rubio y barbilampiño que decididamente era un buen amigo, que Enrique..., pero eso es todo, quizá todo se reduce a ese centro que soy yo mismo, sentado aquí a tu lado bajo este olivo. Al viejo le querían, al viejo le escuchaban los otros, le entendieron a su manera; el viejo moría tranquilo. ¿Podrías entenderme tú, Pilarcita, podrías abandonar por un instante? En el fondo, ése es mi drama, querida mía, la tendencia al moralismo y a la didáctica. Hay que volver al olivo. Hay que volver a ese momento único del abrazo en el cual lo inmóvil de la naturaleza se funde con uno mismo... Quizá era esto lo que pretendía decirte, quizá lo que me pasa es que he tenido ya un largo aprendizaje de silencio e intuyo que en él, al fin, se encuentra la calma... Pero todo ello, Pilarcita, sin dramatismos, sin gestos grandilocuentes, con la misma dulzura con que el viejo decidió un día que tomaría el brebaje pasara lo que pasara, con la misma serenidad con que el otro, el loco, se metió en las aguas. Mira por dónde, ése podría ser un buen método: entrar despacito, mirando la imagen que se refleja en el agua, fundiéndose con ella poco a poco hasta el momento mismo en que cesa la esquizofrenia, el desdoblamiento, y uno es uno al fin, narciso rescatado en el abrazo... Así podría ser: entrar despacio en este *mare nostrum*, entrar en él con la misma serenidad del viejo, con la misma osadía del loco y caminar hasta el momento en que los ojos dejan de ver su propio reflejo y luego seguir más allá. Pero quizá lo que viene después carece de la dulzura de esa cicuta lenta que uno puede ir percibiendo sabiamente como si se tratara de una anestesia local que nos deja los sentidos dispuestos para ver aquella llaga abierta, aquella sangre, sin dolor, y nos permite aceptarlos como nuestros, porque te confieso, Pilarcita, que amo las muertes dulces, las muertes no violentas. ¿Te he contado alguna vez que me aterraba la sangre?

Y ahora me acuerdo de la torre. Pilar duerme sobre mí y dejo caer un poco de vino sobre su pelo y le resbala por la cara y se despierta sobresaltada, enfadada de nuevo, no seas cabrón, me has dado un susto de muerte, estaba soñando, me había dormido tan bien que ya estaba soñando, y además, refunfuña, me has puesto perdida, y pretendo limpiar cada una de las gotas sobre su cuello, sobre su cara, con mi lengua, y ella rechaza, deja, estoy muy cansada, bebes demasiado, y niego, le digo que sé lo que resisto, que me conozco muy bien, que en todo caso es el alcohol lo que me emborracha, la ginebra y lo demás, pero no el vino, no recuerdo haberme emborrachado nunca con vino, de verdad, y ella asiente y dice sí, el vino no es tan malo, pero antes de salir de allí te habías ventilado tú solo una botella, y yo respondo que hace ya mucho tiempo, que hacer el amor allí al aire libre me ha despejado por completo, que es el momento de ir hacia la torre, que no se enfade, no te pongas regañona y fea, hermosa mía, no te pongas así hoy que yo me encuentro como nuevo, hoy que me siento tan bien, tan eufórico, hoy que tenía que contarte eso de las verduras, convencerte de que podemos empezar, de que tal vez en la sierra cerca de Madrid, aunque en realidad aquí, en Ibiza, sería mejor, porque si estás cerca de Madrid te pasas luego todo el día allí y la gente no deja de venir a verte, pero aquí en Ibiza me temo que tampoco, porque están los hippyes que cada día me aburren más, que me parecen más sosos, más miméticos, y ella resentida ahora dice que no sea injusto, que tiene muy buenos amigos entre ellos y que no admite que esté siempre hablando mal de todo el mundo, que me sale por ahí la vena de frustrado, y todo porque no me sé encarrilar, porque no soy capaz de tomarme nada con entusiasmo, como ella es capaz de hacerlo, la Galería, por ejemplo, y le digo que sí, que tiene razón, que la vida puede ser «un delirio», te juro que a veces me lo creo, me autoconvenzo y entonces lo paso cojonudo, lo paso chupi, la vida es lo único que tenemos, y al decir esto me entran como unas ganas horribles de vomitar y me contengo, y ella se da cuenta y dice vomita aquí, es mejor, y yo, no, ha sido un momento, creía que me venía la comida a la boca, pero ya estoy bien, si devuelvo ahora se me queda el estómago como un trapo, si bebo no me pasa nada, pero si alguna vez devuelvo, al día siguiente me levanto como un muerto, y ella insiste, sería mejor que volviéramos, lo que mejor te haría sería acostarte y dormir un poco, luego volverás a levantarte como nuevo, y le digo que bueno, que ahora en seguida me voy a dormir, pero que hoy, antes de que se vaya, ¿no vas a venir a Madrid conmigo?, me interrumpe ella, sí, contesto, pero no ahora, no inmediatamente, tengo que pensar en lo que voy a hacer cuando llegue ahí, y ella vuelve con lo de la Galería y le concedo que la historia esa de la Galería empieza a resultarme interesante, cada vez más interesante. Oye, en serio, ¿cómo no me habré dado cuenta antes de lo divertido, de lo apasionante que puede resultar un negocio como ése?, y ella se enfada de nuevo, ya está bien de tomarme el pelo, dice, ya está bien de creerte superior a todo dios, tan por encima; todos tenemos que acabar pringándonos un poquito de vez en cuando, todos tenemos que hacer cosas que no nos parecen maravillosas, porque lo que no se puede hacer en este mundo, y de eso todavía no pareces haberte enterado, es estar sin hacer nada, y eso, te lo aseguro, ni aunque tuvieras una renta increíble que te permitiera vivir tocándote las narices; te aburres de muerte, sin hacer nada, se aburre uno de muerte y, además, ¡ya está bien de hacernos los puros! Hace mucho tiempo que tenía que haberte dicho esto, que tenía que explicarte que la realidad está ahí, que no se cambia tan fácil, que eso es de niños, porque eso es lo que tú eres en el fondo: un niño maleducado que te niegas a admitir una realidad que no se adapta a tus deseos y ¿qué haces entonces?: tomártelo todo a la tremenda, creerte el incontaminado porque te mantienen aquí sin hacer nada, viviendo en realidad a costa de Andrés y de Marta, que ya te advertí que por muy majos que fueran acabarían antes o después por ponerte de patitas

en la calle, porque, hijo, ninguno somos mártires a
nuestros años; todos comprendemos, y yo más que
nadie —porque aunque por una vez te esté diciendo las verdades te quiero más que a nada—, que
tú no piensas más que en ti mismo, en tu ombligo;
pues todos comprendemos, te digo, que hay que
ayudarte, que lo has pasado negro, que lo de la cárcel y lo del hospital ha sido muy duro, pero ya es
hora de que comprendas, ¡y yo que pensaba que al
salir del hospital vendrías cambiado, volverías con
los pies en tierra, y ya veo que no es así, que vuelves a tus absurdas ideas de la casita en el campo,
de la venda en los ojos, ya que el mundo no se adapta a tus gustos!... Pero no es eso... Debes intentar
adaptarte, asumir de una vez que las cosas son como son por poco que nos gusten, cosa que por otra
parte creo que entiendes perfectamente, pero sólo
te sirve para esconder una vez más la cabeza bajo
las alas como los avestruces, y el plan maravilloso,
tentador, que me ofreces es que me encierre contigo como una monja, porque por muy bien que nos
entendiéramos, por muy bien que hiciéramos el
amor, el verte a ti sólo durante toda la vida es vivir,
en realidad, peor que una monja, que me encierre
contigo a cuidar gallinas y a plantar cebollas. Pero
¡ya está bien, Enrique!, y perdona que haya reaccio-
nado así, pero es que veo que si no será inútil, que
seguirás igual toda la vida, que siempre te ha ido
más o menos así porque eres tú, en definitiva, quien
tiene que cambiar... No todo está, además, tan mal
como piensas; la gente, estos amigos míos que tanto te aburren, son gente lista, gente simpática, gente con menos pretensiones, más agarrados a la realidad; pero tú no los aceptas porque creo que en
esto tu madre tenía razón: tú no pareces de este
mundo; me pareció una frase de madre engreída
cuando la dijo, pero ahora veo que es verdad, que
estás dispuesto a pasar por la vida como el rayo
de sol por el cristal o como Jesús en el vientre de
María, sin romperla ni mancharla... Pero hay veces,
me parece, que hay que mancharla y que manchar-
se. ¿Crees que no intuyo que le reprochas a Carlos
que esté colocado en la fábrica de mi padre?, ¿crees
que no sé que te parece una chorrada lo de la Galería y todo lo demás? Pues sin embargo, hijo, lo
siento mucho, pero algo hay que hacer; no sólo

para poder vivir, por lo de la supervivencia, sino, además, para entretenerse un poco. Lo que a ti te pasa es que tienes nostalgia de la acción, de la organización... Pues, mira, eso hay otros que lo arreglan no habiéndose salido como te saliste tú. Hay muchos que siguen dentro, pero, claro, a ti tampoco te parecía bien aquello; eres «Don Perfecto» y también a eso le encuentras tus pegas; pero, hijo mío, el mundo es así, el mundo está hecho con gentes y por ahora, querámoslo o no, las gentes no somos perfectas, y no creas que a mí misma no me dio pena darme cuenta un día de que yo misma dejaba de ser una santa, que tenía mis contradicciones como cada quisque, de que somos así, de que el hombre ha sido así desde la prehistoria y lo seguirá siendo...

Pilarcita, hermosa, estás hablando demasiado y te quiero mucho también así, ahora; me gustaría explicarte que no hay que complicarlo, que sé que no somos perfectos, que te quiero así, como eres, que quiero a Carlos así como es, sentado incluso delante de la mesa de despacho de mi querido suegro, que quiero a mi madre, tan tiesecita... ¿Sabes, querida mía, que has hecho bien en recordarme a mi madre? Por un momento, aquí en Ibiza, había olvidado su cara estirada, sus gestos semiatuoritarios, semienternecidos, y a mi padre también, también le quiero. Francisco de Asís de pronto; pero no creas, no pienses ahora que Enrique juega de nuevo a hacerse el santito, que pone la otra mejilla, que dice: ¡claro!, pura mierda todos vosotros, tú misma pura mierda y yo, en cambio, maravilloso, comprensivo, amante fidelísimo de sí mismo; porque también me amo mucho, de forma desmedida, querida mía, por eso quizá, porque me amo mucho, porque os quiero mucho, a tus arranques, a tus dudas, a tus posturas de niña bien y de mujer emancipada, a los complejos siniestrillos, pero simpáticos, de mi padre y a las caricias siempre repetidas y como mecánicas —desde pequeñito, te lo juro— de mi madre, y por eso, quizá porque os quiero y me quiero mucho... Pero ¡qué coño voy a decir yo ahora!, de qué quieres que hable yo, cuando ya lo estás diciendo tú todo... Ven a mi lado ahora, Pilarcita, bebe conmigo, tranquilízate; te juro que yo tampoco me imagino entre cebollas, no es eso, tampoco entre cebollas... Quizá debería volver allí, ¿nunca te hablé de Marcelo el de las piedrecitas, ni de Lucio con su hija, que bailaba como los mismos ángeles? Todo es así: lo sé, hermosa mía, todo es así: hecho a nuestra medida y por nosotros mismos y me sale de pronto, me está saliendo, si pudieras oirme, si pudieras callar durante un segundo y quisieras escucharme, todo un tono bíblico, moralista, de hermanita de la caridad que quizá llegara a emocionarte. Pero ya es tarde, me parece que es tarde para que podamos hacer algo más que beber un poquito más de Rioja; verás como con dos tragos más todo se pone en orden: tú, Pilarcita, volverás a ser la mujer serena y muy al día que se ha desbordado por un momento y que me dirás, mimosa de nuevo, perdóname. ¡Ya sabes! ¡Uno en estos casos!, cuando uno se descontrola y ya sabes con qué facilidad tú consigues hacerme perder el control, pues cuando uno se descontrola puede llegar a decir cosas que dañan, cosas que en realidad uno no piensa, el juego de la verdad siempre es una mentira; no me hagas caso, Enrique, he sido injusta y yo entonces, como ya estoy haciendo, te acariciaré, te acaricio el pelo, meteré, meto ya mi mano juguetona y trivializadora por ese escote, esa insinuante y coquetona abertura de tu camisa, con el botón tercero tan oportunamente desabrochado, y cosquillearé tus pezones diciendo, te digo: no seas chorra, es así como más me gustas, chillona, loca, serísima y reprendedora; es así, como antaño, como te pones buenísima, así te quiero, digo, y tú, ablandada ya, rectificando reconciliadora: Ves, si en realidad no quería decir esto. Me excito, ya sabes que a veces me ocurre y digo cosas que no quisiera decir; vámonos ahora, dejemos para mañana lo de la torre, ya nos ha dado demasiado rollo por esta noche y el vino nos hace decir muchas tonterías, y yo contradiciendo: ¡pero si casi no has bebido!, y ella insiste, habla de tragos y más tragos desde las cuatro de la tarde, he bebido espaciado, pero en total he bebido un huevo, y yo le pido que de todas formas me acompañe hasta la torre de la «Reconciliación» con mayúscula y que le prometo que voy a ser buenecito, y ella, relajada ahora, no hagas el memo, anda deja de hacer el memo ya, y de nuevo metidos en el coche le cuento ahora los prodigios

de mi torre, me pongo repetitivo: tiene una especie
de basamento, una gran muralla de piedras como
ciclópeas y encima se alza la torre; ¡bastante alta!,
ya verás; es preciosa, si estuviera pintada de blanco parecería de esas torres de los pueblecitos mejica-
nos, pero es roja; a mí no me gusta que sea roja,
pero ahora de noche estará más bonita, tienes que
acompañarme arriba, y ahora digo en su oído pequeñas y cariñosas obscenidades, y ella: ¡calla! No
seas bestia, cada día te pones más bestia, y sigo:
entonces, en el punto culminante, con la fuerza de
nuestro amor sonará la campana, ¿qué te apuestas
a que sonará la campana?, te juro que tengo ánimos
para quererte de tal forma que sólo con el calor
que desprendan nuestros cuerpos la campana se
pondrá en movimiento y será como un toque nup-
cial de dindones metálicos, fortísimos en nuestros
oídos, será una especie de campana impulsada por
un súcubo en el instante más bestial de la posesión
más sobrenatural que conocerán los siglos, termino
grandilocuente y declamador, y ella: venga, corta
el rollo; además, si está muy oscuro o los peldaños
muy viejos no seré yo la que suba; bueno, pues yo
te subo en brazos. Has dicho que los peldaños estaban medio rotos; de uno en uno quizá nos sosten-
gan, pero si subimos los dos juntos nos rompere-
mos la crisma, y te aseguro que pretendo volver a
casa con todos mis huesos juntos, sana y salva, y
con locos como tú una nunca sabe dónde va a acabar, y yo insisto en lo de la campana y ella asiente
embobada, y cuando paro el coche y se la señalo a
lo lejos, en medio del campo, dice: no son gigantes,
son molinos, y nos reímos ahora y la cojo de la
mano y corremos hacia la torre, que esa noche me
parece más pequeña, pero que empiezo a describir
con grandes palabras: Y entonces el mago Merlín,
atrapando a la princesa Rosamunda por los cabe-
llos, la condujo hacia lo alto del torreón, donde la
mantuvo encerrada para toda su vida, y la princesa
Rosamunda, continúa Pilar, lloraba incansable sabiendo que nadie, nadie podría llegar para rescatarla, hasta que un buen día, y yo, Enrique, recojo el
hilo y sigo: hasta que un buen día los pájaros tri-
naban con más fuerza... No digas vulgaridades, me
dice Pilar; tú calla, le digo, cantaban con más fuerza y el sol resplandecía esplendoroso... No se dice

resplandecía y esplendoroso junto, interviene Pilar, suena muy feo; pues te digo, insisto gritando, que aquel día mi sol, el sol que daba sobre la torre donde Merlín tenía encerrada a Rosamunda, lucía esplendoroso. ¡Bueno!, lucía sí, suena mejor, aprueba Pilar ahora; no, no lucía, digo machacón, lo que pretendo decir es que resplandecía esplendoroso; pues así no me gusta, así parece una horterada, me corta pelma, y yo cabezón: pues esplendoroso sobre la torre cuando, me toca a mí, dice Pilar, y coloca sus manos ante la boca para hacer una especie de bocina, de cuerno medieval, y sopla como si fuera una caracola de mar, y sale un soplido sordo y hace: papuuu, paapuuu, y un hermoso y esbeltísimo caballero. En la Edad Media no eran esbeltos, le corto impertinente, pues a mi caballero le pasa como a tu sol, a mí me da la gana de que fuera esbelto; en este juego el adjetivo es libre; el adjetivo y el posesivo, concluyo yo, ¿quieres decirme quién te ha contado que Rosamunda fuera a ser salvada por un caballero? No había caballeros; en aquella aldea las casas habían sido arrasadas y además no era en tiempos de Merlín, precisa ella, era cuando la Guerra de los Treinta Años y el que la había raptado era un señor francés, un feudal de aquellos. No, señor, corrijo, en una torre con un campanario no la tendría un señor francés... ¡Ah, no!, la tenía encerrada en la torre de un convento o en la capilla del castillo, por eso tenía una campana, y yo, parando el juego, pregunto: ¿Verdad que es una maravilla?, y ella, Pilar ahora y no ya Rosamunda, dice que sí, que es realmente muy bonita, impresionante allí tan sola, con ese campanario que permite que se filtre la luna, y yo le animo: ¡arriba, pues!, y ella niega reiterativamente: ¡Ni lo pienses! Me muero de miedo si subo hasta allá arriba: estará llena de ratas o de murciélagos, y entonces me pongo otra vez machacón, la digo que siempre se echa para atrás, que muy lanzada, pero a la hora de la verdad nada, que ella se lo pierde, que iba a ser un polvo especial, un polvo que no podría olvidar en su vida: nuestro matrimonio consolidado por los siglos de los siglos, y ella, pesada y sin convencer: mañana, de día, lo que quieras, como si pretendes que haga de badajo de la campana, y yo que bueno, que no estaría mal, pero que quiero que sea ahora y que yo subiré de todas las formas, ya que he lle-gado hasta aquí, ya que he venido hasta aquí y con-tigo no pensarás que me voy a volver sin haber subido, y a Pilar le entra de pronto la angustia ma-terna, el proteccionismo familiar, y advierte: ten cuidado, ten cuidado, tú también has bebido mu-cho, y yo protestón que no se ponga en plan ma-dre, que sé muy bien lo que he bebido y lo que pue-do beber, horas y horas puedo beber sin que me pase nada, además, ¡qué coño, no hay quien te en-tienda!, primero todos estos días que si patatín que si patatán, que si la droga me atontaba, que nunca me habías visto tan apagado y tan carente de es-tímulos, que el alcohol por lo menos daba alegría, y hoy que por fin me encuentro algo mejor, hoy que te he traído a ver mi torre, te pones a hacerme la santa protectora y a darme la lata con que si he bebido mucho, con que si me puede pasar algo, ¿tú crees que alguna vez puede pasar algo?, le digo, y ella se inhibe ahora: haz lo que quieras, pero baja en seguida. Te conozco y eres capaz de que te entre la contemplativa y estarte allí solo durante horas como San Simeón el estilita, y le digo que se calle, que aquello, aquella torre, aquella luna y aquel mar que pueden verse desde lo alto del campanario no tienen nada que ver con San Simeón el estilita, y ella se agarra al tema: vete a saber, dice, probablemen-te era un gurú, un tipo maravilloso, una especie de santón de la época que había alcanzado la sereni-dad total, la pérdida absoluta de necesidades; al fin y al cabo, su columna venía a ser como tu huer-ta, pero mucho más estrecha. ¿A que no te atre-ves a quedarte toda tu vida en lo alto de la torre, como San Simeón el estilita?, eso sería retirarse del mundo y no tus cebollas, termina vengativa y re-machona, y yo, agresivo y un poco competitivo, con-testo que aquello es una chorrada, que a mí los santones y los gurús y todo eso me parecen nume-ritos de circo; que no se trata de eso, que lo de las cebollas iba por otro lado, que nunca entiende nada, nunca has entendido nada, y Pilar, ahora dulce: ven-ga, no vamos a discutir; hemos bebido mucho es-ta noche..., aunque quizá no nos haga mal, hace mucho que no discutíamos y discutir es sano, ¿no es cierto que discutir es sano?

Ten cuidado, me grita ahora, y yo tanteo en cada escalón y los oigo crujir y sé que ya no falta mucho y me siento cabezón como los niños que se empeñan en saltar el plinto, machito en la piscina, espectacular y al mismo tiempo satisfecho porque ya he venido aquí muchas veces, y cuando percibo la claridad filtrada de la luna, cuando creo sentir el tacto del metal me siento tranquilo, mientras Pilar allá abajo parece perdida y me grita: No te inclines hacia fuera, te inclinas mucho y me das miedo; eso está altísimo y las piedras de abajo son la pera, y me asomo un poco más para oírla mejor, y ella vuelve a gritar alarmada, que te eches hacia atrás te digo, que has bebido mucho y puedes perder el equilibrio, y yo que no, que me encuentro muy bien, que no hay peligro. ¿Sabes de qué me acuerdo?, le grito, y ella desde abajo, haciendo bocina con las manos sobre la boca, me lanza un nooo muy largo para acentuar la lejanía, y yo la sigo: Meee acueeerdooo de aqueeel liiibro de Saaartreee del queee hablááaabamos antes, crrreo queee eeeraaa deee la triiilogíiiia, en dooondo haaabíiiia una tooorre cooomo eeesta, y ella dice que sí, veo moverse su cabeza afirmativamente, aquella torre, dice y cuento lo del guerrillero, y ella grita: seee seeentía feeeliz al eeelegir su aaacto aaal poooder diiisparaaar. ¡Cuánta literatura!, le digo, y ella que ¿por qué no?, que cada cual elige lo que quiere y cuando quiere, y que quizá aquel tío se sintió bien por única vez en su vida. Laaa muuueeerte es un aaacto liiibre. le grito, y ella: ¡no digas chorradas y bájate ya! Me estás empezando a poner nerviosa, y yo juguetón ahora: Mira, estoy en el Far West. Tengo un fusil de largo alcance en la mano, un fusil de mira telescópica, o mejor aún, estoy en Dallas. ¿Cóóómo se llaaamaba aaaquel chaaaval que mató a Kennedy?, y ella me contesta creo que Oswald, pero baja de una vez, está empezando a amanecer y me estoy quedando helada.

Suponte que todo terminara de este modo; suponte que se me ha pasado la borrachera, que estoy aquí, Oswald de pronto, esperando que pase a la hora precisa el coche del presidente. No soy fanático, no temas, no soy un convencido: mato simplemente porque me voy a endosar mis buenos dólares. Estoy tranquilo; lo he ensayado ya varias veces. Sé todo; es perfecto. Sé la hora en que debo

empezar a apretar el gatillo, el minuto exacto, el
momento preciso en que debo hacer que estalle
la bomba, sus majestades, en día tan feliz, pasarán
inevitablemente por la calle Mayor a la hora espe-
rada. Estoy dispuesto... O quizá no, quizá soy sólo
el hombre arrepentido, el gran pecador que lo ha
jugado todo a las cartas, el tahur descreído que va
a apostarlo todo esta última vez de una forma dramática; ha caído a mi lado el teniente. Estoy en la
puerta del Saloon; los veo matarse; los he visto matarse uno a uno, las mesas por los aires, las baran-
dillas trituradas, los sombreros agujereados, las botellas rotas y he visto también esa mano semisupli-
cante del teniente dirigida a mí, esa mano que agarra el fusil y que no tarda en desplomarse, y aquí
me ves ahora corriendo, jadeando, hasta llegar a él
para alcanzar al fin la torrecilla, la torre donde está
la metralleta. Héroe yo, de repente, con la bandera
americana flotando tras mi cabeza, yo, pobre tahur
descreído hasta ese instante y capaz de salvar a
todo un fuerte. Me veo ya con la medalla sobre esta
fría solapa de terciopelo negro que destaca sobre
mi casaca azul marino, ya un poco gastada, pero
siempre impecable. O quizá tampoco, mírame ahora como yo me veo; suponte que estoy esperando la
señal, que soy el vigilante de un comando que tiene
que atacar el pueblo. Esto ya lo he pensado otras
veces. Estoy aquí porque he trepado hasta las alturas en la oscuridad. Yo con la metralleta subiré
hasta el campanario y después, cuando el coronel
nazi que todos los días acude a las siete a la iglesia descienda del coche, dispararé el gatillo y luego
haré sonar la campana. No me tiembla el pulso;
todo está preparado y, sin embargo, tengo una cierta angustia porque, Pilar, ¿me oyes?, quizá no voy
a ser capaz. O no es eso tampoco; soy Merlín ahora,
como tú decías, que con mi catalejo exploro las es-
trellas. O Mazarino, que sube al anochecer, soñador,
a añorar esa mano de seda de una reina, que me dijo
un día: Cardenal, ante torres como la suya soy capaz de someter a toda Francia, picarona, imperial,
juguetona incluso... Suponte que todo está decidido: soy un soldado japonés, quizá cubano, lo que
quieras, te dejo que me elijas nacionalidad. Cuando
ellos pasen —son cuatro, me han dicho—, dos americanos y dos ingleses, o dos gusanos me han dicho.

Es absolutamente necesario que sea en ese momento, si llegan a la alcaldía, si llegan a la escuela, si consiguen conectar con el estado mayor, estamos perdidos. Nada más bajar del coche deben morir y yo lo sé; sé que estoy allí como otros tres están encaramados estratégicamente en otras tres esquinas que dan también sobre la plaza, en la que está aquel sosísimo pilón de piedra, porque he de disparar cuando se acerquen al coche. El lo ha dicho: no debéis fallar, esta vez es definitiva, y siento un hormiguillo... Suponte, Pilar, que tú estás conmigo, que te cuento lo del hormiguillo, que te digo, ¡ahora!, ya oigo el ruido del motor... Es un coche muy usado; es un topolino negro, un topolino desvencijado, requisado tal vez, y ellos descienden ahora. ¡Mira, Pilar, así de fácil: apunten, fuego! ¿Ves aquella diana? Tengo que dar en el cien. Carlos a mi espalda fanfarronea. ¡Seguro que te gano yo, en las fiestas de mi pueblo, ya de pequeñito, no había quien me ganara! ¿Recuerdas, Pilar, de aquella niña que decía pero no seais chorras, no hay que ensayar? Yo estoy seguro de que tirar a un hombre es facilísimo. Tirar al centro de una diana y acertar es complicado, pero matar a un hombre es una cosa fácil. Estoy segura... Suponte que eres tú la que hablas, experta y madura con tus veinte años, a Carlos y a Enrique, suponte que Enrique te lleva la contraria, suponte que eres tú la que sostienes entre las manos el fusil y yo en la torre soy en realidad un avión que vuela sobre tu cabeza, con un piloto despistado en labor de reconocimiento. No debo llegar a mi destino; un avión, Pilar, es todavía más grande que un hombre y tú tienes un buen fusil automático, de repetición. Eso es: hay que apuntar derecho al corazón, primero al corazón. La muerte de un avión, Pilar, es más bonita; es como darle a un pájaro que además al estallar porporciona refinados placeres neronianos confirmadores del triunfo. A un hombre en tierra, un civil, es menos espectacular, menos remunerador... Suponte, Pilar, que este Enrique que está aquí, está cansado, suponte que no sabré, que no podré dar ese tiro. Estoy cansado, Pilar, y ahora además tengo mucho sueño. Yo, Enrique, voy a llamarte, Pilar, voy a insistir para que subas al fin conmigo a pasar aquí la noche porque estoy fatigado y no quiero jugar ya más en esta torre y algo me da vueltas en la cabeza o es quizá mi cabeza que gira; la gran campana está a mi lado y siento su frío y es como el plomo de las balas o la culata del revólver y estoy helado yo también ahora y quiero que subas y te veo allá abajo pequeñita haciendo aspavientos con las manos, gritando que tengas cuidado, cuidadooooo que te vaaaaaas a caeeer. Se vaaaaa a veenceeer el cueeerpoooo.

—Métete hacia dentro de una vez, baja, yo me largo, Enrique, deja de hacer tonterías; me largo; si no bajas vas a conseguir que me enfade. Mira, ya es casi de día y yo aquí como una tonta esperando y muerta de frío.

Ahora voy, Pilarcita, no me grites más, puedo oirte y estoy algo cansado. Ahora voy, he pensado que en realidad es muy aburrido hacer de Simeón el Estilita.

—¡Cuidaaaadoooo!

La gran sábana blanca; la mancha roja que se extiende, que rosea, que se hace de plástico. Los dos pies, algo separados, uno de ellos calzado con una sandalia de hombre y el otro descalzo.

Madrid - septiembre de 1972,
julio de 1974.